Une héritière si romanesque

Aux Éditions J'ai lu

JEUNES FILLES À MARIER

1 – Une riche héritière

N° 13297

HARPER
ST. GEORGE

JEUNES FILLES À MARIER – 2

Une héritière si romanesque

Traduit de l'anglais (États-Unis)
par Agathe Nabet

J'AI LU

J'AI LU
POUR elle

Si vous souhaitez être informée en avant-première
de nos parutions et tout savoir sur vos auteures préférées,
retrouvez-nous ici :

www.jailu.com

Abonnez-vous à notre newsletter
et rejoignez-nous sur Facebook !

Titre original
THE DEVIL AND THE HEIRESS

Éditeur original
A Jove Book
Published by Berkley
An imprint of Penguin Random House LLC

À mes parents,
pour avoir encouragé mon amour
de la lecture et de l'écriture
tout au long de ma vie.
Je vous aime.

1

Lord Lucifer ne lui convenait absolument pas, tant du fait de sa propension à la débauche que de son dédain pour ceux qu'il jugeait inférieurs. Cela ne protégeait cependant pas l'héritière de la fascination qu'il exerçait sur elle.

V. LENNOX,
La Saison d'une Américaine à Londres

Londres, mai 1875

— Faites-moi plaisir, milord, et expliquez-moi pour quelles raisons vous souhaitez épouser ma fille.

L'industriel américain Griswold Crenshaw était assis derrière son imposant bureau d'acajou, les mains croisées avec arrogance sur le ventre, un cigare coincé entre les dents, le regard condescendant. Il avait l'attitude d'un homme certain d'avoir l'avantage dans le cadre d'une négociation.

Et que ce maudit imbécile ait raison était agaçant.

Christian Halston, comte de Leigh, était habitué aux privilèges. Ce qui signifiait qu'il n'était jamais tenu de répondre aux questions ni d'en poser souvent. Les informations lui étaient offertes, tel un tribut enveloppé de papier doré. Aussi privilégié soit-il, un homme avisé sait toutefois qu'à l'occasion, un peu d'humilité ne nuit pas, du moins le prétendait-on. Il s'appliqua à desserrer les mâchoires.

— Il me semble que cela va de soi. Mlle Crenshaw est…

Crenshaw se pencha en avant et ôta son cigare de sa bouche.

— Belle. Cultivée. Raffinée. Pardonnez-moi, milord, mais je connais ma fille et je suis conscient de ses nombreuses qualités. Je vous demande dans quel intérêt vous souhaitez obtenir sa main.

La séance d'humilité n'était apparemment pas terminée. Ce qui n'avait rien de déraisonnable quand on négociait la fille d'un riche Américain, supposait Christian. À dire vrai, la saison londonienne lui était toujours apparue comme le rituel le plus inepte imposé à l'homme moderne. Ces bavardages et ces flatteries hypocrites pour ramener une épouse à la maison alors que l'affaire aurait pu être expédiée en moins d'une semaine si chacun s'était montré honnête. Christian apprécia que Crenshaw préfère la vérité. Il était disposé à la lui offrir.

— C'est sa fortune qui m'intéresse.

Crenshaw afficha un grand sourire et le cuir couleur sang de bœuf de son fauteuil crissa quand il s'y adossa, mettant les ressorts à rude épreuve.

— Voilà qui est mieux.

Le liquide ambré tournoya dans son verre quand il le souleva, invitant Christian à faire de même avec le sien. Christian s'exécuta et laissa l'alcool rouler sur sa langue.

— Pourquoi avez-vous besoin de fonds, milord ? Des dettes ?

L'Américain avait demandé cela d'un ton qui laissait entendre que rien ne l'obligeait à l'appeler *milord*. Christian se demanda s'il avait seulement envie d'avoir un tel homme pour beau-père. La réponse était non, sacrebleu ! Il ferma les yeux et songea à Violet. La belle Violet aux cheveux sombres, à la peau laiteuse, aux doux yeux bruns, et à la montagne d'argent qui allait avec. Allons, il pouvait bien faire cette concession. Crenshaw retournerait de l'autre côté de l'océan un jour ou l'autre.

— Pas de dettes, non.

Celles-ci avaient été réglées quand Christian avait hérité de son titre, à l'âge de douze ans. Après avoir découvert que son père avait laissé ses quelques économies à sa maîtresse et aux enfants qu'il avait eus d'elle, Christian s'était empressé de vendre tout ce qui pouvait l'être et ne l'avait jamais regretté. Cela avait suffi à couvrir les dettes de son père. Pour l'heure, le Montague Club – qu'il avait ouvert avec son demi-frère, Jacob Thorne, et son meilleur ami, le duc de Rothschild – lui permettait de vivre confortablement.

Les sourcils de Crenshaw remontèrent sur son front.

— C'est étonnant. On m'avait laissé entendre que les aristocrates tels que vous étaient pour la plupart… insolvables.

Christian réprima un mouvement d'humeur. L'homme était certes en droit de le croire, d'autant que c'était en partie vrai. Presque tous les aristocrates célibataires de Londres étaient venus solliciter la main d'une de ses filles. Le duc de Rothschild avait du reste déjà réussi à piéger l'aînée, bien que leurs fiançailles n'aient pas encore été officiellement annoncées.

— J'ai comblé plusieurs années d'arriérés après être entré en possession de mon héritage. Amberley Park, le domaine familial du Sussex, et ma résidence de Belgravia tiennent encore debout.

Ces vénérables demeures auraient cependant eu grand besoin de réparations car les loyers du domaine d'Amberley Park couvraient à peine les frais de leur entretien.

— Ma foi, c'est admirable, dit Crenshaw. Puis-je savoir à quel usage vous destinez ces fonds ?

— Je possède un petit domaine en Écosse. Blythkirk. Je le tiens de ma mère et il a une valeur sentimentale. Il a malheureusement subi un incendie dernièrement et aurait grand besoin d'être remis en état.

Des années de pratique lui avaient permis de s'exprimer d'un ton détaché. Un ton qui ne laissait pas deviner que cette maison avait été son refuge contre un père qui prenait un malin plaisir à faire de sa vie un enfer. Et que la perspective de perdre ce lieu avait ouvert en lui un puits de souffrance qu'il se refusait à affronter.

L'Américain sourit comme s'il ne parvenait pas à croire que l'envie de sauvegarder un domaine suffise à l'inciter au mariage.

— La dot de ma fille permettra de faire bien plus que cela, milord.

— En effet, opina Christian. Et je suis certain d'en faire bon usage. Sans être insolvable, mon domaine ancestral, Amberley Park, épuise mes revenus. Des améliorations sont nécessaires là aussi. J'aimerais par ailleurs me livrer à certains investissements. J'ai des intérêts en jeu à...

— Je vous arrête tout de suite, milord. Vous n'êtes pas sans savoir que je suis un homme d'industrie. En tant que tel, je ne saurais me contenter de trouver un époux convenable pour ma fille. Ce que je cherche, c'est un parti qui soit utile aux Aciéries Crenshaw. Et pour être franc, les prétendants ne manquent pas.

Christian dévisagea l'Américain. N'ayant jamais envisagé de se marier avant l'incendie de Blythkirk, il n'était guère coutumier des règles de négociations matrimoniales. Il était cependant à peu près certain que les intérêts de la promise devraient au moins l'emporter sur ceux d'une entreprise.

— Si je comprends bien, vous cherchez un candidat susceptible de s'associer profitablement aux Aciéries Crenshaw ?

— C'est cela. L'idéal serait un gentleman qui reçoive l'approbation de notre Violet, bien sûr, mais qui représente également une opportunité d'expansion pour les Aciéries Crenshaw. Maintenant que nous sommes sur le point de nous développer en Angleterre, le monde entier nous est ouvert.

Il mima d'un geste l'ouverture d'un portail imaginaire, le regard étincelant de convoitise.

— Quelqu'un comme Rothschild.

Christian savait que la raison principale pour laquelle Crenshaw avait encouragé et même sollicité l'intérêt de Rothschild tenait à son titre et aux portes que celui-ci lui ouvrirait au Parlement. Être apparenté à un duc disposé à parler en sa faveur offrirait aux Aciéries Crenshaw le marché de tout le réseau des chemins de fer de l'Inde.

L'industriel étrécit les yeux. Personne, en dehors de la famille, n'était censé savoir que Rothschild avait suivi leur fille aînée, Augusta, en Amérique. Mais Christian avait escorté son ami quand celui-ci s'était présenté à Grosvenor's Square pour demander sa main… et qu'il avait appris que sa bien-aimée s'apprêtait à appareiller. Il l'avait rejointe à Liverpool et avait réussi à s'embarquer sur le même bateau qu'elle. Le navire était en mer et personne ne savait avec certitude comment les choses avaient tourné. Christian ne doutait toutefois pas que le couple se marierait très prochainement.

— Oui, comme le duc.

— Je siège à la Chambre des lords, dit Christian malgré le nœud au creux de son ventre.

Il n'aimait pas la direction que prenait cette conversation. Crenshaw était un homme avisé. Son accès au Parlement désormais garanti, il chercherait un nouvel appui.

— Bien sûr, milord, et cela a son importance.

Sa voix avait pris un accent consolateur. Christian sentit ses poils se hérisser sur sa nuque. Il était sur le point d'être éconduit.

— Nous sommes très flattés par votre intérêt.

— Mais vous avez reçu une autre offre.

Meilleure. Christian serra les dents au point d'avoir mal. Il n'avait pas l'intention de perdre Violet au profit d'un autre homme. Elle l'avait fasciné dès leur première rencontre. Les circonstances lui imposaient de se marier et ce serait avec elle.

S'il n'avait eu une telle habitude des négociations tendues, Crenshaw aurait fait la grimace, devina Christian. En effet, les coins de sa bouche s'étaient légèrement affaissés et son regard avait perdu de son éclat.

— Rien n'est encore conclu, mais on m'a soumis une proposition très tentante, en effet.

— De qui s'agit-il ?

— Je ne peux rien révéler en l'état actuel des choses.

Christian fouilla dans sa mémoire, tâchant de se souvenir de tous les gentlemen qui avaient remarqué Violet au cours des différents bals auxquels elle avait assisté. La liste était presque infinie, car la jeune fille était belle, en plus d'être une héritière. C'était sa sœur aînée, Augusta, qui aurait dû retenir toute l'attention, et du reste, elle avait eu son lot d'admirateurs, mais c'était Violet qui avait suscité le plus d'intérêt. Cela tenait en partie à l'efficacité de Mme Crenshaw, qui avait veillé à ce que sa fille cadette assiste à tous les événements mondains. Cela tenait aussi au fait que tout le monde savait qu'Augusta était un bas-bleu, plus intéressée par la bonne marche de l'entreprise familiale que par le mariage. Elle avait d'ailleurs déclaré publiquement que se marier ne faisait pas partie de ses projets à court terme. Jusqu'à ce que Rothschild vienne changer la donne.

Violet, elle, était plus raffinée, plus proche de ce qu'on attendait d'une épouse d'aristocrate. Un feu couvait cependant sous la façade irréprochable. Une façade qui incitait la plupart à penser qu'elle se montrerait docile. Christian savait qu'elle ne le serait pas, mais il la désirait quand même. Peut-être même pour cette raison. Il aimait cette façon qu'elle avait de soutenir son regard au lieu de baisser pudiquement les yeux. Elle n'hésiterait pas à le défier, et quitte à affronter une épouse au quotidien, autant qu'elle ait du caractère.

— Que vous a-t-il promis ?

Crenshaw poussa un soupir exagéré, comme s'il ne souhaitait pas en dire davantage mais qu'on ne lui laissait pas le choix. Il afficha le genre de sourire destiné à apaiser son interlocuteur.

— Des droits miniers.

Une des nombreuses choses que Christian n'avait pas à offrir.

— Vous êtes donc disposé à céder votre fille pour des droits miniers ?

Le sourire resta en place, mais se refroidit si brusquement qu'il se figea.

— Vous aimeriez que je la cède pour moins.

La réplique était imparable.

— J'aimerais que vous lui soumettiez toutes les options et lui permettiez de choisir.

— Vous pensez être le meilleur choix, milord ?

— Naturellement. Je suis conscient d'avoir une certaine réputation. Des rumeurs vous seront sans doute parvenues.

Femmes. Déviances sexuelles. Bagarres violentes et débauches en tout genre. Christian scruta attentivement Crenshaw, curieux de sa réaction face à son audace d'aborder un tel sujet. L'industriel n'en afficha aucune. Il était décidément très doué dans sa partie.

— Je parle des femmes, explicita Christian.

Crenshaw eut un bref hochement de tête.

— Les femmes sont des créatures parfois excessives. Je n'accorde pas grand crédit à leurs réactions.

— Je peux malgré tout vous assurer que les rumeurs sont exagérées.

Le bruit courait par exemple que c'était un mari jaloux qui lui avait brisé la jambe. Qu'il s'était fait piéger par ledit mari, dans une ruelle sombre - comme s'il avait pu se montrer aussi négligent !

— Soyez certain que je ne mettrais jamais votre fille en danger.

— Je ne me soucie pas de votre fidélité. Violet apprendra que la vie personnelle d'un époux ne regarde que lui.

— Vous n'êtes donc motivé que par l'appât du gain ?

Les mots lui laissèrent un goût amer sur la langue.

Crenshaw rit, se leva et posa son cigare sur le bord d'un cendrier de cristal.

— Je veillerai à garder votre proposition à l'esprit.

Ce qui voulait dire qu'il ne le ferait pas.

Bon sang. Christian n'avait aucun moyen de contrer une proposition d'affaires alors qu'il était venu seulement armé de son titre, de son charme et de son admiration pour la fille de l'industriel. Il avait cru, à tort, que le besoin de faire affaire qui accompagnait le mariage serait caduc, maintenant que l'union de la fille aînée était assurée.

Christian se leva et attendit que le prévisible élancement de douleur qui lui traversa la cheville soit passé avant de saisir sa canne et de suivre Crenshaw jusqu'à la porte.

— Dites-moi au moins qui je devrai féliciter d'avoir obtenu sa main.

Crenshaw inclina la tête de côté.

— Je ne peux pas le dire.

La main de Christian se crispa sur le pommeau d'argent de sa canne en forme de tête de faucon, mais il s'efforça de garder un ton désinvolte pour riposter :

— Vous ne pouvez pas le dire ?

— Très bien, lâcha Crenshaw, souriant comme un gamin qui vient de se goinfrer de friandises. Je me contenterai de vous dire que cet été, vous pourrez rendre visite à ma fille bien-aimée dans le Devon.

Ware. Le teint blême, fragile. C'était forcément lui. Le siège de sa famille était dans le Devon et Christian l'avait vu plus d'une fois rôder autour des sœurs Crenshaw. Cette demi-portion, qui devait avoir du mal à rester debout quand le vent soufflait, ne ferait pas le poids face à un prétendant en colère bien décidé à obtenir la main de Violet. Malheureusement, ce ne serait pas un combat à mains nues qui se chargerait de les départager. Ce qui était fort dommage.

Et pour ajouter l'insulte à l'offense, Ware n'était que vicomte.

— Je n'y manquerai pas.

Christian souhaita une bonne journée à Crenshaw et regagna l'escalier principal en s'appliquant à ne pas donner l'impression qu'il venait d'être éconduit par un homme dont les ancêtres n'étaient que des canailles et des voleurs. Il ne doutait pas un instant d'être un bien meilleur parti pour Violet Crenshaw et le fait que son manque de ressources soit la seule chose qui empêchât la jeune fille d'être sienne l'irritait profondément.

Ware n'était qu'une limace. Il ne saurait pas quoi faire d'une femme comme elle. Il la garderait dans son domaine, à l'abri des regards, redoutant à juste titre qu'un autre homme ne la lui prenne.

Christian, lui, aurait à cœur d'exhiber fièrement Violet. Il l'autoriserait à donner autant de fêtes et à assister à autant de spectacles qu'elle le souhaiterait. Elle pourrait danser, flirter et faire tout ce qui était socialement acceptable pour une jeune mariée, mais elle serait à lui, et aucun homme ne serait assez idiot pour outrepasser ses droits. La réputation qu'il s'était forgée à l'aide de ses poings jouerait en sa faveur.

Sa vieille blessure à la jambe l'élançait par temps froid et humide, sinon, ce n'était qu'un inconvénient mineur qui le faisait à peine boiter. S'il préférait se munir d'une canne, c'était parce que la station debout prolongée se révélait pénible, de même que la marche sur terrain accidenté. Les escaliers étaient un autre problème. Il avait beau faire, il n'arrivait pas à les gravir aussi vite qu'il aurait voulu et devait utiliser la rampe. Aujourd'hui, cependant, il apprécia la lenteur imposée par sa vieille blessure tandis qu'il descendait les marches, car elle lui permit de prêter attention à la voix la plus belle et la plus envoûtante qu'il ait jamais entendue. Ce qui dissipa instantanément sa colère.

Il reconnut immédiatement la voix légèrement rocailleuse de Violet. Même à travers une porte close. Un délicieux frisson courut sur sa peau et le long de sa colonne vertébrale. Quand il parvint au bas des marches, le chant avait cessé, remplacé par des applaudissements discrets. Violet parla, mais il ne put distinguer les mots. Un rire suivit. La porte du salon de musique s'ouvrit, livrant passage à une servante pressée qui laissa le battant entrebâillé.

Un homme respectueux des convenances aurait poursuivi son chemin. Les gloussements en provenance de la pièce lui auraient tiré un sourire et il se serait hâté d'aller à son rendez-vous suivant. Mais tout le monde savait que Christian n'était pas un homme respectueux des convenances. Il avait même la fâcheuse réputation d'être porté sur les plaisirs les plus indécents.

Il s'arrêta devant la porte entrouverte, captivé par un tourbillon d'étoffe jaune pâle et une chevelure sombre relevée en chignon qui passa rapidement dans son champ de vision. Le visage de la femme lui était resté caché, mais comme pour sa voix, il sut que c'était Violet. Elle frappa dans ses mains pour inciter ses invitées – des débutantes du même âge qu'elle – à accorder leur attention à la chanteuse suivante. D'où il était, Christian ne voyait pas la pauvre fille qui se mit à chanter, mais sa voix était atrocement haut perchée. Et qu'elle se produise juste après Violet lui aurait sans doute inspiré de la pitié si Violet n'était pas venue se placer dans sa ligne de mire. Il lui suffit alors de poser les yeux sur elle pour que tout le reste cesse d'exister.

De profil, son nez semblait un peu fort pour ses traits délicats et sa bouche trop grande, cependant, pris ensemble, ils s'harmonisaient parfaitement. La façon dont son pied battait la mesure le fit sourire parce que c'était parfaitement inconvenant. Le bas de sa robe virevoltait quand la pointe de son soulier se soulevait en rythme. Le regard de Christian remonta jusqu'au corsage jaune pâle qui moulait sa poitrine et s'achevait par un col plissé. Alors qu'il continuait son inspection, son cœur faillit manquer un battement quand un regard aussi sombre qu'irrité croisa le sien.

La bouche de Violet formait un pli mécontent.

Il l'avait rencontrée deux fois. La première, au cours d'un bal où on les avait présentés et où ils avaient échangé des politesses. Il avait été séduit par son charme et son allure. La deuxième, quelques jours plus tôt, quand il était venu dans cette même maison en compagnie de son ami Rothschild qui s'efforçait de reconquérir sa sœur aînée. Ils avaient alors échangé quelques mots. Des mots peu aimables.

— Et vous ? lui avait-elle dit dans ce même hall d'entrée. Que faites-vous ici ?

— J'aime les feux d'artifice, avait-il répondu.

Il supposa qu'elle avait l'intention de renouveler cet échange quand elle se dirigea vers lui. La main sur la poignée de la porte, elle jeta un coup d'œil dans le hall, nota qu'un valet était en faction avant de s'autoriser à regarder Christian.

— Lord Leigh, dit-elle d'une voix basse qui lui chatouilla plaisamment l'oreille.

Elle haussa un de ses délicats sourcils, sortit de la pièce et referma la porte derrière elle.

— Quelle surprise de vous revoir ici.

— Mademoiselle Crenshaw, la salua-t-il en inclinant la tête. Il semblerait que je sois incapable de rester loin de vous très longtemps.

Il la taquinait pour le seul plaisir de la voir rosir. L'agacement fit étinceler les yeux de Violet.

— Quelle chance nous avons, milord, dit-elle d'un ton qui contredisait ses paroles.

Elle ne dédaignait pas de faire connaître ses sentiments, même si elle était assez raffinée pour les exprimer en termes polis. Cela faisait des années que Christian n'avait pas ressenti cette étincelle d'intérêt en parlant à une femme. Il eut beau faire, il ne put s'empêcher de rire.

Violet le fusilla du regard.

— Vous trouvez cela amusant ?

— Je me disais juste que nos rencontres me plaisent beaucoup.

Elle eut la bonne grâce de rougir quand, à n'en pas douter, la colère qu'elle avait manifestée dans ce même hall lui revint en mémoire. Elle avait cru, à tort, que Rothschild avait été infidèle à sa sœur et n'avait pas caché sa déception. Au lieu de plaider la cause de Rothschild, comme tout ami se doit de le faire, Christian avait provoqué la jeune fille.

Il la vit déglutir.

— Désirez-vous quelque chose, milord ? s'enquit-elle.

Vous. Tout entière.

— Je partais après m'être entretenu avec votre père, répondit-il.

— Ah, dans ce cas, je m'en voudrais de vous retenir.

Les volutes d'un feu ambré étincelèrent dans les profondeurs de ses yeux bruns. Non, décida-t-il à cet instant précis, Ware ne l'aurait pas. Violet Crenshaw était trop bien pour lui et ses semblables.

— Bonne journée, mademoiselle Crenshaw, dit-il en inclinant la tête.

— Bonne journée, milord.

Elle rouvrit la porte et retourna dans le salon de musique.

Il traversa le hall, conscient du poids de son regard dans son dos, alors qu'il avait cru qu'elle refermerait aussitôt le battant. Au moment où le valet lui ouvrait la porte d'entrée, Christian jeta un coup d'œil par-dessus son épaule. Ce qu'il lut dans le regard de Violet reflétait une indéniable attirance.

Elle rougit en voyant qu'il l'avait surprise et referma vivement la porte.

Il fixa le panneau de bois laqué l'espace de quelques battements de cœur – il le sut parce qu'il les compta. Parler avec elle produisait toujours cet effet-là ; il avait davantage conscience de lui-même et moins de ce qui l'entourait. Il était heureux d'être venu demander sa main ; ses efforts n'avaient pas été suffisants, mais ils finiraient par se révéler payants.

Le valet émit une sorte de toussotement. Alors qu'il regagnait sa voiture, Christian décida qu'il se passerait de l'avis de ses parents pour obtenir la main de Violet. Ces derniers étant mal disposés à son égard, mieux valait approcher directement l'intéressée. La tâche ne serait guère aisée vu l'impression défavorable qu'elle avait eue de lui, mais il se savait capable de la mener à bien. Il lui suffirait de découvrir ce que son cœur désirait secrètement et de le lui offrir.

Alors, elle lui appartiendrait.

2

Rose Hamilton était à Londres pour une seule et unique raison : profiter de la saison. Le nombre d'époux potentiels que ses parents lui présenteraient n'y changerait rien. Ce fut peut-être cette incompréhension de sa propre nature qui l'amena à baisser la garde.

V. LENNOX,
La Saison d'une Américaine à Londres

Le lendemain matin, Violet s'assit à la table de la salle à manger qui donnait sur le jardin pour y prendre seule son petit déjeuner. Sa mère était encore dans sa chambre et son père, qui avait gardé ses habitudes de travail de Manhattan et se levait à l'aube, était déjà dans son bureau depuis plusieurs heures. Violet s'en moquait. Elle appréciait cette solitude matinale. Ces derniers temps, des matinées comme celle-ci étaient parmi les rares moments qu'elle pouvait consacrer à l'écriture.

La vue sur le jardin entouré de murs, à l'arrière de la résidence qu'ils occupaient dans le quartier de Mayfair, était aussi plaisante que la salle à manger elle-même. Le temps d'une brève éclaircie, un rayon de soleil filtra à travers les carreaux, projetant un halo doré sur la table et les papiers étalés devant elle – son deuxième manuscrit, qu'elle espérait publier sous le nom de V. Lennox, Lennox étant le nom de jeune fille de sa mère. Le nom d'un personnage figurait en haut de chaque page, suivi d'une liste de caractéristiques. Ces personnages étaient inspirés des gens qu'elle avait rencontrés à Londres. Elle en avait créé six, ce qui était suffisant car elle n'en était qu'au quatrième chapitre, mais elle allait avoir besoin de deux gentlemen supplémentaires pour une scène de bal. Elle avait cependant beaucoup de mal à créer des personnages qui ne soient pas... disons... calqués sur le même modèle. Les gentlemen qu'elle rencontrait différaient les uns des autres par leurs besoins et leurs désirs, mais elle ne les connaissait que superficiellement et n'avait pas encore eu l'occasion de creuser et de découvrir qui ils étaient vraiment. Le problème venait de ce qu'elle ne les rencontrait qu'à des bals et à des soirées où tous avaient à cœur de se montrer sous leur meilleur jour.

Elle sélectionna les deux feuilles consacrées aux personnages basés sur sa chère amie Camille, la duchesse de Hereford, et Hereford lui-même. Dans son livre, ils s'appelaient le duc et la duchesse de Helford. Elle avait fait de la duchesse un personnage tragique, mariée de force par ses parents à un homme plus âgé, et du duc, un coureur de dot qui traitait sa femme en belle-fille rebelle plutôt qu'en épouse chérie. Les personnages étaient si proches de leurs modèles que Violet avait souffert en écrivant sur eux. Elle devait absolument leur trouver un autre patronyme, plus éloigné de leur vrai nom. Elle griffonna une note pour elle-même sur la fiche d'Helford.

Les autres personnages s'inspiraient d'un couple d'âge mûr. Snobs et certains de leur influence sur leur petit sérail, les Ashcroft représentaient tout ce que Violet en était venue à attendre de la vieille noblesse anglaise, mais ils s'étaient aussi montrés aimables et accueillants avec sa famille. Comme il s'agissait d'amis de ses parents, elle avait transformé radicalement leur nom en lord et lady Garfield.

Elle les écarta et souleva les deux derniers feuillets : son héritière américaine et son prétendant anglais. Lord Lucifer, tel était le nom qu'elle avait donné à lord Leigh. Un sourire lui incurva irrépressiblement les lèvres quand elle parcourut la liste de ses attributs. Arrogant et titré, il était le mal incarné. Les rumeurs qu'elle avait entendues à son sujet s'accordaient à dépeindre un homme qui se noyait dans les plaisirs sensuels : femmes, jeu, boisson (et la liste ne se limitait sans doute pas à cela). Le duc de Rothschild et lui possédaient un club qui abritait toutes sortes d'activités illicites. Elle ne percevait toutefois pas que de l'hédonisme chez lui. Il y avait quelque chose de dangereux en lui qu'elle ne parvenait pas tout à fait à cerner. Comme elle s'estimait capable de juger du caractère d'une personne en l'espace de quelques minutes, cela suffisait à le rendre fascinant. Qu'il soit diablement beau ne gâtait rien. Chevelure sombre, yeux gris clair et pommettes tellement ciselées qu'elles auraient pu couper du verre. S'il avait daigné venir sur terre, Lucifer en personne n'aurait pas hésité à prendre son apparence.

Elle repensa à la façon dont il l'avait regardée, la veille, alors qu'elle était dans le salon de musique, et un délicieux frisson courut le long de son dos. Il la trouvait désirable. Elle n'encouragerait jamais ses avances parce qu'elle était déjà fiancée et que son côté dangereux associé à son goût pour la débauche l'éliminait d'emblée, mais elle s'était néanmoins sentie flattée. Lord Leigh était... envoûtant.

On frappa discrètement à la porte et un valet apparut sur le seuil.

— Oui ? dit-elle en s'empressant d'arranger ses papiers de façon à l'empêcher de les lire.

Si ce roman était publié un jour, il faudrait qu'il le soit anonymement si elle voulait conserver des relations pacifiques avec ses parents.

— On vient d'apporter ceci pour vous, par porteur spécial.

Il vint poser l'enveloppe sur la table, à côté de son scone à la confiture de fraises et à la crème, un petit plaisir qu'elle trouvait dommage de cantonner à la seule cérémonie du thé.

Elle reconnut l'écriture avant même de voir le nom de l'expéditeur – Theodore Sutherland. Teddy répondait enfin à ses appels à l'aide ! Si sa réponse arrivait trop tard, elle n'en fut pas moins heureuse de la recevoir.

— Merci, dit-elle au valet qui inclina la tête et sortit.

Sa famille et elle étaient arrivées à Londres pour la saison un mois plus tôt. Violet et sa sœur, Augusta, avaient naïvement cru qu'elles étaient là pour rendre visite à leur amie de New York, Camille, depuis peu duchesse de Hereford, et assister aux événements mondains de la capitale.

Elles n'avaient pas imaginé une seconde que leurs parents projetaient secrètement de marier l'une d'elles à un aristocrate anglais.

L'argent des Crenshaw étant considéré comme trop récemment acquis par les vieilles familles new-yorkaises, ils étaient souvent pris de haut dans les salles de bal de la Cinquième Avenue. Un duc dans la famille changerait tout. Les parents de Violet avaient d'abord songé à elle pour épouser le duc de Rothschild, mais ce dernier lui avait préféré Augusta. Personne n'avait été davantage surpris que Violet quand sa sœur aînée, uniquement soucieuse de la bonne marche de l'entreprise familiale, était tombée amoureuse du duc.

Affolée le jour où sa mère lui avait soumis son projet de mariage, Violet avait aussitôt adressé un télégramme, suivi d'une lettre, à Teddy, le jeune homme qu'elle avait l'intention d'épouser. Certes, la famille du garçon était originaire de Saint-Louis et avait fait fortune dans la bière – deux défauts rédhibitoires pour qui ambitionne d'être accepté par l'élite de la haute société new-yorkaise –, mais Violet s'en moquait. Teddy était bon, prévenant et il l'encourageait dans son projet d'écriture. Après qu'ils eurent passé deux étés ensemble à Newport, il lui avait demandé sa main et elle avait dit oui. Pas question qu'elle renonce à lui sous prétexte que sa famille voulait qu'elle épouse un aristocrate.

Mais tout était arrangé, à présent. Elle écrirait à Teddy pour le lui expliquer. Elle aurait même dû lui avoir déjà écrit, sauf que, étonnamment, elle n'en avait pas ressenti l'urgence plus tôt. Peut-être parce qu'elle avait été tellement soulagée de savoir Augusta heureuse.

Elle mit la lettre de côté, but une gorgée de thé et réfléchit de nouveau à son personnage de lord Lucifer. Celui-ci pourrait peut-être tenter de séduire la jeune héritière américaine venue à Londres pour la saison. Et la jeune Américaine ne serait peut-être pas aussi vertueuse qu'elle devrait l'être… Violet sentit ses joues s'échauffer quand elle imagina lord Lucifer lui dérobant un baiser dans un coin, au cours d'un bal.

— Ah, tu es là, ma chérie ! dit sa mère en entrant dans la pièce d'un pas pressé.

Violet sursauta et faillit renverser son thé sur ses papiers dans sa hâte à les écarter.

— Bonjour, mère.

— Que fais-tu de beau ?

Sa mère arqua un sourcil épilé alors qu'elle s'asseyait en face de Violet. Celle-ci savait qu'elle faisait allusion aux feuillets qu'elle venait de retourner, aussi ramassa-t-elle l'enveloppe pour détourner son attention.

— Je viens de recevoir une lettre de New York !

— De qui ? s'enquit sa mère en se servant une tasse de thé. J'ignorais que le courrier était arrivé.

Violet sentit sa bouche s'assécher. Ses parents n'approuvaient pas Teddy et elle n'avait jamais été très douée pour mentir. Elle s'en était rendu compte la fois où elle s'était éclipsée d'une petite fête estivale pour aller se promener avec Teddy sur la plage. Ils avaient fait bien plus que se promener. À son retour, sa mère avait remarqué le sable sur sa robe et ses souliers ; un mensonge en avait amené un autre et tous les invités s'étaient bientôt lancés à la recherche de son épingle à cheveux ornée d'une pierre précieuse, prétendument volée par une mouette.

Violet pouvait cependant difficilement reconnaître qu'elle avait écrit à Teddy dans un accès de désespoir.

— D'Amelia, répondit-elle.

D'autres mots menacèrent de franchir ses lèvres telles des billes s'en allant rouler sur le sol, aussi se mordit-elle la langue pour les retenir.

Après avoir jeté un nouveau coup d'œil à l'enveloppe, sa mère parut accepter l'explication. De toute façon, sans ses lunettes de lecture, elle n'aurait pas pu la lire.

— Tu la salueras de ma part quand tu lui répondras.

— Bien sûr.

Réprimant un soupir de soulagement, Violet glissa l'enveloppe parmi ses feuillets et rassembla le tout.

— Je suis désolée, mais je m'apprêtais à partir.

— Déjà ? Je viens à peine de m'asseoir.

— Papa m'a demandé de transcrire certaines lettres – vous connaissez ses pattes de mouche.

— Son écriture est illisible, confirma sa mère. Maintenant qu'Augusta a pris la fuite, il faut bien que quelqu'un s'en charge.

Si ses parents n'avaient pas apprécié qu'Augusta retourne à New York avec leur frère Maxwell, savoir que le duc l'avait rejointe sur le bateau les avait apaisés. Augusta était le bras droit de son père à Londres, et maintenant qu'elle était partie, Violet avait été chargée de transcrire la correspondance. Elle ne s'en plaignait pas, car cela lui permettait de passer du temps avec son père et de découvrir le monde dans lequel il vivait d'ordinaire en compagnie de son frère et de sa sœur. Contrairement à eux, Violet n'avait pas les

Aciéries Crenshaw dans le sang, mais elle aimait se rendre utile.

— Bien, je te verrai donc un peu plus tard. Ne travaille pas trop dur. Souviens-toi que nous avons un bal, ce soir. Lord Ware a accepté d'être ton cavalier.

— Lord Ware ?

Blafard, ennuyeux, souvent incapable de détacher les yeux de son décolleté, Violet ne l'appréciait pas particulièrement.

— Mmm, répondit sa mère tout en buvant son thé. Sois gentille avec lui, ma chérie. Le pauvre est tout seul à Londres, sans parents ni proches, d'après ce que j'ai compris.

— D'accord, soupira Violet.

Il lui faudrait endurer de nouveau la compagnie de gens assommants. Cela étant, elle ne devait pas se plaindre, car ces expériences alimentaient ses romans. Le premier, qu'elle avait fini d'écrire, mettait en scène des personnalités de la haute société new-yorkaise, et ce changement de décor était donc bienvenu.

Serrant ses feuillets contre sa poitrine, Violet regagna sa chambre. Alors qu'elle déposait le tout sur son petit bureau, l'enveloppe glissa de la liasse. Deux semaines plus tôt, cette lettre aurait compté plus que tout. Désormais, elle n'était plus qu'un moyen agréable de passer les quelques minutes à venir. Elle s'assit, se tourna vers la fenêtre et ouvrit la lettre.

Chère Violet,

Vos mots m'ont tellement bouleversé que je préfère vous répondre par une lettre manuscrite. La dernière fois que mes lèvres ont touché les vôtres, ma chérie, je n'aurais pas imaginé que c'était peut-être pour la dernière fois. Vous êtes le soleil, la lune et les étoiles de mon ciel. Sans vous, le monde est devenu gris.

Mon amour pour vous durera éternellement, incessant dans sa férocité silencieuse, mais je connais mes limites. Je ne peux pas rivaliser avec un aristocrate britannique. Juste Ciel, un duc anglais et vous, une duchesse ! Violet, ma belle, ma brillante amie, malgré tout mon chagrin, je vous libère de notre puéril serment de mariage. C'était folie de ma part de croire que je pourrais retenir votre main plus d'un instant.

Embrassez donc le brillant destin qui s'annonce, mais sachez que je pleure amèrement sur mon sort. Je n'ai songé à rien d'autre qu'à vous serrer de nouveau dans mes bras depuis votre départ, mais il semble que ce désir ne sera jamais assouvi. J'endosse pourtant joyeusement ce fardeau, car il garantit votre bonheur.

Adressez, je vous prie, mes plus sincères salutations à vos parents et remerciez votre père. Il en connaîtra la raison.

Je reste éternellement vôtre,

Teddy

Un « puéril serment de mariage » ? *Puéril !* Sa demande en mariage remontait à l'été dernier. Elle n'était plus une enfant et il était sur le point d'intégrer une école de droit. À l'entendre, pourtant, il s'agissait là de la promesse idiote de deux adolescents.

Elle relut la lettre, convaincue de s'être méprise. Mais non. Il rejetait son appel à l'aide et l'encourageait même à accepter d'en épouser un autre.

Un inconnu ! Quel mufle ! Lui avait-elle seulement manqué ? Lui avait-il déjà trouvé une remplaçante ?

Sa déclaration d'amour et sa demande en mariage lui avaient semblé si sincères. Il ne lui avait pas demandé sa main de façon officielle. Il n'y avait pas eu de bague et il n'avait pas demandé la permission de son père, mais pour elle, cela n'en avait pas moins été réel. La scène avait eu lieu sur la plage, ils étaient assis sur une branche de bois flotté et d'une voix douce, il avait mis son cœur à nu.

Je vous aime, Violet. Quand je songe à mon avenir, je ne vois que vous. Promettrez-vous de m'épouser ?

Elle relut la lettre. Elle avait du mal à se dire qu'elle avait été écrite par le même homme. Plus elle la relisait et plus ses phrases ampoulées lui semblaient mensongères. Comment avait-elle pu ne pas remarquer à quel point son style était épouvantable ? Elle se concentra sur sa formule de conclusion. *Et remerciez votre père.*

Le remercier de quoi ? Elle aurait bien aimé le savoir. Se pouvait-il que son père l'ait approché ? L'affection de Teddy avait-elle été aussi facile à acheter ? Il n'avait pas besoin d'argent, quelle faveur son père avait-il pu lui promettre ? Ses parents étaient si désireux de s'unir à Rothschild qu'ils étaient peut-être allés jusque-là. Elle ne voulait pas le croire, mais maintenant qu'elle était plantée, la graine commençait à germer.

S'il n'était bien sûr plus question d'accepter la demande de Teddy, même s'il la suppliait à genoux de l'épouser, elle voulait savoir si ses parents s'en étaient mêlés. Se retenant de jeter la lettre dans la cheminée, elle la replia et la rangea dans le tiroir de son bureau. Elle était trop en colère pour être triste.

Était-elle seulement triste ? Elle aurait dû être anéantie. Même s'il était vrai que Teddy ne lui avait pas beaucoup manqué depuis qu'elle était à Londres. Elle s'était dit que c'était parce qu'elle ne le voyait de toute façon jamais beaucoup en dehors des vacances d'été. Mais était-ce la seule raison ? Son affection, somme toute bien tiède pour Teddy, n'avait peut-être été qu'un leurre destiné à contrarier ses parents pendant qu'elle continuait à écrire ?

Cette interprétation ne lui parut pas entièrement fausse – même si elle n'appréciait guère ce que cela disait d'elle.

Quelques minutes plus tard, Violet plaqua un sourire sur ses lèvres avant de frapper à la porte du bureau de son père.

— Entrez, répondit-il.

— Bonjour.

Elle referma la porte et s'avança jusqu'à la chaise en bois de rose où Augusta s'asseyait d'ordinaire, au bout du bureau de son père.

Il leva les yeux, ses lunettes de lecture perchées au bout du nez.

— Oui, merci, ma chérie. J'ai quelques lettres à expédier. Tu sais que je n'ai pas la patience de les écrire.

« Ni le talent », ajouta-t-elle silencieusement.

— Bien sûr, papa, répondit-elle en rapprochant la feuille et la plume qu'il lui avait préparées. Au fait, je viens de recevoir une lettre de Teddy !

— Teddy ? marmonna-t-il sans quitter des yeux les papiers étalés devant lui.

Violet fixa les yeux sur les cheveux gris ondulés et se demanda si sa colère pourrait suffire à l'enflammer.

— Theodore Sutherland, de la famille des Sutherland de Saint-Louis, précisa-t-elle d'un ton léger. Nous l'avons connu à Newport.

— Sutherland... Sutherland, répéta-t-il comme si le nom ne lui disait rien. Ah ! s'exclama-t-il en s'emparant de la feuille qu'il cherchait. Voici le brouillon de la lettre que j'ai rédigée ce matin, ajouta-t-il en la déposant devant elle.

Des pattes de mouche, traversées çà et là de lignes obliques d'allure menaçante. Augusta lui avait enseigné le secret pour déchiffrer son écriture.

— Il faudra qu'elle parte au courrier de demain, en même temps que celles que je vais te dicter.

Violet rapprocha la lettre d'elle.

— À propos de Teddy, il vous adresse ses remerciements.

Son père la regarda enfin, l'air perplexe. Se pouvait-il vraiment qu'il ait oublié qu'il avait payé un garçon pour qu'il renie sa demande en mariage ou était-il simplement très bon comédien ?

Elle sourit.

— Il vous adresse, à vous et à mère, ses salutations et me demande de vous remercier.

La brume dans son regard se dissipa à l'instant précis où il se rappela qui était Teddy.

— Ah oui, Sutherland !

Elle eut la satisfaction de voir rosir ses pommettes. Il avait au moins la bonne grâce d'être un peu honteux de ce qu'il avait fait.

— De quoi vous remercie-t-il, papa ? demanda-t-elle tout en baissant les yeux sur la feuille de papier comme si elle attachait peu d'importance à sa réponse.

— Oh… euh… de rien.

— Il semblait pourtant y tenir. Ne soyez pas si modeste.

— J'ai écrit une lettre de recommandation qui lui sera utile dans le cadre de ses études de droit.

Violet sentit un poids s'abattre sur elle. Ne valait-elle donc pas plus cher que cela ? Il y avait forcément autre chose.

— C'est tout ? À le lire, cela semblait plus conséquent qu'un simple coup de pouce.

Son père haussa une épaule, puis détourna les yeux, visiblement mal à l'aise.

— Je lui ai aussi alloué une petite somme.

— Petite ? De quel ordre, exactement ?

Nouveau haussement d'épaule.

— Papa ?

Sa voix s'était départie de sa feinte amabilité et frisait à présent la mise en garde.

— Ses parents lui avaient coupé les vivres à cause de ses mauvaises notes. Il en était presque réduit à la misère. Tu n'as pas à t'inquiéter, ma chérie, la somme que je lui ai versée ne nous manquera pas et tu achèveras ta saison avec panache.

Ce fut sans doute cette dernière remarque qui la fit sortir de ses gonds. Ses parents faisaient toujours comme si leurs idées étaient aussi les siennes. Ce n'était pas elle qui voulait accepter toutes les invitations. C'était sa mère. Ce n'était pas elle qui insistait pour porter une nouvelle robe à chaque nouvel événement. C'était aussi sa mère.

— Peu m'importe de finir la saison avec panache. Ce qui m'importe, c'est ce que vous avez exigé de Teddy en échange de cette somme.

Il écarquilla les yeux, visiblement choqué par sa véhémence. Violet était censée être la plus douce, la plus affable des sœurs Crenshaw.

— Je doute que cela te regarde.

— Vraiment ? Vous lui avez demandé de retirer sa demande en mariage !

— Sa demande n'était pas sérieuse, soupira-t-il sans même chercher à nier. Ce garçon est trop jeune pour se marier.

— Il a vingt et un ans, à peine un an de plus que moi.

— Il n'aurait jamais pu aller au bout, de toute façon. Pas sans ma bénédiction.

— Pourquoi la lui auriez-vous refusée ?

Soupirant de nouveau, il ôta son lorgnon et se pinça l'arête du nez.

— Violet, dit-il finalement, réponds-moi franchement. Aimerais-tu épouser un homme qui s'est laissé convaincre aussi facilement de renoncer à toi ?

Le dossier de la chaise lui parut soudain affreusement raide et elle s'agita comme une enfant nerveuse.

— Non, mais là n'est pas la question. Pourquoi lui êtes-vous aussi hostile ?

— Parce qu'il n'est pas assez bien pour toi. J'ai reçu quantité de demandes pour ta main, et Teddy est de très loin le pire candidat de la liste.

— Quantité de demandes ? répéta-t-elle, éberluée. En plus de celle de Rothschild ?

— Bien sûr. Sa Grâce faisait partie de nos favoris, mais il y en a eu d'autres, et même avant

Rothschild. Rien que des gentlemen titrés. Et aucun d'eux n'avait le profil d'un bon à rien, pas même fichu d'obtenir les notes nécessaires à la poursuite de ses études.

— Seriez-vous en train de me dire que vous examinez ces demandes ?

— Quel genre de père serais-je si je ne le faisais pas ?

— Un père qui écoute sa fille. Avez-vous seulement songé que je n'ai peut-être pas envie de me marier tout de suite ?

— Non, avoua-t-il en riant. Vu que tu as décidé de te fiancer avec Sutherland, j'en ai conclu que tu aspirais au mariage. Me serais-je mépris ?

La colère la fit se lever d'un bond.

— Vous auriez pu tenir compte du fait que j'aimais Teddy.

Son père la dévisagea d'un air solennel.

— Tu l'aimes ?

Elle pinça si fort les lèvres qu'elles devinrent insensibles. Si Teddy lui avait avoué son amour, elle ne lui avait pas dit qu'elle aussi l'aimait. Non qu'elle n'ait pas ressenti de l'affection pour lui, mais les mots ne lui étaient pas venus spontanément.

— Cela ne vous regarde pas. Vous persistez à vouloir me marier à un aristocrate, n'est-ce pas ? Peu vous importe que je préfère retourner à New York ?

— Je t'ai rendu service. Un homme qui est disposé à se détourner de toi pour une somme aussi dérisoire ne te mérite pas.

Il avait déclaré cela avec une telle vigueur qu'elle en fut un instant déconcertée. Le contredire n'aurait servi à rien parce qu'elle ne voulait plus de Teddy à présent.

— Je veux juste ce qu'il y a de mieux pour toi, ma chérie, enchaîna-t-il. Un mariage solide qui garantisse ton avenir. Un foyer avec une position sociale respectable pour tes enfants et toi. Est-ce si affreux de ma part ?

— Oui, ça l'est si cela signifie que ce que je souhaite n'a aucune importance.

Elle était déçue de s'être laissé submerger par ses émotions, et plus déçue encore de découvrir que ses parents n'étaient toujours pas satisfaits alors qu'ils étaient sur le point d'avoir un duc pour gendre.

Ils voulaient davantage. Et elle se retrouvait dans la position de l'appât fixé à l'hameçon.

— Me permettras-tu au moins de soumettre un prétendant à ton appréciation ? Crois-moi, Violet, personne ne veut te forcer à faire quoi que ce soit.

Violet prit une inspiration pour se calmer. Leur épreuve avec le duc de Rothschild lui avait appris que contrarier ouvertement ses parents ne menait à rien. Elle allait devoir se montrer rusée, ce qui impliquait de maîtriser ses émotions.

— Très bien. Tant que nous sommes d'accord sur le fait qu'on ne me forcera à rien, je veux bien coopérer.

— Je te remercie, répondit-il avec un sourire en désignant la chaise. Pouvons-nous reprendre, je te prie ?

Elle s'assit, mais tandis qu'elle travaillait, son esprit demeura presque entièrement absorbé par son problème. Si ses parents s'obstinaient à vouloir la marier, il ne lui resterait d'autre choix que la fuite. Était-elle vraiment prête à en arriver à de telles extrémités ? Un plan commença à germer dans son esprit.

3

Le comte la considérait avec la même curiosité qu'elle, prudent et néanmoins ensorcelé. Elle n'avait rien d'une proie ordinaire, mais cette partie de chasse ne l'était pas non plus.

V. LENNOX,
La Saison d'une Américaine à Londres

Non content d'avoir lorgné le décolleté de Violet toute la soirée, lord Ware jetait des regards noirs à tous ceux qui s'avisaient de danser avec elle. Cette expression le faisait ressembler à un adolescent irritable qui aurait commencé à se dégarnir à la naissance des cheveux. Quand la valse qu'elle avait accordée à lord Atherton s'acheva, elle demanda à ce dernier de l'escorter à l'autre bout de la salle de bal, loin de lord Ware. Tels furent les mots qu'elle employa pour formuler sa requête. À la grande joie de lord Atherton, à en juger par la légère incurvation de ses lèvres.

Il s'inclina pour prendre congé et Violet s'efforça de sourire à tous ceux qu'elle croisait tandis qu'elle se dirigeait lentement vers la terrasse. Toutes ces imposantes demeures londoniennes semblaient disposer d'une terrasse. Il y en avait donc forcément une, mais entre les corps de la salle bondée, elle ne distingua qu'une rangée de fenêtres et pas la moindre porte. Peste.

Tournant les talons, elle gagna le couloir qui la mènerait sans doute au salon des dames. N'importe où pour avoir quelques minutes de paix, loin des yeux de Ware rivés sur sa poitrine. À l'autre bout de la salle, il tendait déjà le cou pour tenter de la repérer. Poussée par le plaisir puéril de lui échapper, elle faillit quitter la pièce en courant. Un rire jaillit de sa gorge quand elle parcourut le corridor désert à grandes enjambées, ses escarpins lui torturant les orteils.

Ne serait-ce pas merveilleux de croiser lord Leigh dans ce couloir ? À ce genre de réception, il semblait toujours rôder en coulisses. Et ne dansait jamais. Ce serait une scène parfaite pour son roman – son héroïne s'éclipsant de la salle de bal pour un rendez-vous secret avec lord Lucifer. Ses joues s'empourprèrent à cette pensée et elle rit de sa propre sottise. Son physique mis à part, elle se souciait fort peu de cet homme. Toute cette débauche, ce ne devait pas être très sain, à force.

Elle entra dans la première pièce dont la porte était ouverte et se retrouva dans un salon, entourée d'œuvres d'art exceptionnelles. L'endroit avait quelque chose de si solennel qu'elle ne s'y attarda pas. La pièce suivante se révéla identique, à une différence près : deux personnes s'y trouvaient déjà.

— Je n'arrive pas à croire que je vous aie autorisée à venir ce soir, disait un homme d'un ton chargé de colère. Vous me faites honte !

Violet s'immobilisa sur le seuil, s'apprêtant à faire demi-tour, quand elle comprit que la jeune femme blonde n'était autre que Camille, en compagnie de son vieil époux.

— Je ne suis pas responsable de votre honte, Hereford. Votre réaction est excessive.

Camille croisa les bras et leva le menton, mais elle était visiblement tendue et ses pommettes étaient en feu.

— Ma réaction n'a rien d'excessif quand je constate que ma femme se conduit comme une catin. Non contente de traîner en ville à des heures indues sans vous soucier de votre réputation ni de la mienne, il suffit que je vous autorise à quitter la maison pour que vous vous pendiez au cou de tous les hommes qui vous invitent à danser. Nous sommes à un bal, Camille, pas dans une maison close.

Camille accusa le coup.

— Comment osez-vous ? Je n'ai fait que danser et notre conversation n'avait rien d'inconvenant.

— C'est à moi de décider ce qui est inconvenant et ce qui ne l'est pas, répliqua Hereford d'une voix dure. Et je refuse d'avoir cette conversation avec vous ici. Vous rentrez à la maison ; la soirée est terminée pour vous.

— Vous déraisonnez, Hereford, rétorqua-t-elle en levant les yeux au ciel.

Le duc s'avança et Camille recula d'un pas.

— Je n'ai rien fait de mal et je tiens à rester. Je passais un très bon moment jusqu'ici.

— Vous rentrez à la maison. Je dirai que vous avez la migraine.

Il avança tandis qu'elle reculait et referma la main sur son bras. La violence de son geste fit tiquer Violet et elle se demanda jusqu'où le duc était déjà allé. Ne sachant trop que faire, mais soucieuse d'intervenir, elle s'avança dans la pièce.

— Camille ?

Les têtes du duc et de la duchesse pivotèrent d'un même mouvement. Camille affichait une expression horrifiée, tandis que celle de Hereford reflétait juste sa colère, mais au moins lâcha-t-il le bras de Camille.

— Tout va bien ? s'enquit Violet.

L'air se figea dans la pièce, vibrant de tension. Hereford se tourna finalement vers sa femme.

— Je vais demander qu'on avance notre voiture. Ne m'obligez pas à venir vous chercher.

Ignorant Violet, il sortit par la porte du fond qu'il laissa claquer derrière lui.

Le visage de Camille se plissa dès qu'il disparut, et elle porta les mains à sa bouche pour étouffer son sanglot. Violet la rejoignit et l'attira dans ses bras.

— C'était affreux. Il t'a fait mal ?

Camille se laissa aller contre elle un instant, acceptant son réconfort, puis s'écarta. Elle essuya une larme qui menaçait et secoua la tête.

— Non, il ne m'a pas fait mal.

Sa peau au-dessus du gant de soirée était rouge, nota Violet.

— Est-ce qu'il te maltraite, Camille ? Es-tu en sécurité avec lui ?

— Il ne me maltraite pas, pas au sens où tu l'entends.

— Dans quel sens, alors ?

Camille secoua la tête, s'efforçant visiblement de se ressaisir. Violet se sentait affreusement impuissante. Camille avait presque le même âge qu'elle, et on l'avait mariée à un inconnu qui avait trois fois son âge et expédiée de l'autre côté de l'océan, loin de sa famille et de ses amis.

— Il est évident qu'il se soucie très peu de ton bien-être, déclara Violet sans dissimuler sa colère. Rentre à la maison avec moi.

Camille laissa échapper un rire bref.

— Tu as raison sur ce point. La seule chose qui l'intéressait, c'était ma dot. À présent, je ne fais que le déranger et il ne sait pas quoi faire de moi.

— Viens chez nous, dans ce cas, insista Violet. Il y a fort à parier qu'il s'en moquera.

Camille posa la main sur l'épaule de son amie.

— Tu es gentille, Violet, mais je ne peux pas faire cela. Tout le monde l'apprendrait, et j'ai beau être malheureuse, je ne peux pas infliger cette honte à ma famille. Ce ne serait pas juste pour eux.

— Ce n'est pas non plus juste pour toi.

— Non, sauf que je l'ai épousé. Si je pars, il verra cela comme un affront personnel. C'est mon lot, désormais.

La tristesse dans son regard avant qu'elle détourne la tête serra le cœur de Violet.

— De toute façon, tes parents ne seraient pas d'accord pour que je reste.

— S'ils refusaient, nous pourrions partir toutes les deux.

Si Violet se trouvait dans l'obligation de s'enfuir, elle serait ravie d'emmener son amie.

— Pour aller où ? demanda Camille.

Retourner à New York ? Non, on les retrouverait trop facilement, peut-être même avant que le bateau ait eu le temps de quitter Liverpool. Et même si elles arrivaient à gagner New York, le scandale et les commérages ne leur laisseraient aucun répit. De plus, Teddy ne serait pas là pour l'attendre. Ce qu'il leur fallait, c'était un endroit où personne ne viendrait les chercher. Un havre de paix alliant détente et confort.

— Windermere. J'ai lu une annonce dans le journal au sujet d'une résidence qui accepte des pensionnaires. Une sorte de maison d'artistes. Réservée aux femmes. Nous pourrions y aller ensemble et personne n'en saurait rien.

Formuler cette idée à voix haute lui donnait du poids, comme s'il s'agissait d'une alternative envisageable. Violet avait conservé l'annonce parce qu'un lieu aussi romantique la faisait rêver. Mais avec cette histoire de mariage, il apparaissait comme une vraie possibilité. Elle refusait l'idée de finir comme Camille.

Son amie lui adressa son premier véritable sourire.

— Une maison d'artistes ? C'est merveilleux. Oh, mon Dieu, as-tu eu des nouvelles de l'éditeur au sujet de ton manuscrit ? Pardonne-moi de ne pas t'en avoir parlé plus tôt. Nous nous sommes si peu vues depuis ton arrivée à Londres.

Violet avait envoyé son premier roman à un éditeur quelques semaines avant de quitter New York, en indiquant son adresse londonienne. Elle avait l'impression d'attendre une réponse depuis une éternité.

— Pas encore, mais j'espère recevoir bientôt une réponse. Et ne te fais pas de reproches, je t'en prie. Nous avons été très occupées toutes les deux.

La vérité, c'était que Hereford, furieux d'apprendre que Camille et Augusta avaient assisté à un combat clandestin à Whitechapel quelques semaines auparavant, avait interdit toute sortie à son épouse depuis lors, ne lui autorisant que de très rares visites. Les quelques fois où elles s'étaient vues, la présence de la mère de Violet les avait empêchées de parler librement.

— Je suis certaine que les nouvelles seront bonnes, assura Camille. Violet, j'apprécie vraiment ta sollicitude, mais tu ne peux pas vouloir t'enfuir. La saison vient à peine de commencer.

— C'est vrai, mais cela ne me dérangerait pas de m'en priver.

Violet fut presque surprise de découvrir qu'elle n'aurait aucun mal à partir. Non que la saison londonienne lui déplaise. Mais passer son temps avec une amie lui plairait davantage.

— Je crains que mes parents n'aient pas renoncé à leur projet de me marier à un aristocrate. Je vais donc peut-être devoir m'enfuir, moi aussi.

Camille se raidit.

— Que veux-tu dire ? Il s'est passé quelque chose entre Rothschild et Augusta ? Dans ta lettre, tu disais qu'il l'avait suivie en Amérique.

— Non, il ne s'est rien passé. Je suppose qu'ils se sont réconciliés et que Max aura bien du mal à empêcher Rothschild d'approcher Augusta pendant la traversée, plaisanta Violet, histoire d'alléger un peu l'atmosphère.

Si Camille se détendit un peu, elle n'en paraissait pas moins inquiète.

— Tant mieux, dit-elle. Un duc dans la famille permettra à ta mère de figurer sur la liste des invités de lady Astor.

— En effet, acquiesça Violet. Mais papa m'a quand même demandé de prendre en considération les prétendants qu'il me soumettra.

— Ne fais pas cela, Violet ! souffla Camille, soudain très pâle. Ne les laisse pas te contraindre au mariage. En aucun cas, tu m'entends ? ajouta-t-elle en lui étreignant la main au point de lui faire mal.

— Je n'ai pas l'intention de me marier.

Camille la regarda droit dans les yeux, se rapprocha d'elle et murmura :

— Écoute-moi bien, Violet. Il y a des choses qui se passent entre mari et femme dont tu ignores tout.

Elle avait rougi. En temps ordinaire, ç'aurait été charmant, mais ses yeux écarquillés reflétaient une telle frayeur que c'était inquiétant.

— Le lit conjugal, pour commencer. C'est une indignité, dans le meilleur des cas, mais imagine que tu sois forcée de te dénuder devant un homme que tu méprises, ou pire, devant un homme qui te méprise et qui t'en veut. De lui faire don de ta personne.

La vision du vicomte Ware surgit dans l'esprit de Violet. Son regard était aussi froid que ses mains. Elle avait une idée de ce qui se passait entre mari et femme grâce à des bribes de conversation surprises ici ou là et à un livre d'anatomie sur lequel Augusta et elle étaient tombées voilà quelques années. Elle n'avait toutefois jamais envisagé de se retrouver étendue auprès de lord Ware et le seul fait d'y penser la fit trembler jusqu'à la moelle. Son père n'en avait rien dit, mais s'il avait autorisé le vicomte à l'escorter ce soir, cela signifiait que ce dernier avait demandé sa main.

— Et qu'y a-t-il d'autre qui se passe dans le lit conjugal que j'ignore ? demanda-t-elle, certaine de ne pas avoir envie d'en entendre davantage.

— Ton époux contrôle toute ta vie. À qui tu rends visite, qui sont tes amis, à quel endroit tu vis, ce que tu manges, les vêtements que tu portes. Imagine à présent que tu octroies ce pouvoir à quelqu'un qui te considère comme un être inférieur. Quelqu'un qui t'a épousée pour ton argent, mais n'oublie pas que tu n'es qu'une roturière et t'en veut de l'avoir contraint à s'abaisser à une mésalliance. Je t'en prie, promets-moi que tu épouseras un homme que tu auras choisi, quelqu'un pour qui tu auras de l'affection ?

Violet avait la gorge tellement nouée et le cœur empli d'une telle tristesse pour Camille qu'elle fut incapable de répondre.

— S'il te plaît, Violet, j'ai besoin de savoir que tu comprends.

Violet hocha la tête.

— Bien sûr, se força-t-elle à dire. Je te le promets.

Camille l'étreignit brièvement, avant de s'essuyer de nouveau le coin des yeux.

— Bien. N'hésite pas à faire appel à moi si tu as besoin d'aide. Cela dit, j'ai bien peur que tu ne sois obligée de le faire par lettre. J'ai l'impression que je vais être privée de visites pendant un certain temps.

Alors qu'elle se détournait pour s'éloigner, Violet la retint par la main, redoutant de ne pas la revoir avant longtemps. Hereford avait le pouvoir de la garder à l'écart du monde autant de temps qu'il le souhaitait.

— N'hésite pas à faire appel à moi si *tu* as besoin d'aide. Nous pouvons partir. N'importe où.

Camille sourit.

— Ne t'inquiète pas pour moi. Mon sort n'est pas si affreux. J'ai tendance à exagérer, mais c'est juste que je ne souhaite pas que cela t'arrive.

— Quoi qu'il en soit, j'ai moi aussi besoin de ta promesse, insista Violet.

— Très bien, je te le promets.

Sur un dernier sourire, Camille se dépêcha de quitter la pièce.

Christian n'avait jamais compris l'utilité de Ware et des individus de son espèce. Hautains, persuadés de leur supériorité, ils ne faisaient rien, n'accomplissaient rien. Ils semblaient n'exister que pour jouir d'eux-mêmes au détriment de tous les autres. Non que Christian trouvât tellement à redire à ce genre d'existence – la sienne était assez voisine de ce niveau, à l'indignité près – mais ce qu'il méprisait, c'était l'hypocrisie de ce genre d'aristocrates.

Leur inimitié avait commencé à Eton, où le vicomte était une classe en dessous de celle de Christian, mais son mépris avait atteint un nouveau degré quand, un peu plus tôt dans la soirée, Ware était entré dans la salle de bal avec Violet à son bras. L'affaire avançait plus vite qu'il ne l'avait escompté. Sa seule consolation était que Violet ne semblait pas du tout apprécier le vicomte. Elle l'avait quasiment ignoré, le laissant lancer des regards noirs à tous ceux qui l'abordaient. C'était là l'attitude d'un homme inquiet. Ware n'était donc pas du tout certain des intentions de celle qu'il courtisait et Christian avait intérêt à agir vite.

Violet avait quitté la salle de bal quelques instants plus tôt, mais Ware, qui l'avait repérée au moment où elle sortait, s'était aussitôt lancé à ses trousses. Christian avait alors fendu la foule, sans parvenir toutefois à rattraper Ware. Après avoir enfin accédé au couloir, il avait vu le vicomte s'immobiliser à l'extrémité comme s'il hésitait entre tourner à droite ou à gauche.

— Ah, elle vous a échappé ! lança Christian, réduisant la distance qui les séparait à chaque mot qu'il prononçait. Vous allez devoir vous montrer plus vigilant pour capturer une héritière, ajouta-t-il une fois qu'il l'eut rejoint.

Les yeux de Ware étincelèrent de colère et de frustration mêlées.

— Bonsoir, Leigh. Nous n'avons pas encore eu l'occasion de bavarder, ce soir.

— Pourquoi bavarderions-nous ? répliqua Christian en haussant un sourcil. Nous ne sommes pas amis.

Ware serra visiblement les dents.

— Parce que nous sommes des hommes civilisés.

— Parlez pour vous. Je n'ai jamais eu une telle prétention.

Le vicomte déglutit, de toute évidence embarrassé par cette rencontre, mais ne sachant comment y mettre un terme.

— Mlle Crenshaw ne semble guère apprécier votre compagnie, reprit Christian. Vous croyez qu'elle acceptera votre demande ?

Ware en écarquilla les yeux de surprise.

— Allons, ne faites pas cette tête-là. Je sais que vous avez demandé sa main.

— Comment le savez-vous ?

— Les secrets n'existent pas, Ware. Vous êtes idiot si vous le croyez.

L'homme déglutit de nouveau, les lèvres si pincées qu'elles formaient une ligne fine. Il avait très envie de conseiller à Christian de se mêler de ses affaires, cela crevait les yeux, mais il était bien trop lâche pour s'y risquer.

— Elle acceptera, une fois que nous nous connaîtrons mieux.

— Vous vous apprêtez à la séduire grâce à votre charme ?

Ware se contenta de froncer les sourcils.

— Non ? enchaîna Christian. Grâce à votre fortune, alors ? Ah, j'oubliais, vous n'en avez pas ! À part des droits miniers.

— Que voulez-vous, Leigh ? grinça Ware.

— Violet Crenshaw.

Choqué, l'autre blêmit. Puis, les yeux étrécis, il se pencha vers Christian, affichant une férocité que ce dernier ne lui avait encore jamais vue. Le désespoir peut pousser les hommes à des mesures désespérées.

— Laissez-la tranquille. Elle est à moi.

— Elle ne voudra jamais de vous.

Ware eut un sourire qui l'alarma.

— Dans ce cas, je devrai m'arranger pour qu'elle n'ait pas le choix.

Quoique gagné par la colère, Christian se força à le gratifier d'un sourire blasé.

— Vous feriez bien de vous dépêcher de la rattraper. Je viens de voir quelqu'un l'escorter sur la terrasse.

Le sourire de Ware disparut et il fila dans cette direction.

Christian réfléchit à ce que venait de dire le vicomte. Il avait l'intention de compromettre Violet Crenshaw, c'était évident. L'idée n'aurait pas dû l'horrifier puisqu'il avait plus ou moins envisagé d'en faire autant, mais imaginer Ware avec la jeune femme le perturbait. Au moins, quand lui-même y avait songé, il avait prévu de faire jouir Violet à en perdre la tête. Ware, qui n'était qu'un sale porc égoïste, ne serait pas aussi prévenant.

Une porte claqua derrière lui. Christian se retourna et vit Hereford remonter le couloir en direction de l'entrée, la colère lui déformant les traits. À la fois intrigué et inquiet, car cette pièce était l'une de celles où Violet s'était peut-être réfugiée, il s'en approcha lentement – rattraper Ware avait réveillé la douleur à sa cheville, accentuant sa claudication. Alors qu'il atteignait la porte, celle-ci s'ouvrit brusquement et il se retrouva face à face avec lady Camille, la duchesse de Hereford.

— Bonsoir, Votre Grâce, la salua-t-il en s'inclinant.

Surprise, la jeune femme s'efforça de sourire, sans succès, marmonna une vague salutation avant de s'éloigner d'un pas rapide dans le sillage de son époux. Christian jeta un coup d'œil dans la pièce, s'attendant à la trouver vide, or, Violet se tenait au centre du salon. Dans sa robe bleu glacier qui mettait sa silhouette en valeur, elle était plus belle que jamais. À l'instant où leurs regards se croisèrent, une sorte de courant le traversa, le poussant vers elle de manière aussi irrépressible que la première fois où il avait posé les yeux sur elle.

Il était temps de mettre son projet à exécution. Grâce à Ware, il savait exactement quoi lui dire. Il entra dans la pièce et referma la porte derrière lui.

4

Les enjeux étaient élevés, mais Rose était prête à jouer. Un seul baiser ne changerait pas le cours de leurs vies. Un seul instant de faiblesse ne fait pas le pécheur.

V. LENNOX,
La Saison d'une Américaine à Londres

Le comte de Leigh pénétra dans la pièce comme si l'imagination débridée de Violet avait suffi à l'invoquer. L'air froid et serein, il s'avança avec une aisance que démentait sa légère claudication. Son épaisse chevelure sombre frôlait son col et l'éclairage parcimonieux du salon assombrissait ses yeux, qu'elle savait gris. Violet fut trop stupéfaite pour réagir quand il referma la porte derrière lui. La raison lui souffla de quitter la pièce par l'autre porte, car être surprise seule en sa compagnie pourrait avoir des conséquences désastreuses, mais sa fascination naissante l'en empêcha.

— Bonsoir, milord, dit-elle en s'appliquant à paraître aussi calme que lui.

En réalité, son cœur s'était mis à battre follement dès qu'elle avait posé les yeux sur lui et ses paumes étaient moites.

— Mademoiselle Crenshaw, la salua-t-il.

Il inclina la tête sans cesser de soutenir son regard.

Elle l'avait cru froid ? Son regard était tout sauf cela. Entre eux, l'air vibra d'une intensité qui la figea sur place derrière le dossier d'un sofa. Et puis il sourit. Le coin gauche de sa bouche se souleva légèrement, révélant des pensées… coquines. À moins que ces pensées coquines ne soient que le reflet des siennes ? Son héritière fictive, Rose Hamilton, était particulièrement sensible au sourire de lord Lucifer. Violet allait devoir faire plus d'efforts pour se distinguer de son personnage.

Il s'immobilisa, la longueur du sofa maintenant une certaine distance entre eux. Ses doigts gantés se crispèrent sur le pommeau à tête de faucon de sa canne. Violet sentit des papillons voleter au creux de son ventre, comme chaque fois que le comte était dans les parages. C'était cette sensation qui l'incitait à se montrer cassante avec lui, réalisa-t-elle. Elle avait lutté contre l'attirance qu'il faisait naître en elle parce qu'en y cédant, elle aurait eu l'impression d'être infidèle à Teddy. Un garçon de peu de foi, apparemment, et qui n'avait pas mérité sa confiance. Maintenant que cette relation avait pris fin – elle s'inquiéterait plus tard de comprendre pourquoi cette séparation avait été aussi facile –, elle n'avait plus de raison de se sentir coupable.

— J'ai le sentiment que je vous dois une…

— Hereford est parti assez…

Ils avaient parlé en même temps et s'interrompirent pour échanger un regard gêné. Il inclina la tête pour signifier qu'il lui cédait la parole.

— Je me réjouis de pouvoir m'entretenir en tête à tête avec vous. Je tiens à vous présenter mes excuses pour mon emportement lors de nos deux précédentes rencontres.

Il se contenta de l'observer, comme s'il cherchait à déchiffrer son expression. Cet examen tira un sourire nerveux à Violet. Une nouvelle palpitation s'éleva au creux de son ventre quand son regard se concentra sur ses lèvres. Elle lui plaisait, clairement.

— Je n'avais aucune raison de me comporter ainsi, si ce n'est que j'étais en colère contre Rothschild et peut-être un peu déstabilisée...

Elle déglutit pour s'empêcher d'aller plus loin. Elle avait toujours tendance à en dire trop quand il aurait fallu en dire moins.

— Déstabilisée ? répéta-t-il.

— Oui, déstabilisée par votre présence inattendue chez moi.

Elle ne lui dirait pas qu'il était l'homme le plus séduisant qu'elle ait jamais vu et que ce seul fait suffisait à la troubler. Non, elle ne le lui dirait pas. Sa proximité lui permettait de mesurer à quel point elle était dépourvue d'expérience s'agissant du sexe opposé. Son engouement pour lui n'avait rien à voir avec les baisers qu'elle avait échangés avec Teddy. Il s'agissait de timides expérimentations, alors que ses pensées pour lord Leigh frisaient la passion dévorante.

— Aucune excuse n'est nécessaire, déclara-t-il avec un sourire. Dans les deux cas, vous étiez en droit d'être déstabilisée par ma présence.

Il la regarda comme s'il connaissait la vérité. Ses joues en feu l'avaient sans doute trahie.

— Du reste, ajouta-t-il d'un ton malicieux, ne vous ai-je pas dit que j'aimais les feux d'artifice ?

Une lueur de défi dansa dans ses yeux.

Ces simples mots déclenchèrent en elle une réaction viscérale qui s'apparentait à une sorte de désir douloureux. Il prenait plaisir à leur joute verbale. Il l'avait vue sous son plus mauvais jour et pourtant, cela lui avait plu. Elle ne savait trop quoi faire de cela. La plupart des gens qu'elle connaissait désapprouvaient tout étalage d'émotion. Mis au défi, Teddy avait froncé le sourcil et changé de sujet. Et lord Ware n'apprécierait certainement pas qu'elle se montre rebelle.

Ses joues étaient de nouveau brûlantes. Baissant les yeux, elle remarqua qu'elle tortillait nerveusement un fil de soie du canapé. Quand elle se risqua à regarder le comte, son sourire avait laissé la place à une expression soucieuse.

— Hereford ne semblait pas particulièrement content en sortant d'ici. J'espère qu'il ne vous a pas importunée.

Violet réfléchit rapidement à ce qu'elle pouvait ou non lui révéler. Malgré sa réputation, lord Leigh était un ami proche de l'homme qui serait bientôt son beau-frère. C'était aussi la seule personne, en dehors de sa famille, à savoir que Rothschild avait suivi Augusta jusque sur le bateau et pourtant, il n'y avait eu aucun commérage à ce sujet. Si Rothschild avait confiance en lui, elle pouvait en faire autant.

— Ce n'est pas à mon sujet que je suis inquiète, c'est au sujet de Camille. Hereford la traite mal et elle n'a aucun recours.

— Aucun recours ? répéta-t-il en inclinant imperceptiblement la tête.

Violet ne l'aurait pas remarqué si elle ne l'avait pas regardé aussi attentivement.

— Pas ici, en tout cas. Pas alors qu'elle est si loin de chez elle et de tout ce qu'elle connaît. Elle lui appartient, désormais, et il peut faire d'elle ce qu'il veut sans que personne intervienne. Il la traite comme une belle-fille désobéissante, l'enferme et lui interdit de recevoir des visites parce qu'aucune loi ne l'en empêche. Cela semble affreusement injuste. Je connais bien Camille, c'est une jeune fille adorable, chaleureuse et pleine de vie, mais Hereford ne s'en soucie pas. Il ne se soucie que de la dot que ce mariage lui a apportée.

Elle s'interrompit, comprenant soudain qu'elle venait d'en dire beaucoup trop à quelqu'un qu'elle connaissait à peine.

Il prit une inspiration et Violet vit sa poitrine se soulever. Avait-elle déjà remarqué combien ses épaules étaient larges ? Elle l'avait forcément remarqué. Sans être exagérément musclé, il était solide et fort. Son torse et ses épaules étaient massifs et elle ne pensait pas que ce soit du rembourrage.

— Il en va ainsi des mariages dans la haute société, déclara-t-il d'une voix douce, mais ferme. Il semblerait que vous n'ayez pas envie de faire ce genre d'union.

— Je me moque de la haute société. Je pense que les gens ne devraient se marier qu'avec quelqu'un qui soit capable de leur offrir un peu d'affection. Je ne suis pas naïve au point de croire à l'amour romantique dont Mlle Austen chante les louanges.

Pour autant, ce qu'Augusta avait trouvé auprès du duc ressemblait beaucoup à cette sorte d'amour.

Et honnêtement, elle ne serait pas contre connaître la même chose. Mais c'était là un sujet bien trop compliqué pour qu'elle en discute avec lord Leigh, un homme avec qui elle n'aurait même pas dû échanger trois mots, pour commencer.

— Il devrait toutefois exister une sorte de respect mutuel et de considération, ajouta-t-elle en guise de conclusion.

— L'affection est importante à vos yeux.

Le regard du comte était revenu se poser sur ses lèvres. Elle les humecta avant de les presser l'une contre l'autre pour réprimer ce tic nerveux.

— Elle est importante pour tout le monde. Les gens sont bien plus heureux au sein d'une famille unie qui leur offre soutien et estime. La chose est prouvée.

Il sourit et une charmante fossette creusa sa joue gauche.

— Vous êtes donc aussi bas-bleu que votre sœur.

— J'aime lire, autant pour m'informer que pour me divertir, si c'est ce que vous voulez dire.

Si elle était consciente d'avoir redressé les épaules et durci le ton, elle semblait en revanche incapable de contrôler ses réactions à l'endroit du comte. Le qualificatif « bas-bleu » était porteur de tant de connotations négatives. Elle savait qu'elle n'était pas assez expérimentée pour susciter l'intérêt de quelqu'un comme Leigh, mais elle ne voulait pas non plus qu'il utilise son appétit de connaissances contre elle.

Le comte ne se départit pas de son sourire.

— C'est exactement ce que je veux dire, mademoiselle Crenshaw. C'est une qualité que j'admire chez tout un chacun, et tout particulièrement chez une femme qui risque de scandaliser rien qu'en l'admettant.

Ravie du compliment, elle croisa de nouveau son regard et lutta contre une envie de glousser aussi soudaine qu'inopportune. Rire aurait gâché la perfection de cet instant et lui aurait rappelé qu'elle n'avait pas vingt ans et qu'elle était bien trop jeune pour un homme tel que lui.

Cela étant, susciter l'intérêt du comte n'avait aucune importance. Elle profitait de leurs échanges pour explorer les sentiments de Mlle Hamilton. Elle n'avait pas la moindre intention de se lier avec un lord anglais.

— Merci, milord.

Il inclina de nouveau la tête, mais son sourire disparut.

— Avez-vous trouvé cette affection, auprès de votre fiancé ? s'enquit-il.

— Je vous demande pardon ?

La question était tellement inattendue qu'elle n'avait rien trouvé d'autre à répondre.

Il fit basculer le poids de son corps d'une jambe sur l'autre afin de caler sa hanche contre le dossier du canapé et elle réalisa qu'il était vraiment très grand. Même dans cette position, il la dominait d'une bonne tête, et à bien y regarder, il se révélait plus imposant qu'il n'y paraissait.

— Pardonnez-moi cette question. Cela ne me regarde pas, mais il se trouve que je m'inquiète pour vous. Rothschild a un jour fait allusion à un fiancé américain. Je crois d'ailleurs que c'était la raison pour laquelle vous aviez décliné l'offre de Rothschild. Je me demandais simplement si vous aviez trouvé cette affection auprès de lui.

— Oh...

Elle ne devait surtout pas lui parler de Teddy.

— Je le croyais, mais apparemment, ce n'était pas le cas. Je m'étais trompée sur son compte.

Pourquoi diable était-elle incapable de contrôler sa langue ? Tout espoir d'apparaître sophistiquée semblait vain face à lui.

— Vraiment ?

— Nos fiançailles sont rompues.

Avouer que son propre père avait payé Teddy pour qu'il rompe et que celui-ci avait accepté était franchement trop embarrassant.

— Ah, tout s'explique, dans ce cas !

— Qu'est-ce qui s'explique ?

— Ware.

Il avait lâché ce nom comme si cela suffisait pour tout clarifier.

— Lord Ware ? Quel rapport avec lui ? demanda-t-elle en sentant ses cheveux se hérisser sur sa nuque.

— Je ne devrais pas colporter des ragots. Il paraît que cela peut avoir des conséquences épouvantables.

Violet le rejoignit en deux pas et posa la main sur son bras. Elle sentit son muscle jouer sous sa paume et prit conscience, une fois de plus, de la force qui se dissimulait sous ses dehors trompeurs. Tous deux baissèrent les yeux sur sa main, ce qui l'incita à l'écarter promptement. Leurs regards se croisèrent et il la scruta d'un air sérieux. Elle aurait toutefois été bien incapable de dire ce qu'il y cherchait.

— Je vous en prie. Si cela me concerne, je veux savoir.

— Il est persuadé qu'il va vous épouser.

Ils étaient si près l'un de l'autre qu'elle sentit son souffle et décela une trace de scotch et un soupçon de tabac dans son haleine.

— C'est faux. Il ne m'a pas demandé ma main et n'a pas même fait sa demande à mon père.

Si ? Vu le comportement de ses parents ces derniers temps, elle n'aurait pas été choquée d'apprendre que Ware avait demandé sa main et qu'ils ne lui en avaient pas parlé, mais elle aurait été profondément blessée. Ses parents étaient sur le point d'avoir le duc de Rothschild pour gendre. Ils voulaient peut-être un autre aristocrate dans la famille, mais il n'y avait aucune urgence. La boule de terreur qui s'était logée dans son ventre semblait pourtant l'avertir qu'elle se trompait.

Lord Leigh demeura silencieux. Il se contenta de soutenir son regard, comme s'il en savait plus qu'il ne le disait. Il n'avait aucune raison de mentir à ce sujet. Pourquoi le ferait-il, sachant qu'il devrait en répondre à Rothschild s'il le faisait ?

— Que vous a-t-il dit ? demanda-t-elle.

— Qu'il avait l'intention d'obtenir votre main, et qu'il pouvait s'arranger pour que vous n'ayez d'autre choix que d'accepter sa demande.

Le sang de Violet se figea dans ses veines et elle se sentit chanceler. Leigh posa la main sur sa taille pour l'aider à garder l'équilibre. Elle était chaude et solide, et elle imagina qu'il la touchait pour une autre raison. Cette pensée était inconvenante et elle aurait dû s'écarter immédiatement, mais elle en fut incapable.

— Il a été également fait mention de droits miniers, ajouta-t-il.

Oh, Seigneur ! Le mariage d'Augusta allait permettre aux Aciéries Crenshaw d'ouvrir une succursale à Londres. Les approbations nécessaires seraient délivrées par le Parlement dès que les noces seraient célébrées. Son père devrait donc logiquement chercher des ressources sur place. Serait-il prêt à vendre sa propre fille en échange de celles-ci ? Violet connaissait la réponse à cette question, même si elle refusait d'y croire.

— Vous n'étiez pas au courant.

Elle secoua la tête. Ce n'était pas comme si elle ne s'était doutée de rien. Elle s'était juste interdit d'y croire. Elle s'était dit qu'avec le duc, cela n'avait peut-être été qu'un hasard, qu'il avait approché ses parents spontanément et que ceux-ci avaient été transportés de joie. Mais la réalité était tout autre. Ses parents avaient bel et bien décidé de vendre leurs deux filles. Et même si elle réussissait à convaincre son père qu'elle ne voulait épouser aucun de ses prétendants, lord Ware prendrait les choses en main ! Il s'arrangerait pour se retrouver seul avec elle et ferait en sorte qu'un témoin les surprenne. Aurait-elle la force d'affronter le scandale et les répercussions que subirait sa famille si elle s'obstinait à refuser le mariage après cela ?

— Je ne voulais pas y croire, avoua-t-elle.

Elle sentit les doigts du comte se crisper légèrement sur sa taille et frissonna. Sa main semblait si ferme, si sûre qu'elle avait envie de s'appuyer contre.

— Qu'allez-vous faire ? demanda-t-il posément.

Un cercle sombre cernait ses iris, mais l'éclairage était trop faible pour qu'elle voie si ce cercle était bleu ou d'un gris plus foncé. Il semblait si sincèrement inquiet pour elle qu'elle recouvrit sa main de la sienne. L'air parut se densifier et une onde de chaleur tourbillonna entre eux.

— Je ne sais pas.

Elle arrivait à peine à réfléchir quand il était si près. Son cœur battait la chamade et son corps persistait à vouloir se laisser aller contre lui. L'effet qu'il produisait sur elle relevait de l'engouement puéril, mais cela lui plaisait.

— Si vos parents ne tiennent pas compte de votre sentiment sur la question, il ne vous reste que deux choix.

— Fuir, dit-elle, un peu haletante.

— Oui.

Était-ce son imagination ou avait-il lui aussi le souffle court ?

— Ou ? ajouta-t-elle comme il se taisait.

— Épouser quelqu'un de votre choix.

Se pouvait-il qu'il lui suggère de l'épouser, *lui* ? Non, là, c'était bel et bien un effet de son imagination.

— Je... J'imagine que ce serait envisageable, seulement, il n'y a personne que j'aie envie d'épouser. Comme je viens de vous le dire, je pense qu'un couple doit partager de l'affection et du respect. Me précipiter dans un mariage sans affection sous prétexte d'échapper à un autre mariage voué à l'échec serait absurde.

Le comte pinça les lèvres, l'air... déçu ? Avait-il vraiment eu l'intention de lui faire sa demande ?

— Dans ce cas, il semble que vous ayez trouvé la solution.

Avait-il raison ? En était-elle déjà à l'instant où il ne restait d'autre choix que la fuite ?

— Aurez-vous les moyens de subvenir à vos besoins si vous choisissez cette option ?

Ses parents iraient-ils jusqu'à lui couper les vivres ? Elle devait se préparer à cette éventualité.

— Oui… Je possède un petit portefeuille d'actions que mon frère se charge de gérer pour moi. Je suis certaine qu'il me permettra d'y avoir accès.

— Petit comment ?

— Je reçois des relevés trimestriels, dit-elle – en vérité, elle se donnait rarement la peine de les examiner attentivement. De l'ordre de vingt mille dollars, je crois.

— C'est assez conséquent.

Son assurance redonna espoir à Violet. Peut-être que cela suffirait.

— Mais si votre frère prend le parti de vos parents ?

— Il ne ferait jamais cela. Cela dit, j'ai aussi une petite maison qu'une tante m'a léguée, à Manhattan. Elle génère un revenu.

— Vous pourriez aussi envisager de la vendre, dit-il.

— Sans doute.

Elle n'en avait pas envie, cependant. Tante Hortense était la sœur aînée de son père. Vieille fille, elle lui avait manifesté une profonde tendresse que Violet lui avait rendue. Elle avait passé des moments heureux dans cette maison.

— Mais je n'en suis pas encore là. Je dispose aussi d'un peu d'argent qui me permettrait de voir venir.

— Je pourrai vous aider si vous le souhaitez.

Il était déterminé, et compréhensif aussi.

— Merci, mais je ne pense pas qu'une mesure aussi extrême soit nécessaire dans l'immédiat. Je vais devoir m'entretenir avec mes parents pour clarifier les choses.

Le comte retira lentement la main qui reposait au creux de sa taille et Violet eut l'impression d'un abandon. Au lieu de le laisser faire, elle suivit son mouvement et recouvrit sa main de la sienne quand il la posa sur le dossier du canapé. Il baissa les yeux sur leurs mains gantées et elle sourit, repliant ses doigts autour des siens pour les presser doucement.

— J'apprécie votre sollicitude.

Son regard demeura fixé sur sa main quand il lui répondit :

— Je ne connais pas bien vos parents, mais je doute que vous parveniez à les détourner de leur projet.

Violet semblait quant à elle incapable de détacher le regard de leurs mains jointes. Le pouce du comte se mit à caresser doucement la base du sien. Un délicieux frisson courut le long de son dos et une onde de chaleur se répandit au creux de son ventre. Elle contempla leurs mains si longtemps que cela semblait indécent. Alors elle releva la tête et regarda le comte. Il captura son regard telle l'araignée capturant une mouche dans sa toile. Sauf qu'elle n'avait aucune envie de fuir. Elle aimait être l'objet de son attention.

Que ferait-elle s'il demandait sa main à la place de Ware ? Serait-elle aussi prompte à décliner son offre ou l'autoriserait-elle à la courtiser ? L'excitation qu'elle ressentit à cette idée lui fournit sa réponse. Peut-être que s'ils s'embrassaient une fois – rien qu'un chaste frôlement de lèvres –, elle pourrait considérer cela comme de la recherche pour son personnage de Mlle Hamilton qui, pas plus qu'elle-même, n'avait embrassé de débauché. Teddy ne pouvait certes pas figurer dans cette catégorie.

Sans en décider consciemment, elle se pencha vers lui, chancelant légèrement. Il demeura où il était, mais le pouls de Violet s'emballa quand elle l'entendit prendre une brève inspiration. Elle n'eut pas le temps de réfléchir que déjà elle se hissait sur la pointe des pieds et pressait ses lèvres sur les siennes. Les lèvres de Leigh se révélèrent étonnamment douces et chaudes. Violet n'aimait pas particulièrement le scotch, mais le goûter sur sa bouche serait sûrement divin. Si elle se fiait aux battements rapides de son cœur sous la main qu'elle avait posée sur son torse, ce baiser l'affectait autant qu'elle. La joie qui la submergea la rendit plus hardie. De la pointe de la langue, elle effleura sa lèvre inférieure. La bouche de Leigh s'entrouvrit et sa main revint se poser sur sa taille.

Un bruit de talons martelant rapidement le tapis dans la pièce voisine incita Violet à s'écarter. Elle se retourna à temps pour voir lady Helena March franchir en toute hâte la porte qui donnait sur l'autre salon.

— Violet ! s'exclama-t-elle, ses yeux bleus s'arrondissant d'inquiétude en les découvrant ensemble. Vous êtes donc là.

Violet n'avait pas la moindre idée du spectacle qu'ils offraient, mais il y avait fort à parier que lady March savait exactement ce qu'ils venaient de faire. Elle ne put s'empêcher de se retourner pour jauger l'expression du comte. Le désir brûlant qui s'attardait dans son regard lui contracta le ventre de plaisir. Il avait beau ne plus la toucher, le souvenir de sa main la réchauffait encore.

— Lady Helena, dit Violet avec un sourire, s'efforçant d'apparaître nonchalante, lord Leigh me montrait le...

Elle chercha du regard quelque chose susceptible de retenir l'attention.

— ... le Titien, dit-elle en désignant un tableau sur le mur le plus proche.

— Bonsoir, lord Leigh, dit lady Helena, les yeux étrécis, l'air soupçonneux.

— Lady Helena, la salua-t-il en inclinant la tête comme si rien d'inconvenant ne s'était produit. Si vous voulez bien m'excuser, l'une et l'autre.

Sans offrir la moindre explication, il tourna les talons et quitta la pièce. Lady Helena attendit que la porte se soit refermée.

— Ma chère, je me sens tenue de vous avertir...

Violet leva la main.

— Inutile. Croyez-moi, je sais très bien qu'il était stupide de rester seule avec lui.

Et pourtant, la part téméraire en elle s'en souciait comme d'une guigne. Si lord Ware avait l'intention de la compromettre, pourquoi ne pourrait-elle pas embrasser qui bon lui semblait ? Découvrir qu'elle avait été compromise par un autre le pousserait peut-être à renoncer à elle.

Lady Helena afficha un sourire compréhensif, et la tendresse amusée qui pétilla dans ses yeux rappela à Violet la raison pour laquelle Augusta et elle s'étaient liées d'amitié avec la jeune veuve peu après leur arrivée à Londres. Lady Helena March les avait prises sous son aile et les avait aidées à s'y retrouver dans le labyrinthe de règles souvent floues qui régissaient la vie de la haute société.

— Je n'en avais pas l'intention, ajouta Violet.

— Personne n'en a l'intention quand il s'agit d'un libertin.

Violet s'esclaffa.

— Il m'a dit des choses très perturbantes au sujet de lord Ware.

— Racontez-moi.

Lady Helena glissa son bras sous celui de Violet et elles regagnèrent la salle de bal à pas lents.

— Vos parents semblent décidés à célébrer cette union, n'est-ce pas ? demanda son amie quand elle eut terminé son récit.

— Oui, c'est pourquoi je vais devoir leur parler. Je ne souhaite pas me marier maintenant.

— C'est bien pour cela que vous devez redoubler de prudence. Vous ne devez jamais vous retrouver seule avec un homme. Je ne crois pas que lord Leigh cherche une épouse, pour autant, on a vu des choses étranges se produire quand des fortunes sont en jeu.

— Vous ne lui faites donc pas confiance ?

Violet n'avait pas réussi à apprendre grand-chose à son sujet car il semblait être de ces personnalités dont on ne parle pas en société. Il lui donnait l'impression d'évoluer à la marge du beau monde, assistant parfois à des événements mondains, mais notablement absent dans les salons les plus respectables.

— Ma foi..., commença lady Helena en plissant le front, il a une certaine réputation.

Elle adressa un sourire à quelqu'un qui passait avant de poursuivre à mi-voix :

— Il a tendance à fuir la bonne société, lui préférant la fréquentation des tripots et la compagnie de personnes peu recommandables. J'ignore ce qu'il a en tête, mais s'il décidait de se marier, il ne se sentirait pas tenu de se plier aux méthodes conventionnelles.

— Et vous ne pensez pas qu'il ferait un époux convenable ?

Le ton de lady Helena le laissait clairement entendre. Si Violet n'aurait pas su dire en quoi sa réponse était importante pour elle, il n'empêche qu'elle l'était.

Lady Helena sourit, mais son regard s'était voilé d'une étrange tristesse.

— Qui saurait dire ce qui fait d'un homme un bon époux ? Je crois que le plus gros écueil en ce qui le concerne, c'est que la plupart des gens qui sont ici ce soir répondraient non à votre question et que cela aurait d'importantes répercussions sur la vie sociale de son épouse. Pourquoi ? ajouta-t-elle. Vous envisagez de l'épouser ?

Violet sourit et secoua la tête. Elles avaient rejoint la salle de bal et elle se surprit à le chercher du regard parmi la foule. En vain. Elle ne pensait pas qu'il avait eu l'intention de la compromettre, mais pourquoi lui avait-il parlé de lord Ware ? Quelles étaient ses intentions ?

— Ah, te voilà, ma chérie !

Violet dut se faire violence pour ne pas grimacer quand elle entendit la voix de sa mère. Elle aurait aimé avoir le temps de reprendre pied dans le réel. La situation ne fit qu'empirer quand, pivotant, elle vit que sa mère était au bras de lord Ware. Ce dernier affichait un air boudeur et mécontent, fronçant les sourcils d'un air presque accusateur.

— Je vous avais bien dit qu'elle était dans les parages.

Mme Crenshaw donna une petite tape sur le bras du vicomte, mais son regard démentait sa bonne humeur. Il reflétait un soulagement notable et peut-être même un soupçon de désapprobation.

— Violet, ma chérie, nous avions fini par penser que tu t'étais embarquée pour la Grèce ou quelque autre destination exotique, la taquina-t-elle. Mais te voilà occupée à bavarder avec la charmante lady Helena. Je suis ravie de vous revoir, ma chère.

— Je le suis tout autant, madame Crenshaw. Vous n'aviez aucun souci à vous faire. J'avais besoin de prendre l'air et Mlle Crenshaw a eu la bonté de faire quelques pas avec moi.

Profitant de ce que les deux femmes poursuivaient leur conversation, lord Ware se rapprocha de Violet.

— Venez donc faire le tour de la salle avec moi, mademoiselle Crenshaw.

Elle fut tentée de décliner, mais se révéla incapable de trouver une excuse à son refus.

— Bien sûr, intervint sa mère en la voyant hésiter. Allez donc vous amuser un peu, tous les deux. Nous autres vieilles dames préférons faire tranquillement tapisserie.

Lady Helena, qui n'avait pas trente ans, pouvait difficilement passer pour une vieille dame, mais Violet n'eut pas le temps de protester, car sa mère les poussait déjà pratiquement l'un vers l'autre.

Se raidissant quand le vicomte lui prit le bras, Violet retrouva finalement sa langue.

— Mère, je m'en voudrais de monopoliser lord Ware, d'autant que j'ai promis plusieurs danses à d'autres gentlemen.

— Ils comprendront, répondit Ware avec un sourire crispé.

— Tu vois, ma chérie, dit sa mère. Écoute lord Ware. Il en sait davantage que nous sur ces choses-là.

Persister dans son refus aurait été mal perçu ; cela étant, la rapidité avec laquelle sa mère s'était rangée à l'avis de Ware l'ébranla. L'estomac noué, elle laissa le vicomte l'entraîner dans son sillage.

5

Leur rencontre avait ressemblé au tir d'une fusée d'artifice – brillant et lumineux, laissant derrière lui une absence de son qui amplifiait le silence.

V. LENNOX,
La Saison d'une Américaine à Londres

Le malaise de Violet ne la quitta pas de la soirée, supplantant toute pensée de son baiser avec lord Leigh. Son appréhension ne fit que s'accroître au cours du trajet de retour. Comme toujours, ses parents ne se souciaient pas de ce qu'elle ressentait. Ils étaient très gais et lui souhaitèrent bonne nuit dans le hall avant qu'elle s'empresse de regagner sa chambre.

Ellen, sa femme de chambre, la salua à son arrivée. Elle était entrée au service des Crenshaw quand Augusta était repartie pour New York avec la femme de chambre américaine qu'elles se partageaient jusqu'alors. Violet l'appréciait, mais elle la connaissait à peine, et après une soirée aussi éprouvante, elle avait juste besoin d'être seule avec ses pensées.

Ellen entreprit de lui dégrafer sa robe. Après la lui avoir ôtée, elle la drapa sur une chaise puis délaça son corset. Violet put enfin prendre une profonde inspiration.

— Ce sera tout pour ce soir, Ellen, déclara-t-elle alors.

— Mais, la robe..., dit la femme de chambre.

— Vous verrez cela demain. Vous n'avez qu'à la laisser ici.

— Je pourrais au moins ôter vos épingles à cheveux, mademoiselle.

— Non, merci. Vous pouvez aller vous coucher, répondit Violet qui s'était déjà tournée vers le miroir pour défaire elle-même son chignon.

Ellen hocha la tête, mais marqua un temps d'arrêt alors qu'elle se dirigeait vers la porte.

— Tout va bien, mademoiselle ? demanda-t-elle, un pli se creusant entre ses sourcils. Vous semblez un peu pâle.

Violet secoua la tête. Elle sentait le calme qu'elle affichait s'effriter.

— Simple fatigue, j'imagine.

— Peut-être avez-vous mangé quelque chose qui ne vous convenait pas. Je pourrais vous préparer un tonique. Dans mon village, ma tante connaissait plus d'une centaine de recettes et chacun d'eux guérissait une affection différente.

Violet secoua de nouveau la tête. Elle avait à peine avalé deux bouchées au souper servi à l'issue du bal.

— C'est gentil, Ellen, mais je crois que j'ai surtout besoin de me reposer.

La jeune fille lui souhaita bonne nuit et se retira.

Violet se brossa les cheveux, puis enfila sa chemise de nuit et son peignoir. Trop de pensées tournaient dans sa tête pour qu'elle envisage seulement de se coucher, elle se mit donc à faire les cent pas dans sa chambre. Elle aurait aimé qu'Augusta soit là tout en se le reprochant. Sa sœur s'était démenée pour lui venir en aide quand toute cette histoire de mariage arrangé avait débuté, quelques semaines plus tôt. À l'époque, Violet avait sottement cru que ses fiançailles avec Teddy suffiraient à régler le problème. Mais elle allait sur ses vingt ans, il était temps qu'elle prenne ses responsabilités.

Cette pensée en tête, elle resserra la ceinture de son peignoir et sortit dans le corridor pour se rendre dans les appartements de sa mère. Elle allait vérifier si lord Ware était bel et bien l'homme à qui ses parents avaient l'intention de la marier. Si tel était le cas, il lui faudrait alors trouver le moyen de s'en sortir toute seule.

Aucune lumière ne filtrait sous la porte. Sa mère était peut-être encore en train de parler avec son père. Violet descendit l'escalier en hâte et se dirigea vers le salon. La porte était entrouverte et un rai de lumière s'étirait sur le tapis. Le murmure de la voix de sa mère, auquel répondit celui de son père, l'incita à s'immobiliser. Après s'être assurée que le hall était désert, elle tendit l'oreille.

— Tu t'inquiètes trop, Griswold, disait sa mère. Violet n'est pas comme sa sœur. Elle est docile et bien élevée. Elle comprendra que lord Ware est le meilleur parti. Elle nous fait confiance.

— Je sais que tu as raison, ma chérie. Je m'attendris, que veux-tu. Elle n'a pas vingt ans et elle va nous quitter. D'abord Augusta, et maintenant Violet, qui se retrouvera toute seule ici.

— Elle sera loin d'être seule. Augusta sera là, et avec les nouveaux bureaux de Londres, nous pourrons séjourner ici plusieurs mois par an.

Un rugissement dans ses tympans l'empêcha d'entendre la réponse de son père. Les choses se passaient comme elle l'avait craint. Ses parents recommençaient avec leur projet de mariage et ils avaient choisi Ware. Elle n'aurait pas dû être surprise. Pas une seconde. Et pourtant, elle avait espéré…

Elle fit volte-face et fila vers l'escalier. Elle n'était pas en état de parler de cela avec ses parents. Elle était trop bouleversée et savait que la colère est toujours mauvaise conseillère. Alors qu'elle passait devant le guéridon où se trouvait le plateau réservé à la correspondance, son œil fut attiré par une enveloppe sur laquelle son nom était tracé d'une écriture vigoureuse. La lettre avait dû arriver un peu plus tôt dans la journée. Sa main tremblait quand elle s'en empara. Un bref coup d'œil à l'expéditeur confirma ce qu'elle savait déjà : c'était l'éditeur de New York.

Réponse favorable ou défavorable ?

Elle dissimula la lettre sous son peignoir comme s'il s'agissait d'une correspondance secrète et remonta l'escalier. Elle ne voulait partager le contenu de cette lettre avec personne avant d'en avoir pris connaissance. Une fois la porte de sa chambre verrouillée, elle alla s'asseoir sur son lit. Un long frisson la secoua. Une fois de plus, son avenir dépendait d'une lettre. Elle prit une longue inspiration et entama la lecture, son regard survolant les mots au hasard et découvrant des formules dans le désordre.

Nous vous remercions de nous avoir soumis... intéressant et révélateur... Nous avons le regret de vous informer... lecteurs préfèrent des sujets plus sages et sérieux... style prometteur... envisager de soumettre un manuel de savoir-vivre destiné à un lectorat féminin...

Ils ne voulaient pas de son livre. La feuille lui échappa et voleta jusqu'au sol. Contrairement au rejet de Teddy, celui-ci l'affectait profondément. Peut-être parce qu'il ne concernait pas seulement son manuscrit, mais ce qu'elle était. On lui conseillait d'écrire un guide sur l'étiquette ! Rien de sérieux. Rien de réel. Rien de ce qui comptait pour elle.

Ses parents voulaient qu'elle organise des réceptions pour montrer à lady Astor qu'ils étaient dignes de figurer sur sa liste d'invités. Rien de sérieux ni de réel là non plus. Si les choses se passaient selon leurs vœux, sa vie serait celle d'un joli bibelot. Elle serait plaisante à regarder, docile, et ne dirait jamais un mot plus haut que l'autre.

Ces dernières années, elle avait cru à cette illusion selon laquelle elle pouvait être ce que souhaitaient ses parents tout en restant fidèle à ce qu'elle était réellement. Mais elle se retrouvait face à une impasse. Elle pouvait choisir de rester elle-même ou se perdre complètement. Faire les deux en même temps était impossible.

Le lendemain matin, la journée s'annonçant sombre et menaçante, il fut décidé que la garden-party prévue l'après-midi aurait lieu à l'intérieur. Violet dut se forcer pour paraître enthousiaste à l'idée de cette réunion. À quelques rares exceptions près, les mères escortées de leurs filles qui avaient assisté au thé donné par sa mère deux jours auparavant seraient remplacées par un tout nouveau groupe. La nouvelle de la fugue romantique d'Augusta et Rothschild ayant commencé à se répandre, les Crenshaw étaient plus populaires que jamais, pour le plus grand bonheur de sa mère. Violet, quant à elle, aurait préféré se vautrer à loisir dans la souffrance du rejet.

Son manuscrit avait-il été rejeté parce qu'il était mal écrit ou parce qu'elle n'était qu'une femme sans cervelle qui ne pouvait pas écrire quoi que ce soit d'intéressant ? Le sujet dont elle avait traité avait-il été jugé trop provocateur ? Une vision trop enjouée des excentricités de l'élite new-yorkaise risquant d'être mal perçue, Violet s'était efforcée d'adopter un ton bon enfant et malicieux dans l'espoir de contourner cet écueil. Elle avait visiblement échoué. Mme Graham, leur préceptrice, avait peut-être juste fait montre d'une politesse excessive quand elle l'avait encouragée à écrire. Elle était généreusement rémunérée, aussi n'était-il pas inconcevable qu'elle ait forcé son enthousiasme. Cela étant, Augusta avait lu le manuscrit, elle aussi, et elle ne lui aurait jamais menti... n'est-ce pas ?

Ces questions, ainsi que bien d'autres, la tourmentèrent tout l'après-midi. Alors que les invitées se rassemblaient dans le hall pour enfiler capes et gants, Violet se préparait à consacrer quelques précieuses heures à relire *Jane Eyre* dans sa chambre.

— J'ai été ravie de vous revoir, lui dit lady Alfred.

Violet s'ébroua et la gratifia d'un sourire éclatant.

— Je l'ai été aussi. Il me tarde de vous retrouver au bal Worthington.

À cet instant, lady Beatrice, la fille de lady Alfred, laissa échapper un cri.

— Ma broche ! s'écria-t-elle en tapotant sa poitrine et en jetant des coups d'œil anxieux autour d'elle. Je l'ai perdue !

Elle avait veillé à ce que tout le monde admire sa broche en or incrustée d'émeraudes récemment héritée de sa grand-mère. Le bijou était sans doute resté dans le salon, abandonné sur un coin de table après être passé de main en main.

— Je vais vous la chercher, s'empressa de proposer Violet avant que sa mère appelle un valet.

À son retour, la plupart des invitées seraient sans doute parties et elle échapperait ainsi à un interminable échange de politesses.

Elle pénétra dans le salon, refermant la porte derrière elle pour profiter du silence. Elle repéra aussitôt la broche sur un guéridon. Elle alla la récupérer, se laissa tomber sur un canapé et ferma les yeux, savourant sa solitude temporaire. Les larmes versées la veille et sa nuit agitée lui avaient valu de se réveiller avec une migraine. Si elle la sentait encore palpiter sous ses paupières closes, elle semblait s'atténuer chaque fois que la porte d'entrée s'ouvrait, annonçant le départ d'un nouveau groupe d'invitées. Violet songea à prendre prétexte de sa migraine afin d'échapper à la sortie au théâtre prévue ce soir-là par ses parents. Elle aurait ainsi le temps de réfléchir à son avenir.

— Bonjour, mademoiselle Crenshaw.

Elle rouvrit brusquement les yeux. Lord Ware se tenait devant elle. Elle remarqua aussitôt qu'il s'interposait entre la porte et elle.

— Que faites-vous là ?

Il lui sourit aimablement.

— Je suis arrivé un peu avant la fin de votre petite fête et votre mère a demandé au valet de me faire patienter dans le salon voisin, dit-il en indiquant la porte de séparation.

Sa mère ne lui en avait rien dit, mais il est vrai qu'elles avaient été entourées d'invitées. La colère de Violet se teinta d'une sorte de crainte diffuse tandis qu'elle se levait. Même si Ware n'avait rien de menaçant, elle n'aimait pas être seule avec lui. Il savait que ce n'était pas convenable, et pourtant, il l'avait approchée. Se pouvait-il que lord Leigh ait dit vrai ? Lord Ware avait-il l'intention de la compromettre ?

Elle se força presque à sourire, puis y renonça. Pourquoi lui aurait-elle souri ? Elle ne l'aimait pas particulièrement, autant le lui faire savoir.

— Vous feriez mieux de regagner le petit salon, dit-elle, les yeux étrécis. Je viendrai vous voir dès que mes invitées seront parties.

Il se raidit, visiblement surpris, mais ne bougea pas.

— En fait, je me réjouis d'avoir un instant en tête à tête avec vous. J'aimerais vous parler d'une chose.

Pas d'une demande en mariage, assurément. Violet fit un pas de côté.

— Ah oui ? Et de quoi ?

— Votre comportement, hier soir, était tout à fait inapproprié, mademoiselle Crenshaw. Lady Helena a prétendu que vous étiez avec elle, mais je vous avais vue quitter la salle de bal seule. Une dame ne devrait pas rester sans escorte à un bal, surtout si elle s'aventure dans les parties désertes d'une maison.

— Ma foi, je ne suis pas vraiment une dame, répliqua-t-elle.

Elle n'aurait pas dû dire cela, mais elle ne supportait pas l'idée de se faire réprimander par ce genre de personnage. Le regard de Ware glissa jusqu'à sa poitrine et Violet dut se retenir de croiser les bras pour s'y soustraire.

— Pas encore peut-être, dit-il. Mais vous le deviendrez.

Il y avait dans sa voix quelque chose de tellement sinistre qu'elle sentit un frisson courir le long de son dos. La veille, Hereford s'était montré si froid avec Camille, s'adressant à elle d'un ton si glacial... Violet eut soudain la certitude que c'était ce qui l'attendait avec lord Ware si leur avenir devait être lié.

— Comment une telle chose serait-elle possible ? riposta-t-elle.

Il eut un sourire fat.

— Je suis bien conscient que vous avez reçu une éducation différente de la mienne, mais il existe des... tutrices, des femmes censées vous enseigner ce qu'il faut que vous sachiez.

Il avait l'intention de lui faire donner des leçons d'étiquette et de maintien ? Le cœur de Violet se mit à battre si fort que le sang lui rugit aux oreilles.

— Sachez que j'ai l'intention de poursuivre une carrière d'écrivain, déclara-t-elle sur un coup de tête.

Et voilà. Qu'il s'avise donc de l'en dissuader.

Il laissa échapper un rire qui manquait de chaleur.

— Nous aurons tout le temps de parler d'avenir le moment venu.

— Aucun avenir ne saurait s'envisager sans que j'écrive. Je tiens à être claire sur ce point.

Elle regarda sa pomme d'Adam monter et descendre quand il déglutit. Si elle parvenait à le convaincre qu'elle était déterminée, il cesserait peut-être de s'intéresser à elle.

— Une dame respectable ne se livre à aucun négoce. Elle peut avoir un passe-temps, bien sûr, mais elle se comporte toujours, et avant tout, de façon respectable.

— Que se passerait-il si je n'étais pas respectable ?

Sa bouche se plissa, comme s'il souffrait à cette seule idée.

— On vous corrigerait jusqu'à ce que vous compreniez votre erreur. Mais n'ayez aucune crainte, mademoiselle Crenshaw. Vous êtes intelligente pour une femme, je ne doute pas de votre capacité à vous adapter rapidement.

Son ventre se noua tandis qu'elle imaginait cette conversation se répétant *ad nauseam* dans les années à venir. La seule chose dont elle fut alors certaine, c'était qu'elle n'épouserait jamais lord Ware ni aucun de ses semblables.

— Dans ce cas, je crains qu'il ne soit inutile de poursuivre notre relation, dit-elle. Je ne renoncerai pas à mes aspirations.

Le masque aimable du vicomte glissa et son regard se durcit.

— Vous m'avez été promise.

Elle serra si fort la broche dans sa main que l'épingle s'ouvrit et lui piqua la paume. Elle jeta un coup d'œil à la minuscule goutte de sang. Elle avait soudain l'impression d'être comme cette gouttelette : une minuscule fleur d'insurrection, perdue dans un océan de conformité. Quel espoir avait-elle de s'en sortir ?

Lord Ware claqua de la langue.

— Vous vous êtes blessée. Laissez-moi vous aider.

Il s'avança, mais elle s'écarta – le conseil de lord Leigh était encore très présent à son esprit.

— C'est faux. Mes parents me l'auraient dit...

Elle s'interrompit abruptement car le sourire du vicomte était revenu. Et il était menaçant à présent – à moins que ce ne fût un effet de son imagination.

— Notre avenir a déjà été décidé, dit-il. Le contrat est établi. Vous êtes pour ainsi dire déjà mienne. J'avais prévu d'attendre encore un peu avant de vous le dire.

Il haussa les épaules et tendit la main vers elle.

Elle était trop abasourdie pour réagir. Quand sa main se referma sur son épaule, elle tourna les yeux vers la porte. Des voix se rapprochaient. Lui aussi les entendit. Sa main libre se referma sur son autre épaule et il l'attira à lui. Leurs regards se croisèrent et elle eut le temps de voir une lueur de triomphe dans ses yeux avant qu'il essaye de l'embrasser. Il voulait qu'on les surprenne. Il n'avait pas l'intention de lui laisser le moindre choix.

Un flot de colère la traversa. Sans réfléchir, elle lui écrasa le pied de son talon. Il poussa un cri et ses mains se desserrèrent. Violet en profita pour pivoter et se libérer de son étreinte. Sans un regard en arrière, elle courut jusqu'à la porte du petit salon qu'elle franchit à l'instant où celle du grand s'ouvrait. Elle traversa le petit salon vide, sortit dans le couloir et regagna le hall à présent désert, à l'exception du valet de pied en faction près de la porte. Elle vit dans le miroir du hall que ses joues étaient empourprées et elle s'efforça de se ressaisir avant de retourner dans le grand salon. Sa mère, lady Alfred et lady Beatrice bavardaient avec lord Ware. Si ses pommettes étaient un peu rouges, il ne semblait pas autrement affecté.

— La voici ! annonça Violet en brandissant la broche. Elle m'a donné du fil à retordre, mais j'ai retrouvé la broche de votre grand-mère, lady Beatrice.

La jeune fille émit un glapissement de joie et s'empressa de récupérer sa broche tandis que lady Alfred remerciait chaleureusement Violet.

— Regarde qui est venu nous rendre visite, dit la mère de Violet. Lord Ware. Ne sommes-nous pas ravies de le voir ?

Violet adressa un bref hochement de tête à ce dernier, mais ne put se résoudre à croiser son regard. Elle sentit le sien fixé sur elle. Les quelques minutes suivantes se déroulèrent dans une sorte de flou tandis qu'elle raccompagnait mère et fille. Lord Ware était resté dans le salon avec sa mère. Quand la porte d'entrée se fut refermée sur les deux femmes, Violet jeta un regard d'envie vers l'escalier. Cependant, avant qu'elle ait eu le temps de décider de monter se réfugier dans sa chambre, sa mère apparut.

— Viens donc nous rejoindre, Violet.

— J'ai la migraine, mère. Je pense que je vais aller m'étendre.

— Et abandonner notre hôte ? releva sa mère en la rejoignant. Inutile de te dire que c'est toi que lord Ware est venu voir, pas moi, ajouta-t-elle à voix basse.

— J'en suis bien consciente, répondit Violet sans desserrer les dents. Je n'ai pas envie de le voir.

— Et pourquoi cela ? s'enquit sa mère, les mains sur les hanches. Tu t'es montrée très sèche avec lui depuis qu'il s'intéresse à toi. Qu'il souhaite te courtiser relève du miracle.

— Je préférerais qu'il s'abstienne. Savez-vous qu'il m'a abordée dans le salon, tout à l'heure ? Il m'a agrippée et je pense qu'il souhaitait qu'on nous découvre ensemble. Vous savez la conséquence que cela aurait eue pour ma réputation.

Sa mère secoua la tête.

— Tu me sembles indemne et cet homme est sincèrement épris de toi, c'est évident.

Comme si cela excusait son odieux comportement. Ware était prêt à la compromettre pour obtenir ce qu'il voulait. Il n'envisageait même pas que ses souhaits puissent être différents des siens. Mais le pire, c'était que sa propre mère prenne son parti contre elle. Violet était désemparée. Elle se sentait vulnérable et seule.

— Je ne lui fais pas confiance, mère. Il m'a clairement fait comprendre qu'il comptait m'épouser.

— Et qu'y a-t-il de mal à cela ? Il ferait un époux parfait, Violet. À t'entendre, on a l'impression qu'il souhaite te compromettre et t'abandonner. Ses intentions sont honorables s'il envisage de t'épouser.

Violet dévisagea sa mère. Celle-ci semblait convaincue que sa fille était seulement victime d'une erreur de jugement. Se pouvait-il que sa réaction ait été exagérée ?

Non. Absolument pas. Le vicomte avait cherché à lui forcer la main sans se soucier de ses sentiments. C'était impardonnable. Que sa mère ne soit pas de cet avis lui brisait le cœur.

— Je dois aller m'étendre, mère, insista Violet, la gorge nouée. Je ne me sens vraiment pas bien.

De contrariée, l'expression de sa mère se fit inquiète quand Violet porta la main à sa tête. Après un court débat intérieur, elle hocha finalement la tête.

— Va te reposer. Je présenterai tes excuses à lord Ware.

La douleur qui martelait les tempes de Violet était presque insoutenable quand elle retourna dans sa chambre. Elle allait devoir s'enfuir. Elle n'avait pas le choix. Il était clair désormais que ses parents refuseraient de revoir leur jugement sur Ware et que Ware lui-même agirait comme lord Leigh l'avait prédit. Que se serait-il passé si elle n'avait pas réussi à lui échapper ? Lady Alfred les aurait surpris. Violet aurait peut-être évité le scandale parce qu'ils n'étaient restés seuls qu'un court instant. Mais maintenant qu'elle savait de quoi lord Ware était capable, combien de temps lui restait-il avant qu'il tente de nouveau sa chance ?

Elle ne pouvait prendre un tel risque. Elle mourrait si elle devait l'épouser. La solution qu'elle avait proposée à Camille ne lui parut pas si farfelue tout à coup. Elle irait se réfugier dans cette pension pour artistes de Windermere, le temps que ses parents comprennent qu'elle n'épouserait cet homme sous aucun prétexte.

6

Lord Lucifer ne se rendit pas compte qu'il se laissait prendre à son propre piège. Souvent, le cynique échoue à appréhender la réalité – mais on pourrait en dire autant de l'ingénue.

V. LENNOX,
La Saison d'une Américaine à Londres

Le lendemain

Le Montague Club occupait près de la moitié d'un pâté de maisons, dans l'agréable quartier de Bloomsbury. Le superbe bâtiment de marbre blanc était l'ancienne résidence de la dernière maîtresse du défunt comte de Leigh. Ce dernier avait conservé sa demeure de Belgravia jusqu'à la fin de ses jours, mais la rumeur disait qu'il n'y avait que fort rarement résidé, car il avait préféré vivre auprès de sa maîtresse et de leurs trois enfants – les demi-frère et sœurs de Christian – jusqu'à ce qu'un anévrisme mette fin à ses jours à l'âge de quarante-six ans. Quand il sirotait un scotch dans le salon du club, Christian imaginait parfois son père parcourant les couloirs de sa chère demeure, furieux de voir ce qu'elle était devenue.

Pas ce jour-là, cependant. Ce jour-là, il entendait l'écho de la folie de son père dans le rire d'un joueur éméché, à l'étage, et dans le rugissement de l'homme qui lui faisait face sur le ring du sous-sol – le donjon, comme l'appelaient la plupart des membres du club. C'était là qu'avaient lieu les combats les plus importants. Ceux qu'on ne livrait pas pour le sport, mais pour l'argent et la gloire.

Ceux qui comptaient vraiment.

Christian avait les phalanges douloureuses du coup qu'il venait d'infliger à l'arcade sourcilière de James Brody. Celui-ci s'essuya le front d'un revers de main, laissant une traînée de sang.

— Prêt à assumer ta pénitence ou tu as besoin d'un autre encouragement ? demanda Christian.

Cela faisait un bon quart d'heure qu'ils se battaient. Torse nu, et aussi haletant que Christian, Brody répliqua :

— Je ne te dois rien, Leigh. Wilkes a enfreint les règles de son propre chef parce que c'est un maudit lâche.

— Wilkes est ton lutteur. Tu es responsable de lui. C'est toi qui l'as envoyé combattre Rothschild. Tu as garanti sa participation. Les lames qu'il avait fixées aux semelles de ses chaussures auraient pu se révéler mortelles. Il a payé pour ce crime. Maintenant, c'est ton tour. Tu dois surveiller davantage tes lutteurs.

Le combat entre Wilkes et Rothschild, quelques semaines plus tôt, avait été l'événement de l'année. Wilkes avait triché quand il s'était vu sur le point de perdre et avait failli mutiler Rothschild avec ses lames d'acier. L'intervention de la police, juste avant la fin du combat, avait permis à Wilkes de se fondre dans la nuit. Christian et son frère n'avaient pas tardé à le retrouver et l'avaient obligé à livrer un nouveau combat. Brody avait été plus difficile à pincer.

En guise de réponse, Brody laissa échapper un grognement et chargea Christian. Celui-ci feinta sur la droite pour préserver sa cheville défaillante et, prenant appui sur son autre pied, projeta le poing au creux de l'estomac de son assaillant. Brody grogna, mais il était trop remonté pour s'arrêter. Son poing atteignit le côté de la tête de Christian et Brody profita qu'il fût étourdi pour l'entraîner par terre.

Christian faillit rire de cette erreur tactique. La plupart des gens s'imaginaient que sa cheville faisait de lui un piètre combattant. Il avait contredit cette théorie d'innombrables fois, mais il y avait toujours un petit nouveau pour le sous-estimer. Car si son équilibre n'était pas parfait lorsqu'il était debout, il maîtrisait la situation dans un corps à corps au sol. Il avait vaincu des hommes qui faisaient deux fois sa taille, simplement parce qu'il savait manipuler les membres et jusqu'où étirer les jointures avant qu'elles cèdent. En moins d'une minute, il eut le dessus sur Brody et lui tira le bras dans le dos selon un angle défiant les lois de l'anatomie, prêt à craquer sur un geste de Christian.

— Je me rends ! Je me rends ! glapit Brody, paniqué. Je vais payer !

— J'aurais préféré que tu arrives à cette conclusion plus tôt.

Christian le lâcha et se remit debout, le souffle court. Brody frappa le sol du plat de la main avant de l'imiter, plus lentement, et essuya le sang qui lui coulait dans l'œil.

— Maudit bâtard, grommela-t-il.

— Non, le bâtard, c'est moi.

Jacob Thorne, le demi-frère de Christian, et fils naturel du défunt comte de Leigh, se tenait près du ring, les bras croisés, un sourire fier aux lèvres. Le Montague Club appartenait à trois hommes : Christian, Jacob et le duc de Rothschild.

— Allez vous faire foutre, tous les deux.

Brody cracha un jet de salive ensanglantée qui atterrit sur le sol en terre battue avant d'enjamber les cordes du ring. Il récupéra sa chemise des mains du valet qui attendait avec une serviette. Les deux compagnons de Brody se tenaient à proximité, efficacement tenus à distance par des employés du club.

— Laissez-les passer, dit Jacob.

Les hommes de Brody se rajustèrent avec des gestes exagérés, comme s'ils avaient été malmenés.

— Si tu surveillais tes lutteurs, rien de tout cela ne serait arrivé, lança Jacob à Brody.

L'homme enfila son pardessus et répliqua en termes fleuris tandis qu'on l'escortait jusqu'en haut des marches. Leurs hommes de main veilleraient à ce qu'il paye son dû avant de le laisser partir. Brody aimait bien donner du fil à retordre, mais c'était un homme honorable – enfin, aussi honorable que pouvait l'être un criminel.

La porte venait à peine de se refermer derrière eux quand Webb, le secrétaire de Christian, dévala les marches.

— La femme de chambre des Crenshaw est là, milord. Elle dit qu'elle a de nouvelles informations.

Christian sentit son cœur cogner. *Fuir ou épouser quelqu'un de votre choix.* Avait-elle pris sa décision ? On lui avait déjà appris que les Crenshaw avaient donné une petite réception, la veille, à laquelle Ware n'avait que très brièvement participé. On lui avait aussi rapporté que les époux Crenshaw s'étaient ensuite rendus au théâtre, sans Violet. Personne ne savait ce qui s'était passé entre Violet et Ware, mais leurs fiançailles n'avaient pas encore été annoncées, ce qui était une bonne chose.

— Veillez à la mettre à l'aise et offrez-lui un rafraîchissement.

Christian attrapa une serviette et s'essuya le visage et le torse, regrettant de ne pas pouvoir prendre un bain avant de rencontrer la femme de chambre. Celle-ci avait sans doute profité d'une course pour passer le voir, il ne pouvait donc pas la faire attendre.

— C'est la femme de chambre que tu as engagée pour les Crenshaw ? demanda Jacob d'un ton amusé.

— Ce sont les Crenshaw qui l'ont engagée. Je ne fais que la payer pour les renseignements qu'elle me communique, répondit Christian en enfilant sa chemise.

Malgré des débuts difficiles, les deux frères avaient réussi à nouer une relation solide au fil du temps et Christian avait fait part de son projet à Jacob.

— Si je me souviens bien, ricana ce dernier, tu lui as fourni de fausses références pour qu'elle puisse être embauchée.

Christian sourit et enfila sa redingote.

— Il ne sera pas dit que je n'aurai pas accompli ma part pour venir en aide aux âmes infortunées de notre belle capitale. Cette fille se serait retrouvée à l'hospice sans l'instruction et les références que je lui ai fournies.

— Un jour, mon cher frère, tu te retrouveras dans une situation que tu ne pourras ni manipuler ni contrôler, déclara Jacob, le regard pétillant de malice.

— Possible, admit Christian. Mais ce jour n'est pas encore venu.

Son frère rit et lui donna une claque sur l'épaule avant de le précéder dans l'escalier.

— Je suis content de te voir de meilleure humeur. Tu faisais grise mine depuis le bal.

— Avoir affaire à Ware me met toujours à cran. Ce type est un serpent.

Ils traversèrent les salles du club, adressant des signes de tête aux clients qui les saluaient au passage. Christian et son demi-frère se ressemblaient beaucoup physiquement, mais si Jacob avait hérité du teint cuivré et des yeux sombres de sa mère, Christian avait la peau plus claire et les yeux gris de la sienne. Tous deux mesuraient un bon mètre quatre-vingt-cinq et tenaient de leur père l'ossature robuste, les épaules larges, le nez en lame de couteau et les pommettes hautes. Ils attiraient l'attention quand ils se promenaient ensemble, et plus encore dans leur propre club.

Une fois à l'écart, Jacob demanda :

— Tu penses réussir à lui souffler l'héritière ?

— À Ware ? Sans aucun doute, répondit Christian en souriant. Le plus gros problème, c'est que notre dame semble avoir des ambitions élevées.

— Lesquelles ?

— Elle ne souhaite pas se marier dans l'immédiat. Elle aspire à une carrière d'écrivain, à en croire sa femme de chambre.

Jacob laissa fuser un long sifflement.

— Les filles Crenshaw ne se distinguent pas par leur docilité, dis-moi. Comment comptes-tu procéder ?

— En lui montrant que je peux lui donner ce qu'elle veut.

— Tout simplement ? dit Jacob en haussant un sourcil sceptique.

— Les femmes ne sont pas compliquées, mon cher frère. Aimées et nourries convenablement, elles ont tendance à faire ce que tu leur demandes. Voilà le secret.

Son frère renversa la tête en arrière et éclata d'un rire sonore.

— Seigneur, j'espère qu'elle t'épousera !

Christian se rembrunit.

— À t'entendre, on dirait que ce serait une mauvaise chose.

— Au contraire. Cela promet d'être hautement divertissant.

— La demoiselle le sera.

Christian avait encore une vision assez floue de la chose, mais il était certain que son mariage avec Violet Crenshaw serait amusant.

Épouser l'héritière Crenshaw lui permettrait de restaurer son cher domaine de Blythkirk et d'enfoncer une fois pour toutes le dernier clou du cercueil de son père. Le vieux comte de Leigh l'avait volontairement laissé sans le sou, léguant toutes ses liquidités, ainsi que sa maison de Bloomsbury, à sa maîtresse et aux enfants qu'il avait eus d'elle. Ce mariage apporterait plus d'argent au comté qu'il n'en avait vu depuis des siècles.

— Que se passera-t-il si tu vas jusqu'à l'épouser et que Crenshaw refuse de lui donner sa dot ?

s'enquit son frère, comme s'il avait lu dans ses pensées.

— Je doute que cela arrive. Il voudra que sa fille continue à vivre dans le luxe.

— Mais imagine. Tu te retrouverais coincé avec une épouse et pas grand-chose d'autre.

Christian avait déjà réfléchi à la question et la conversation qu'il avait eue avec Violet au bal l'avait convaincu que son projet était viable.

— Elle a de l'argent en propre. Des titres dont s'occupe son frère et une maison héritée d'une tante, à Manhattan. Le revenu de leur vente suffirait à restaurer Blythkirk.

Ce serait certes moins que ce qu'il ambitionnait, mais il s'en satisferait. Et Violet à elle seule serait une récompense.

Jacob riait encore quand il poussa la porte du bureau de Christian. Ellen Stapleton se tenait devant la fenêtre, les yeux écarquillés comme si elle envisageait de se jeter dans le vide. Elle était si angoissée et nerveuse depuis le début que Christian s'était demandé plusieurs fois s'il avait fait le bon choix. Mais il n'avait trouvé personne d'autre qui soit capable de passer pour une camériste et disposée à espionner pour son compte. Sa conscience le titilla un instant, ce qui ne lui ressemblait guère, et il s'empressa de penser à autre chose. Le dramaturge Lyly n'avait-il pas écrit que « les règles du fair-play ne s'appliquent ni en amour ni à la guerre » ?

— Tu as des renseignements, Stapleton ? demanda-t-il.

— O… oui, milord, bredouilla-t-elle. Mlle Crenshaw a feint d'être malade hier soir pour ne pas aller au théâtre avec ses parents.

— Elle a feint, dis-tu ? Tu en es sûre ?

Si elle était réellement malade...

— Oui, milord. Je ne sais pas ce qui s'est passé, mais elle semblait fâchée contre ses parents. Elle a prétendu qu'elle avait la migraine alors qu'elle a passé la soirée à aller et venir dans sa chambre.

— Et personne ne sait ce qui est arrivé ? s'étonna-t-il.

Il avait du mal à croire qu'aucune rumeur ne circulait parmi les domestiques.

La fille haussa les épaules.

— Pas vraiment, non. On parle d'un mariage qui aurait été arrangé.

Christian laissa échapper un soupir. Tout se passait comme il l'avait prévu, apparemment. Les parents de Violet avaient dû lui proposer Ware comme époux et elle avait évidemment regimbé. Tant mieux.

— Autre chose ?

Stapleton hocha la tête.

— Oui, milord. Cet après-midi, elle a rendu visite à lady Helena March alors que ses parents étaient sortis. Elle s'était plainte d'avoir de nouveau la migraine, pourtant elle est partie tout de suite après eux. Elle s'est absentée moins d'une heure, mais j'ai remarqué qu'elle avait emporté un grand sac de voyage. Elle a prétendu qu'elle comptait donner des vêtements pour les bonnes œuvres de lady Helena. J'ai inspecté sa garde-robe et j'ai noté que plusieurs vêtements manquaient dont sa robe de voyage.

— Que manquait-il d'autre ?

— Des accessoires sur sa table de toilette, milord. Et des sous-vêtements, ajouta-t-elle en rougissant.

Elle avait donc l'intention de s'enfuir. Christian retint à grand-peine son sourire.

— Son sac de voyage était-il vide à son retour ?

— Non, milord. Elle ne l'avait plus.

Peut-être avait-elle laissé son sac chez lady Helena ou peut-être l'avait-elle laissé ailleurs. Il fallait qu'il découvre quand elle comptait s'enfuir. Il se tourna vers son frère.

— Dis à Dunn et à Sanford de surveiller la maison des Crenshaw. Je veux savoir à quel moment Violet partira.

Les deux hommes étaient chargés de garder un œil sur la résidence des Américains, mais Christian voulait être informé de l'instant exact où Violet ressortirait, sinon il risquait de la manquer.

Jacob acquiesça et quitta la pièce.

— Tu as bien travaillé, Stapleton, déclara Christian. La prochaine fois qu'elle sortira, viens ici immédiatement et emporte tous tes effets avec toi. Tu ne retourneras sans doute plus là-bas.

La femme hocha la tête en triturant l'ourlet de son tablier.

— Et la récompense dont nous avions parlé ?

— Je n'ai pas oublié. Et vous aurez un emploi à vie chez moi, ton frère et toi.

Christian s'approcha du coffre derrière son bureau, le déverrouilla et en sortit deux pièces qu'il alla glisser dans la main d'Ellen.

— Pour le service que tu m'as rendu aujourd'hui. Et n'oublie pas de revenir ici dès qu'elle partira. Tu devras avoir quitté les lieux quand on s'apercevra de sa disparition. Il ne faut pas qu'on puisse te poser la moindre question.

— C'est compris, milord, répondit-elle, puis elle ajouta : Vous veillerez à ce qu'il ne lui soit fait aucun mal ? Comme vous avez dit ?

Christian sourit.

— J'ai pour projet qu'elle se sente en sécurité et soit merveilleusement heureuse.

Une fois ce résultat obtenu, il ne doutait pas que Violet Crenshaw choisirait de l'épouser plutôt que de s'enfuir.

7

Rose se savait pleine de ressources, mais face à l'adversité, c'est parfois la rigueur qui s'avère nécessaire.

V. LENNOX,
La Saison d'une Américaine à Londres

Assise dans la voiture à côté de Violet, l'honorable Mme Harold Barnes lui coula un regard dubitatif. Un regard qui demandait : « Tout va bien, mon enfant ? »

Violet n'allait pas bien. Elle était en proie au doute et au désarroi. Elle avait décidé de s'enfuir le jour même et n'était pas du tout sûre de son plan. Réprimant un gloussement nerveux, elle gratifia son chaperon de ce qu'elle espérait être un sourire anodin.

La brave femme haussa les sourcils, visiblement perplexe.

— Êtes-vous certaine de vous sentir assez bien pour assister à cette conférence ?

— Oh, oui, je vais tout à fait bien, je vous remercie ! Je crois que le mal dont j'ai souffert ces deux derniers jours s'est dissipé.

Elle était du moins suffisamment rétablie pour cesser de s'apitoyer sur son sort et préparer sa fugue.

Lord Ware pensait pouvoir lui forcer la main et ses parents semblaient très heureux de le lui permettre. Eh bien, elle n'avait pas l'intention de se laisser sacrifier docilement. Elle suivrait l'exemple d'Augusta et tracerait sa propre voie. L'origine du problème était peut-être là. Elle avait longtemps laissé faire pour avoir la paix et faire plaisir à sa mère, au détriment de ce qu'elle désirait vraiment. Elle avait été trop prompte à faire des concessions. Mais c'était terminé. À dater d'aujourd'hui, elle prenait le contrôle de sa vie.

La lettre de refus lui avait permis de comprendre une chose essentielle. Elle se refusait d'être une potiche qui écrirait des livres expliquant aux femmes comment se comporter en potiches. Au-delà de cette certitude, elle ignorait ce que l'avenir lui réservait.

Mme Barnes accueillit sa réponse d'un bref hochement de tête, la plume d'autruche sur son chapeau ridicule menaçant de faire chavirer ce dernier. Elle continua cependant de lui jeter des regards dubitatifs tandis que la voiture les conduisait au British Museum.

Violet ne pouvait lui reprocher d'avoir des doutes. Avant leur départ, elle s'était élancée vers sa mère pour la serrer dans ses bras. Et juste avant, elle s'était faufilée dans le bureau de son père pour lui dire au revoir. Il lui avait adressé le même genre de regard que Mme Barnes à présent. Car même si ses parents cherchaient à la marier par intérêt, elle n'arrivait pas à les détester. Elle continuait même de les aimer. Elle aurait tellement souhaité qu'ils comprennent, mais ils ne voulaient rien entendre, d'où son choix d'une solution drastique. La séparation les aiderait peut-être à se mettre un peu à sa place.

La veille, elle avait écrit deux lettres. L'une avait été envoyée par porteur spécial à la directrice de la pension pour dames de Windermere afin de l'informer de son arrivée. L'autre, restée au fond de son armoire, était destinée à n'être découverte qu'après son départ. Elle ne voulait pas que sa famille s'inquiète trop. Elle expliquait dans sa lettre qu'elle avait emporté ses économies et qu'elle était en sécurité. De fait, elle avait de quoi vivre très confortablement pendant un an ou deux – voire trois ou quatre si elle économisait et demandait à son frère de vendre ses actions. Elle avait cousu la moitié de ses économies dans la doublure de son manteau et enveloppé l'autre moitié dans un linge qu'elle avait glissé dans sa bottine. Et elle avait gardé une petite somme dans son réticule pour couvrir ses dépenses durant le voyage. Tout allait bien se passer.

Elle serait seule, mais tout irait bien. Seigneur, qu'était-elle en train de faire ? Augusta et Max étaient certainement arrivés à New York à présent. Elle ne les reverrait pas avant plusieurs mois. Quant à ses parents, ils seraient tellement furieux contre elle qu'ils ne lui adresseraient probablement pas la parole pendant longtemps. Un an, peut-être même plus.

Le duc de Rothschild interdirait-il à Augusta de garder un lien avec elle ? Sa fugue ne risquait-elle pas de la cantonner à un destin d'éternelle vieille fille et de paria ?

— Tout va bien, mademoiselle Crenshaw ?

Violet, qui avait fermé les yeux, les rouvrit et vit la plume d'autruche tanguer devant elle comme Mme Barnes se penchait vers elle.

— Je vais très bien, assura-t-elle d'une voix faible.

— Vous êtes très pâle. Nous ferions mieux de rentrer.

— Non !

Elle avait presque crié.

— Non, ce ne sera pas nécessaire, ajouta-t-elle d'une voix plus calme. Je suis restée à la maison plusieurs jours, et j'étais très bien après avoir rendu visite à lady Helena, hier.

— Comme vous voulez, dit Mme Barnes. Mais nous rentrerons tout de suite après la conférence.

Violet acquiesça d'un hochement de tête, la gorge nouée. La pauvre femme ne pouvait deviner qu'elle serait partie avant la fin. Elle avait l'intention de quitter la salle en pleine séance en prétextant un léger malaise, tout en persuadant son chaperon de rester à sa place. Cela lui laisserait un peu de temps avant que cette dernière commence à s'inquiéter. En fait, elle se rendrait en fiacre chez lady Helena pour récupérer le sac qu'elle y avait déposé la veille. Lady Helena ne serait pas chez elle, elle récupérerait donc son sac des mains d'un domestique avant de gagner la gare de King's Cross. Il lui faudrait se dépêcher pour attraper le train de 12 h 30 pour Manchester, mais c'était faisable. Et si elle le manquait, il y en avait un autre à 14 h 45.

Si elle croyait suffisamment à sa bonne étoile, tout se passerait sans anicroche. Il n'empêche, son projet était fragile, d'où cette peur qui demeurait logée au creux de son estomac.

Tu peux y arriver, Violet.

Elle le pouvait d'autant plus qu'elle était préparée. Elle avait passé du temps à parcourir livres et journaux afin de relever toutes sortes d'adresses utiles. Train annulé ? Elle avait un itinéraire de rechange. Un retard ? Elle connaissait les villes principales le long du trajet et saurait où se loger. Quelqu'un s'étonnerait de la voir voyager seule ? Elle prétendrait qu'elle était gouvernante et se rendait chez ses employeurs, à Windermere. Elle était même en possession d'une jolie lettre d'introduction qui expliquait tout, en cas de nécessité. Elle était anxieuse, certes, mais elle était préparée.

La voiture s'immobilisa. Carrant les épaules, Violet afficha ce qu'elle espérait être un charmant sourire et prit la main que lui tendait le valet après avoir ouvert la portière. Mme Barnes et elle se dépêchèrent de gagner l'intérieur du musée sous un ciel d'un gris menaçant.

Elles eurent à peine le temps de rejoindre la salle déjà comble que la conférence commençait. C'était une bénédiction, car Violet n'était pas d'humeur à échanger des banalités. Son esprit était tout entier tourné vers son projet. Il ne restait plus qu'une poignée de sièges au fond de la salle, aussi les deux femmes s'y installèrent-elles. L'égyptologie passionnait tellement Mme Barnes qu'elle était capable d'en parler pendant des heures. Très vite, elle concentra toute son attention sur l'orateur qui se tenait sur l'estrade. Un sarcophage était exposé à sa gauche et chaque fois qu'il désignait une partie de l'objet, la vieille dame portait à ses yeux une paire de jumelles d'opéra.

Le cœur de Violet battait trop fort pour qu'elle prête attention aux propos du conférencier. Elle se força à compter mentalement jusqu'à cinq cents, puis se pencha vers son chaperon.

— Il faut que je sorte un peu. Cette salle est étouffante.

Elle savait qu'elle n'avait pas besoin de se forcer pour sembler indisposée.

Mme Barnes écarta juste assez les jumelles de son visage pour lui jeter un coup d'œil. Elle était visiblement partagée entre son devoir de chaperon et son envie d'écouter la suite de la conférence. Violet sourit.

— Ne bougez pas, je vous en prie. Je ne serai pas longue, mentit-elle.

Mme Barnes hocha la tête et rapprocha les jumelles de ses yeux. Soulagée, Violet se leva et s'efforça de gagner la porte d'un pas mesuré. Un employé du musée la lui ouvrit et elle s'empressa de la franchir. Elle veilla à rejoindre l'entrée du musée d'un pas tout aussi tranquille. Ce ne fut qu'une fois dehors que le doute la submergea de nouveau.

Que fais-tu donc ? Tes parents ne te le pardonneront jamais. Tu vas causer un scandale, et où seras-tu, alors ?

Non. Elle y arriverait. Si elle acceptait qu'un petit scandale lui dicte son avenir, comment pourrait-elle jamais maîtriser les ramifications de son roman ? Avec ses scandales et ses personnages plus ou moins inspirés de la réalité, ce dernier ne s'inscrivait pas précisément dans la veine des ouvrages de Jane Austen. En outre, elle était prête à affronter la critique si cela signifiait éviter d'épouser un lord Ware.

Elle passa entre les colonnes de la façade et descendit prestement l'escalier. À peine eut-elle quitté l'abri du portique qu'une grosse goutte de pluie s'écrasa sur son front. Heureusement, elle avait prévu qu'il pleuvrait. Elle ouvrit son parapluie et franchit le portail pour se diriger vers la station de fiacres. Certes, une dame convenable n'empruntait pas ce genre de transport, surtout seule, mais elle était désormais Mlle Emily Smith, gouvernante.

Son parapluie était noir comme ses bottines, et elle avait choisi une de ses robes d'après-midi les plus sombres, car elle lui tiendrait lieu de robe de voyage dans un premier temps. La jupe était ornée de rayures verticales gris anthracite et gris clair, et la veste, très chic, était gris anthracite. Cette toilette était sans doute trop élégante pour une gouvernante, mais elle n'avait rien trouvé d'autre.

Un seul fiacre attendait au coin de la rue et son cœur bondit d'impatience. Elle avait un plan et elle le mettait à exécution. Elle pouvait y arriver. Sauf que lorsqu'elle fut à moins de quinze mètres de la station, le cocher grimpa sur son perchoir, ramassa les rênes et fit claquer sa langue. La voiture s'ébranla.

— Attendez ! s'écria-t-elle vainement.

Le cocher ne lui jeta qu'un bref coup d'œil quand il passa devant elle, l'air pressé. Il faisait sombre avec les nuages qui s'amoncelaient et il était difficile de distinguer clairement l'intérieur, mais elle n'eut pas l'impression qu'il y avait un passager.

— Peste et malédiction, marmonna-t-elle.

Puis elle sourit en comprenant qu'elle pouvait jurer sans que personne la réprimande. C'était cela la vraie liberté.

Elle n'eut pas le temps de savourer l'instant, car elle devait s'éloigner du musée en toute hâte.

Si Mme Barnes se lançait à sa recherche et que quelqu'un lui disait l'avoir vue sortir, on la rattraperait et tout serait fini avant même d'avoir commencé. Les grosses gouttes de pluie s'étaient muées en crachin, signe que la véritable averse n'allait pas tarder et qu'elle devait se dépêcher de trouver un abri. Elle tourna au coin de la rue et marcha d'un bon pas le long de la rue bordée de maisons de ville. Bloomsbury était un quartier de la classe moyenne, parsemé de quelques poches cossues, où tous les habitants ne possédaient pas de véhicule personnel. Il devait donc y avoir une autre station de fiacres dans les parages, à moins qu'elle ne se risque à en héler un.

Un peu plus loin, une seule voiture stationnait le long du trottoir, et quelques piétons – tous des hommes d'âge moyen – déambulaient sur le trottoir d'en face. Peut-être pourrait-elle demander à l'un d'eux où se trouvait la station de fiacres la plus proche. Cette idée l'emplit d'anxiété, car une dame respectable n'abordait pas un inconnu dans la rue. Une gouvernante y était-elle autorisée ? Elle n'en était pas certaine. Sans doute pas.

Avant qu'elle ait décidé si elle devait ou non traverser la rue pour aller s'informer, la portière de la voiture à l'arrêt s'ouvrit et une jambe d'homme revêtue d'un pantalon à fines rayures grises en surgit. Son propriétaire suivit et le cœur de Violet s'emballa comme s'il était poursuivi par une horde de chevaux sauvages.

Lord Leigh se tenait près du véhicule, braquant sur elle un regard qui la cloua sur place. Que faisait-il là ? Allait-il contrecarrer ses projets ? Alerter ses parents ? Un rapide coup d'œil à la portière lui apprit que ses armoiries n'y figuraient pas.

— Mademoiselle Crenshaw, la salua-t-il, élevant juste assez la voix pour couvrir la distance qui les séparait.

Son cocher, qui ne portait pas la livrée, regardait droit devant lui comme il avait visiblement appris à le faire.

— Lord Leigh, le salua-t-elle en retour, en s'approchant d'un pas prudent. C'est curieux de vous voir ici.

Il esquissa un sourire.

— Je pourrais peut-être en dire autant à votre sujet.

C'était vrai. Lui était autorisé à parcourir la ville à sa guise. Elle, en revanche, dérogeait à l'étiquette. Elle ne sut quoi répondre pour ne pas éveiller ses soupçons.

— Le Montague Club se trouve juste au coin de la rue, reprit-il comme s'il avait senti qu'elle risquait de se sauver en courant – et elle y avait effectivement songé. Je m'apprêtais à quitter la ville quand il m'a semblé vous reconnaître.

— Vous voyagez toujours dans une voiture anonyme ?

— Pas toujours, non. Celle-ci appartient au Montague. Toutes les voitures du club sont anonymes. C'est plus discret quand un de nos membres fait trop d'excès et qu'il s'avère nécessaire de le raccompagner chez lui.

Il se tenait là, avec sa canne à pommeau d'argent et son élégante redingote, répondant avec assurance à ses questions, pourtant Violet ne pouvait s'empêcher de trouver sa présence suspecte. Elle le savait dangereux pour elle. Parce qu'il était un lord et parce qu'il éveillait en elle un intérêt comme elle n'en avait encore jamais ressenti pour un homme.

Cela seul suffisait. Mais elle avait outrepassé la limite en l'embrassant. Un bref instant de folie qui resterait gravé en lettres de feu dans sa mémoire pour l'éternité. Le simple fait d'y penser la faisait rougir.

Elle était en fuite. Cet homme n'était pas pour elle.

— Ravie de vous avoir vu.

Elle inclina brièvement la tête et continua son chemin.

Il avait d'autres projets, car il se planta devant elle sans se soucier de la pluie qui mouillait sa redingote. Il était vraiment imposant, de près. Comment avait-elle pu l'oublier ?

— Vous ne devriez pas vous promener seule.

— Tout va bien.

Elle détesta l'infime trémulation de sa voix à la fin de sa phrase.

Il y eut une pause durant laquelle il étrécit les yeux. Elle imagina les rouages de son cerveau qui tournaient, chaque dent trouvant mécaniquement sa place.

— S'enfuir ou se marier, murmura-t-il, et il écarquilla soudain les yeux. Vous êtes en train de vous enfuir, ajouta-t-il.

Inutile de nier. Seule sur ce trottoir, sous la pluie, cela pouvait difficilement passer pour un secret.

— En effet, mais vous avez gêné ma progression. Bonne journée, milord.

Si elle arrivait à rejoindre la gare assez vite, qu'il aille trouver ses parents n'aurait plus grande importance.

Elle tenta de le contourner, mais il se déplaça en même temps qu'elle.

— Où donc allez-vous si vite sous la pluie ?

— Je dois trouver un fiacre qui me conduise à la gare...

Elle s'interrompit avant d'en dire trop.

— Permettez-moi de vous y emmener.

Si elle lui fut reconnaissante de son offre, elle hésita à accepter. N'était-elle pas censée se débrouiller seule ? Se prouver à elle-même qu'elle pouvait résoudre ses propres problèmes ? Pouvait-elle lui faire confiance ?

— Être vue seule avec vous, dans cette voiture, ne serait pas convenable.

— C'est juste, mais qui vous verra ? Les rideaux sont tirés.

L'argument était par trop convaincant. Un rapide coup d'œil lui permit de constater qu'il disait vrai. Le crachin s'était mué en pluie. Elle déplaça son parapluie de façon à l'abriter lui aussi.

Elle surprit un bref éclat dans son regard, comme si son geste le surprenait. S'ils n'étaient pas plus près l'un de l'autre, la protection du parapluie donna aussitôt un tour plus intime à leur conversation.

— Vous seriez disposé à me conduire à la gare de King's Cross ?

— Bien sûr.

— Et vous veilleriez à ce que personne ne me voie descendre de votre voiture ?

— Oui. Il y a une ruelle tout près. Mon cocher peut vous escorter jusqu'à l'entrée si vous préférez.

— Et vous ne direz rien de ma fuite à mes parents ?

— Jamais, répondit-il comme s'il trouvait offensant qu'elle puisse seulement le lui demander.

Violet n'en demeurait pas moins toujours suspicieuse.

— Pourquoi feriez-vous cela ?

— Je vous ai dit que j'étais disposé à vous aider.

Il sourit de nouveau, révélant fugitivement l'éclat de ses dents. Étonnamment, ce détail aussi lui parut très intime. Elle ne se souvenait pas de l'avoir jamais vu sourire au point de révéler ses dents et cette découverte s'accompagna d'une plaisante sensation au creux de son ventre. Ce sourire adoucissait ses traits, les faisait paraître moins austères.

— Pourquoi ?

— Parce que je détesterais vous voir épouser lord Ware.

— Pourquoi ? répéta-t-elle.

Son sourire s'élargit et il haussa les épaules.

— Parce que je ne l'aime pas et que l'idée qu'il puisse vous posséder me fait horreur.

Sa franchise la fit rire. Elle avait senti une tension, peut-être même une rivalité, entre les deux hommes. S'il lui apportait son aide à seule fin de contrecarrer les plans de lord Ware, alors elle lui faisait d'autant plus confiance. Elle se promit toutefois de continuer à se montrer prudente, surtout parce qu'elle se méfiait de ses propres réactions à son endroit.

— C'est entendu. Mais je ne vous dirai pas où je compte me rendre.

Il leva la main.

— Compris.

— Je vous remercie de me conduire à la gare. J'aurai cependant besoin de faire une halte sur le trajet.

— Je suis à votre disposition pour la journée.

8

Le meilleur chemin est parfois le plus simple, même s'il est semé de tentations.

V. LENNOX,
La Saison d'une Américaine à Londres

Après avoir ordonné à Peterson, son cocher, de les conduire chez lady Helena March, à Mayfair, Christian rejoignit Violet à l'intérieur de la voiture. Alors qu'il secouait son parapluie, il jeta un dernier coup d'œil le long de la rue afin de s'assurer que personne ne les avait vus, puis claqua la portière et s'installa en face d'elle. Elle le remercia d'un sourire et il posa le parapluie sur le plancher.

L'emmener s'était révélé presque trop facile. Soit ses parents étaient incroyablement naïfs quant aux attraits que possédait leur fille, soit ils sous-estimaient sérieusement son esprit d'indépendance. Les deux, sans doute. Son parfum le submergea quand elle arrangea ses jupes. S'il était discret, il y décela la sophistication d'un parfum français. Elle portait la même fragrance au bal quand elle l'avait embrassé. Malgré ses bonnes résolutions, il ne put empêcher son regard de se poser sur ses lèvres. Il avait repensé à cet innocent baiser plus souvent qu'il ne l'aurait voulu. Malgré son inexpérience manifeste, quelque chose dans ce baiser l'avait excité d'une façon qu'il n'avait pas anticipée.

Sa bouche pulpeuse s'incurva sur un sourire et il vit ondoyer une lueur ambrée au fond de ses yeux bruns tandis qu'elle l'observait. Son teint parfait était éclatant de santé. Elle était aussi fraîche et pure qu'une marguerite sur un tas de fumier. Ce qui faisait de lui le fumier. Non, pire. Cela faisait de lui le fermier grossier qui l'écraserait sous sa botte. Violet Crenshaw méritait mieux. La culpabilité leva sa tête indésirable.

— Vous froncez les sourcils, dit-elle de cette voix douce et un peu rauque qui suffisait à mettre ses sens en émoi. Je crains de vous avoir importuné.

— Pas le moins du monde.

Son regard descendit vers sa poitrine avant qu'il puisse l'en empêcher et il dut se faire violence pour revenir à son visage.

— Si je fronce les sourcils, ajouta-t-il, c'est involontaire. Mon visage fait cela de temps en temps.

Elle rit.

— J'ai remarqué que vous souriiez rarement. C'est à cause de votre jambe ? ajouta-t-elle, soudain sérieuse. Elle vous fait souffrir ?

Personne n'évoquait son léger boitillement. Jamais. Ce n'était pas un sujet que l'on abordait dans les cercles polis. Il avait presque décidé que la plupart des gens considéraient sa canne comme un simple accessoire. Cette jeune fille était décidément très franche. Sa question lui rappela que la pluie avait un peu ravivé la douleur et il étendit la jambe devant lui, son mollet frôlant ses jupes. Elle ne les écarta pas, les convenances le lui dictaient.

— C'est parce que je suis comte, répondit-il. Avoir l'air sérieux fait partie du titre.

— Être comte semble pénible et ennuyeux.

Elle sourit de nouveau et se rencogna sur la banquette quand la voiture bifurqua.

— Je vous remercie de me conduire à la gare. J'aimerais pouvoir affirmer que je vous le revaudrai, mais ce serait mentir, puisque je quitte la ville. Si jamais vous aviez besoin de moi, cependant, sachez que je serais heureuse de vous venir en aide, de quelque façon que ce soit.

La spirale de désir qui trouvait toujours moyen de se lover en lui chaque fois qu'il était en sa présence se rappela à son souvenir, lui serrant les entrailles. Une vision de Violet s'agenouillant pour le remercier lui traversa l'esprit. Elle était trop naïve pour avoir sous-entendu ce que son corps à lui avait envie de comprendre. Un coup d'œil à son visage innocent lui apprit qu'il était définitivement un libertin.

Il ne profiterait pas de son innocence pour la séduire, pas avant qu'ils soient mariés. Sa culpabilité refit surface, et le désir qu'elle lui inspirait se fit douloureux. Les commères s'étaient sûrement chargées de lui apprendre qu'il n'avait rien d'un parangon de vertu. Elle devait savoir qu'il fallait éviter les hommes comme lui. Il avait même entendu lady Helena la mettre en garde contre lui. Elle aurait dû partir en courant, ou au moins l'inciter à la poursuivre pour le forcer à la convaincre qu'il n'avait pas de mauvaises intentions. Mais non, elle avait placé sa fine main dans la sienne pour monter dans sa voiture. Sans hésiter. Faisant ainsi de lui le loup dévoyant l'innocente créature.

— Un gentleman ne réclame jamais de paiement à une dame pour une bonne action.

Sa voix était si rocailleuse qu'il dut se racler la gorge. Bonté divine. Ils n'étaient dans ce véhicule que depuis quelques minutes. Comment survivrait-il à un voyage en sa compagnie ? L'Écosse était à plusieurs jours de route !

— Il n'empêche, j'espère payer ma dette, dit-elle en écartant le rideau pour jeter un coup d'œil au musée quand ils passèrent devant.

— Qui fuyez-vous aujourd'hui ?

— Mon chaperon, répondit-elle distraitement en inspectant la cour – déserte maintenant qu'il pleuvait à verse. Elle n'a pas encore remarqué mon absence, semble-t-il.

Elle laissa retomber le rideau.

— Il a dû se passer quelque chose depuis que nous nous sommes vus, pour que vous décidiez de fuir. Ware aurait-il fait sa demande ?

— Pas à moi, non, mais mes parents ont déjà accepté en mon nom.

— Vous leur avez parlé ?

Elle secoua la tête.

— C'est inutile. Je sais d'expérience qu'il n'est pas possible de les faire changer d'avis, et je ne voulais pas qu'ils soupçonnent ce que j'avais en tête.

Il approuva ce raisonnement sensé d'un hochement de tête.

— Vous devriez envisager de vous rendre directement à King's Cross. En vous arrêtant chez lady Helena, vous risquez d'être vue ou retardée. Quand votre chaperon constatera votre absence, elle lancera des gens à vos trousses. Et si quelqu'un vous voit dans la rue ou si lady Helena elle-même vous voit, il sera trop tard.

Christian craignait surtout que lady Helena ne la convainque de rester. Et si celle-ci découvrait que Violet était avec lui, elle ne lui permettrait évidemment pas de partir.

— Lady Helena n'est pas chez elle, elle ne me verra donc pas. Elle devait partir à la campagne tôt ce matin. Je lui ai fait savoir que je passerais prendre mes affaires aujourd'hui. Et le risque d'être vue de quelqu'un d'autre est malheureusement inévitable.

Il masqua son soulagement.

— Un sac ne vaut pas la peine que vous preniez le moindre risque. Vous pourrez acheter des vêtements en route. C'est, de fait, ce que je vous conseillerais. Il vous faut des tenues plus banales pour vous fondre parmi les autres voyageurs. Dès qu'on apprendra qu'une des héritières Crenshaw s'est enfuie, on vous repérera très vite. Combien de riches Américaines voyagent seules ?

Pour la première fois, Violet laissa voir son désarroi.

— Je sais que je suis trop bien habillée, mais je ne peux plus rien y faire. J'arriverai à destination demain matin…

Elle s'interrompit, comprenant qu'elle venait de lui fournir un renseignement, puis reprit :

— Je tâcherai de trouver des vêtements plus adaptés une fois là-bas. Mais je dois absolument passer chez lady Helena. J'ai laissé chez elle quelque chose de très important que je dois récupérer.

— Qu'est-ce qui peut être important au point que vous soyez prête à risquer d'être retrouvée avant même d'être partie ?

Elle parut mener un véritable débat intérieur. Et plus son silence se prolongeait, plus il avait envie de connaître la réponse. Elle lâcha finalement un soupir.

— C'est mon manuscrit. Je refuse de le laisser derrière moi.

— Votre manuscrit ?

— J'ai écrit un roman. Ne me demandez pas de détails, parce que je ne suis pas disposée à en parler, mais je ne m'en séparerai pas. Je n'en possède qu'un seul exemplaire.

— Je ne vous poserai pas de questions, assura-t-il. Et je comprends que vous vous refusiez à l'abandonner.

Il était sans doute le seul aristocrate d'Angleterre qui l'autoriserait volontiers à écrire. Le seul à se moquer du qu'en-dira-t-on de la haute société parce que ses finances ne dépendaient pas de ses relations. La clientèle du Montague Club se composait de jeunes gens en rupture de ban, de fils cadets et de cousins nobles, de marchands et de riches étrangers que les clubs réservés à l'élite de la société méprisaient. Elle avait tout à gagner à s'associer avec lui – restait encore à l'en convaincre.

— Je vous remercie de votre compréhension.

Elle posa sur lui un regard plein d'espoir, puis arqua un sourcil interrogateur.

— Comment saviez-vous que c'était un sac que j'allais chercher chez lady Helena ?

Naïve, mais pas stupide. Christian avait intérêt à s'en souvenir.

— N'est-ce pas vous qui l'avez mentionné ?

— Non, je suis certaine de ne pas l'avoir fait, répondit-elle en plissant les yeux.

Il se maudit intérieurement. Il ne tenait pas à ce qu'elle découvre qu'il avait placé une espionne chez elle.

— Simple supposition de ma part, dans ce cas, mademoiselle Crenshaw. Qui songerait à s'enfuir sans se munir d'une tenue de rechange ?

Il posa sur elle un regard parfaitement neutre.

Elle l'observa encore un instant, puis acquiesça.

— Pardonnez-moi. Je suis trop anxieuse.

Elle semblait avoir une telle confiance en lui qu'il dut se faire violence pour ne pas lui avouer ses mauvaises intentions. Il détourna les yeux.

— J'ignorais que vous écriviez.

— Si cela ne tenait qu'à ma mère, personne ne le saurait. Raison supplémentaire pour fuir. Et c'est parce que j'ai l'intention d'écrire sérieusement que je vais là où je vais.

Elle prit une inspiration et du coin de l'œil, il vit qu'elle se réprimandait intérieurement pour en avoir trop dit.

— Où est-ce ? Vous avez loué un cottage quelque part ?

— Il vaut mieux que vous ne le sachiez pas, au cas où on vous interrogerait.

Il réfléchit à sa destination, curieux de connaître celle-ci quand bien même il avait l'intention de l'empêcher de l'atteindre.

— J'ai remarqué votre malle à l'arrière de la voiture. Où allez-vous, milord ? demanda-t-elle.

— En Écosse. J'y ai un domaine. Il a malheureusement subi un incendie, récemment, aussi ai-je décidé de m'y rendre pour surveiller les réparations.

— Je suis navrée de l'apprendre, mais c'est une heureuse coïncidence. Nous allons peut-être partager le même train. Je me rends dans le Nord moi aussi, quoique pas aussi loin.

Elle le regarda avec ses yeux de biche, l'air ravie, et sourit.

La culpabilité noua l'estomac de Christian.

— C'est possible, en effet.

Avant qu'il ait pu en dire davantage, le carrosse oscilla comme il tournait dans Berkeley Square.

— Je crois que nous sommes arrivés chez lady Helena, dit-il en écartant le rideau pour jeter un coup d'œil à la rangée de maisons élégantes. Je peux aller récupérer votre sac si vous voulez.

Violet s'était déjà levée et avait ouvert la portière sans attendre que le cocher s'en charge.

— Non, je vous remercie. Si cela ne vous ennuie pas d'attendre, je n'en ai que pour un moment.

Il hocha la tête en réponse à son regard interrogateur, puis la regarda monter les marches du perron de la maison. La porte s'ouvrit avant qu'elle ait frappé et elle disparut à l'intérieur. Il ne put s'empêcher de se demander si elle allait revenir. Elle n'était qu'une toute jeune femme et elle s'apprêtait à faire quelque chose de scandaleux. Il ne serait pas difficile de la faire changer d'avis. Combien de femmes dans sa situation choisiraient d'épouser Ware plutôt que d'affronter un avenir fait d'incertitude et d'exclusion sociale ? Presque toutes.

La porte de chêne garnie d'un vitrail demeurait close. Les battements de son cœur égrenaient les secondes tandis qu'il l'imaginait, découvrant que lady Helena était finalement là, celle-ci s'efforçant de la détourner de son projet. Il avait été idiot de la laisser y aller elle-même. Il aurait dû insister, mais la culpabilité l'en avait empêché. Peut-être préférait-il qu'elle échappe à ses griffes. Peut-être voulait-il... La porte s'ouvrit et un soulagement comme il n'en avait encore jamais ressenti l'envahit tandis qu'elle descendait les marches du perron, munie de son sac de voyage.

Elle affichait un sourire si rayonnant quand elle remonta dans la voiture qu'il ne put s'empêcher de sourire, lui aussi.

— Vous êtes revenue.

— Vous en doutiez ? demanda-t-elle d'un ton moqueur.

— Pas un instant, affirma-t-il alors que la voiture s'ébranlait.

— Menteur. Vous n'êtes pas encore familiarisé avec l'opiniâtreté des Crenshaw. Une fois notre décision prise, rien ne peut nous arrêter.

Il s'esclaffa.

— Malheureusement, nous n'avons jamais été convenablement présentés. J'ai pensé à quelque chose, ajouta-t-il plus sérieusement, et j'ai une proposition à vous faire.

— Je vous écoute, dit-elle en haussant les sourcils.

— Laissez-moi vous conduire dans le Nord. Nous éviterons ainsi les gares et voyagerons anonymement.

— Pourquoi ?

— Qui dit trains dit lignes télégraphiques. Dès qu'on découvrira que vous êtes partie, ce sera facile de savoir quel train vous avez pris. Et vous passerez difficilement inaperçue avec votre tenue et votre accent américain. Je parie que vous aviez même l'intention de voyager en première classe.

Elle se rembrunit et il sut qu'il avait deviné juste. Il en profita pour pousser son avantage.

— Nous n'emprunterons que des petites routes et nous donnerons de faux noms dans les auberges où nous nous arrêterons. Personne ne saura qui nous sommes. Ainsi, vous pourrez disparaître sans laisser de traces et réapparaître quand bon vous semblera.

Il attendit sa réponse, le cœur battant.

— Je... je suppose que vous avez raison. Il suffirait à mon père d'envoyer un télégramme pour qu'il sache très vite où je me trouve. Mais cela ne m'empêchera pas d'arriver à destination demain matin, c'est donc sans importance.

— Je ne saurais dire, mademoiselle Crenshaw. Disposerez-vous d'un garde du corps prêt à s'interposer entre un père et sa fille, une fois arrivée à destination ? Pensez-vous que vos parents accepteront de vous écouter calmement quand ils viendront vous chercher demain après-midi – car ils se mettront certainement en route dès qu'ils sauront où vous êtes ?

Deux rides parallèles se creusèrent entre ses sourcils.

— J'en doute. Je pensais avoir quelques jours devant moi, avant qu'ils me retrouvent.

— Par la route, il faut une semaine pour gagner l'Écosse. Un peu moins pour rejoindre votre destination, je suppose. Cela vous permettrait de disposer de davantage de temps et si d'aventure quelqu'un vous identifiait, il n'aurait aucun moyen de savoir où vous allez. Vous ne croiserez pas d'employé des chemins de fer.

— Pourquoi feriez-vous cela ? Vous aviez prévu de prendre le train. Vous ne souhaitez sûrement pas être retardé.

Il haussa les épaules. Ce supposé retard favorisait ses plans, mais il ne fallait pas qu'elle s'en doute.

— Comme vous l'avez si obligeamment remarqué, la vie d'un comte est pénible et ennuyeuse. J'ai besoin d'un peu d'aventure. Et puis, vous serez bientôt la belle-sœur de Rothschild. Quel genre d'ami serais-je si je ne vous offrais pas mon aide ?

Violet retrouva son sourire, mais il était encore timide.

— D'accord, allons-y par la route, dit-elle, et son sourire s'élargit, illuminant son visage.

Christian retint son souffle. Si tout se passait selon ses vœux, cette femme serait son épouse avant la fin de ce voyage.

9

Rose comprit alors pour la première fois la nature du danger. La différence entre un homme et un garçon est aussi subtile que celle qui existe entre un loup et un chien.

V. LENNOX,
La Saison d'une Américaine à Londres

Elle était seule dans une voiture en compagnie de lord Lucifer. Violet réprima le sourire que lui tira cette pensée, mais ne put empêcher son regard de se poser de nouveau sur lui. Après avoir quitté Londres, il avait écarté les rideaux pour laisser entrer la lumière et avait consacré les heures qui avaient suivi à vérifier des registres comptables sur lesquels il ajoutait une note au crayon à l'occasion. Il s'agissait des comptes d'un domaine, pour autant qu'elle pût en juger, et ils semblaient bien plus intéressants que sa compagnie.

Cela l'avait un peu déprimée. Elle était très naïve, comparée à lui. Il possédait un club et avait sans doute voyagé sur tout le Continent où il devait avoir vu plus de choses fascinantes qu'elle n'en verrait jamais. En quoi sa compagnie aurait-elle pu l'intéresser ?

Il s'était comporté en gentleman pendant la traversée de la capitale. Ils avaient échangé quelques remarques au sujet de leurs connaissances mutuelles et parlé de la pluie, qui ne semblait pas vouloir cesser, puis des pièces exposées dans la salle des antiquités égyptiennes du British Museum. Son inquiétude à l'idée qu'il ait proposé de lui venir en aide parce qu'il nourrissait un intérêt pour elle s'était vue finalement déçue, si bien qu'elle s'était sentie embarrassée de l'avoir embrassé au bal. Certes, il lui avait rendu son baiser, mais il ne lui avait pas jeté un coup d'œil depuis des heures.

Trouvait-il son attention puérile et ennuyeuse ? Il avait près de dix ans de plus qu'elle. De petites rides étoilaient le coin de ses yeux, qui brillaient vaguement les rares fois où il souriait. Maintenant que le soir approchait, son valet – s'il avait pris la peine de l'emmener – aurait fait grise mine en voyant le chaume de barbe qui commençait à lui assombrir le menton. Violet, quant à elle, trouvait cela plutôt seyant.

Leigh était tout le contraire de Teddy.

Teddy et son éternel sourire qui ne prenait jamais rien au sérieux. Teddy et son inénarrable rire de dinde. Teddy qui avait permis à l'argent de son père d'influencer ses sentiments. Elle ressentit un pincement au cœur à ce souvenir. Elle n'avait jamais réellement pleuré sa perte et elle en comprenait la raison, à présent. Teddy avait été un ami, et dans son ignorance, elle avait tenté de faire de leur relation ce qu'elle n'était pas. Elle n'avait jamais souhaité approfondir leur lien, pas plus qu'elle n'avait recherché ses caresses.

Leurs baisers avaient été excitants parce que l'idée d'embrasser un garçon était excitante. Elle avait cédé à son charme enfantin parce qu'elle avait envie d'être charmée. Et l'idée de se marier avait été plus attirante que le mariage lui-même parce qu'elle voulait contrôler les choses.

Contrôler les choses. L'idée avait jailli de nulle part, mais avec une telle force qu'elle se raidit. Oui, c'était uniquement pour cela qu'épouser Teddy lui avait plu. Elle avait apprécié de choisir son futur mari parce qu'elle ne voulait pas que ses parents s'en chargent à sa place. Déjà à l'époque, elle avait pressenti qu'elle n'apprécierait pas qu'ils s'en mêlent. Teddy s'était imposé comme une évidence. Ils avaient le même cercle d'amis et il la faisait rire, mais elle n'avait jamais éprouvé de véritable attirance pour lui. Pas comme avec lord Lucifer – euh… lord Leigh.

— Tout va bien ? s'enquit ce dernier, levant enfin les yeux.

Était-ce une impression ou sa voix était plus grave ?

— Très bien, oui, acquiesça-t-elle.

Il l'inspecta rapidement du regard avant de se replonger dans son travail. La pénombre grandissante ne tarda guère à lui tirer un soupir et il referma son registre.

— Vous avez des remords, dit-il en rangeant les volumes reliés de cuir dans la sacoche près de lui.

— Non. Je suis un peu inquiète pour mes parents. À l'heure qu'il est, ils doivent savoir que j'ai disparu. J'espère qu'ils trouveront rapidement le message que je leur ai laissé. Je ne voudrais pas qu'ils s'inquiètent inutilement.

Leigh haussa les sourcils.

— Vous leur avez laissé un message pour leur dire où vous alliez ? s'alarma-t-il.

— Je leur ai simplement dit que je partais de mon propre chef et que je n'épouserais pas lord Ware ni aucun de ses semblables. Je ne voulais pas qu'ils pensent qu'on m'avait enlevée.

Les épaules du duc se détendirent et il la dévisagea tranquillement. Violet eut beau faire, elle se sentit rougir. Que voyait-il quand il l'étudiait ainsi ? Une gamine qui fuyait les soucis ou une femme qui prenait sa vie en main ?

— J'ai du mal à comprendre que vous puissiez vous soucier d'eux alors qu'ils étaient prêts à vous jeter en pâture aux loups.

Sa voix avait pris un accent dur.

— Je les aime beaucoup.

Quelque chose incita le comte à prendre une courte inspiration. Le verbe « aimer », peut-être ?

— C'est très touchant.

Il tourna les yeux vers la fenêtre derrière laquelle il faisait à présent presque nuit.

— Vous n'avez jamais aimé vos parents, milord ?

Elle ignorait tout de sa famille. Il semblait ne pas en avoir.

— Mon père préférait élever ses chevaux que ses enfants, répondit-il sans la regarder. Et ma mère ne se souvient que très rarement de mon existence.

Sa mère était donc toujours en vie.

— J'en suis navrée. Tous les enfants devraient avoir une famille aimante.

Il la foudroya du regard et elle eut cette fois la certitude qu'il ne voyait en elle qu'une gamine qui fuyait ses soucis. Son cœur sombra.

— En effet, dit-il. Regardez ce qu'une famille aimante a fait pour vous.

— Vous marquez un point.

Elle baissa la tête mais ne s'inclina pas pour autant.

— J'ai cependant de bons souvenirs de mes parents. C'est juste qu'ils se fourvoient au sujet de mon avenir. Ils peuvent m'aimer et faire néanmoins des erreurs.

Son froncement de sourcils parut s'atténuer.

— Nous allons devoir nous arrêter pour la nuit, annonça-t-il. Et la prochaine auberge que nous atteindrons sera la dernière avant longtemps.

— N'est-ce pas trop tôt ? Ne risque-t-on pas de nous rattraper si nous nous arrêtons déjà ?

— C'est peu probable. Personne ne sait où vous chercher. Nous nous remettrons cependant en route très tôt, demain matin. Autant profiter au maximum de la journée. Nous pourrons discuter de l'itinéraire ce soir, si vous voulez – vous ne m'avez toujours pas dit où je suis censé vous conduire.

— Oui, j'imagine que c'est la moindre des choses. D'autant qu'il est trop tard à présent pour que vous remettiez en cause notre accord.

— Nous avons un accord ? dit-il, un sourire dans la voix.

— En quelque sorte. Bien que nous ne sachions pas encore comment je m'acquitterai de ma dette. Nous pourrions peut-être y réfléchir au cours du dîner.

Ses propres paroles enflammèrent son visage déjà brûlant. On aurait dit qu'elle lui faisait une proposition inconvenante. Qui donc était cette personne, qui flirtait tranquillement avec un comte dans sa voiture ? Elle ne se reconnaissait pas, mais cette nouvelle version de Violet Crenshaw n'était pas pour lui déplaire.

— Entendu, répondit-il d'une voix peu rauque qui fit courir un délicieux frisson d'impatience le long du dos de Violet.

Sis dans un petit village des environs de Cambridge, l'auberge du Cheval Blanc était un établissement pittoresque et fort bien tenu. Violet fit montre d'un enthousiasme de touriste devant le toit de chaume et la girouette en forme de cheval. Christian sourit intérieurement tandis qu'il la guidait sous la bruine jusqu'à la porte d'entrée. Voyager en sa compagnie se révélait fort divertissant.

L'aubergiste, un petit homme rondouillard, contourna en hâte son comptoir pour les accueillir.

— Bonsoir, lord...

— Rochester, répondit Violet avant que Christian ait eu le temps de répondre.

Il haussa un sourcil et elle répondit d'un discret haussement d'épaules.

L'aubergiste s'inclina.

— Vous faut-il une chambre pour votre épouse et vous, milord ? s'enquit-il, visiblement ravi d'avoir un aristocrate pour client.

Quelques kilomètres plus tôt, Christian avait ordonné à son cocher de quitter la Grand-Route du Nord afin d'éviter les principales auberges de relais et il doutait que cet établissement désuet eût jamais vu personne d'autre que la petite noblesse locale.

— Je suis sa sœur, expliqua Violet.

L'homme la dévisagea, visiblement surpris par son accent. Christian garda le silence un instant, ayant oublié qu'ils devaient traiter cette question avec prudence.

— Deux chambres. Il faudra aussi un couchage pour mon cocher.

L'aubergiste affichant toujours une expression perplexe, Christian se sentit tenu de préciser :

— Ma sœur a longtemps vécu à l'étranger.

— Bien sûr, milord.

Christian jeta un coup d'œil à la salle à manger qui comportait un bar et plusieurs tables, presque toutes occupées par des hommes.

— Ma... sœur et moi prendrons notre dîner dans un salon particulier.

— Bien, milord.

L'homme coula un regard circonspect à Violet avant de les précéder dans une petite pièce à l'écart de la grande salle. Il s'inclina, aida Violet à se défaire de sa cape et les invita à prendre place à la table. Une serveuse vint dresser le couvert, puis les laissa seuls en compagnie d'une bouteille de bordeaux. La pluie martelait les carreaux sans relâche, à présent.

Violet sourit à Christian.

— Je n'étais encore jamais entrée dans une véritable auberge anglaise, avoua-t-elle.

Il sourit en réponse et remplit son verre presque à ras bord.

— Vous n'avez jamais quitté Londres ?

— Si, mais seulement en train, quand nous sommes allés chez Rothschild dans le Hampshire.

— À votre première soirée dans une auberge, dans ce cas, dit-il en levant son verre pour porter un toast. Quelle chance j'ai de la partager avec vous.

En réalité, sa conscience le travaillait depuis qu'ils avaient laissé Londres derrière eux. Quand on les retrouverait – si son projet aboutissait et qu'ils se mariaient –, ils ne pourraient échapper aux commérages. Les gens ne verraient plus Violet comme la belle et innocente héritière américaine. Cela n'avait rien d'un destin épouvantable, mais il n'avait pas prévu que cela l'ennuierait autant. Il n'avait jamais spolié une innocente. Des femmes mariées, si ; des veuves, certainement ; mais jamais une innocente. D'un autre côté, si Violet avait réussi à atteindre seule sa destination, elle aurait été la cible des mêmes commérages de toute façon.

— Quel âge avez-vous, mademoiselle Cr…

La serveuse déboula dans la pièce, chargée d'un plateau. Violet sourit et mordit sa lèvre pour éviter de rire comme la femme les regardait d'un air stupéfait.

— Votre dîner, milord.

Elle débarrassa promptement son plateau, laissant sur la table du pain croustillant, des petits pots de beurre et un plat fumant d'agneau rôti et de pommes de terre.

— Merci, dit Violet.

La femme hocha la tête, son regard passant de l'un à l'autre.

— Ce sera tout pour le moment, dit Christian.

Elle fit une brève révérence et se dépêcha de sortir, pressée sans doute d'aller raconter en cuisine la véritable nature de leur relation.

Violet laissa échapper un petit rire après que la porte se fut refermée, puis elle entreprit d'ôter ses gants.

— Vous pouvez être fier de vous, le taquina-t-elle. Vous imaginez un frère qui appelle sa sœur « mademoiselle » et ignore son âge ? Ils ne vont parler que de cela pendant des jours.

Christian ne put s'empêcher d'admirer ses mains lisses et songea que sous peu, ces mêmes mains le caresseraient. D'ici une semaine, ils pourraient être mariés.

— Ils n'ont pas cru une seconde que vous étiez ma sœur, vous savez.

À en juger par son sourire espiègle, elle le savait.

— C'était difficilement crédible. Quand il a cru que j'étais votre femme, j'ai... eh bien, j'ai...

Elle rougit joliment et baissa les yeux.

— J'ai trouvé cela inconvenant, avoua-t-elle.

— À raison. Nous n'avons peut-être pas assez réfléchi avant. Vous avez des remords ?

— Aucun, répondit-elle d'une voix ferme tandis qu'elle entreprenait de beurrer une tranche de pain. Rester chez moi était hors de question, surtout en sachant à quoi lord Ware était prêt.

Christian sentit ses cheveux se dresser sur sa nuque. Quelque chose dans son ton suggérait que Ware avait déjà tenté de passer à l'acte.

— Il vous a rendu visite.

Ce n'était pas une question, mais elle hocha la tête.

— Qu'a-t-il fait ?

Elle haussa les épaules et se concentra sur sa tâche, étalant le beurre jusqu'au bord de la tranche de pain.

— Il s'est débrouillé pour se retrouver seul avec moi, comme vous l'aviez prévu. Il voulait qu'on nous découvre enlacés.

Le sang de Christian se figea, puis une bouffée de colère le saisit.

— Vous a-t-il fait du mal ?

Elle releva les yeux, surprise peut-être par la férocité de son ton.

— Non, mais il s'est montré très agressif. J'ai réussi à lui échapper avant qu'on nous surprenne.

Elle posa le couteau sur le bord de son assiette et il remarqua que ses doigts tremblaient.

Tendant le bras, il recouvrit sa main de la sienne. Son souffle s'accéléra quand elle la retourna pour presser doucement la sienne.

— En avez-vous fait part à vos parents ?

Elle se rembrunit.

— Ma mère n'a pas semblé inquiète. Je ne saurais dire si elle ne m'a pas crue ou si elle n'a pas saisi l'enjeu de la situation. Enfin, l'essentiel, c'est qu'il ne se soit rien passé.

Elle prit une profonde inspiration et libéra sa main.

— Peut-être a-t-elle raison, soupira-t-elle. Peut-être ai-je fait toute une histoire pour rien.

— Violet.

Elle leva les yeux, visiblement choquée. Il s'éclaircit la voix avant de faire une nouvelle tentative.

— Mademoiselle Crenshaw...

Elle le dévisageait comme si elle le voyait pour la première fois. Il n'était pas du tout certain d'être capable d'interpréter ce regard.

— Dans un cas comme dans l'autre, qu'il vous ait mise mal à l'aise ou qu'il vous ait touchée sans votre permission est inacceptable.

Le regard de Violet glissa jusqu'à sa bouche et fit l'effet d'une caresse à Christian.

— Merci, murmura-t-elle.

Rougissante, elle porta sa tranche de pain à ses lèvres et mordit dedans en lui adressant un sourire gêné.

— Pour répondre à votre question, dit-elle quand elle eut avalé, j'aurai bientôt vingt ans.

Pris de court par ce brusque changement de sujet, il hocha la tête et, s'emparant de la pince de service, il déposa des tranches d'agneau sur leur assiette.

— Je n'ai que huit ans de plus que vous.

Il se sentit un peu moins libertin.

— C'est parfait pour un frère. Mon frère Max a huit ans de plus que moi.

— Parfait pour un frère… Et pour un époux ?

Elle se figea.

— Que voulez-vous dire ?

Il s'efforça de ne pas la regarder. Il avait perdu tout appétit, car celui qu'elle lui inspirait avait pris le dessus. Son sang semblait s'être épaissi dans ses veines, mais il était trop tôt pour songer à cela. Il ne voulait surtout pas l'effrayer.

— Si nous nous présentions comme un couple marié, comme l'aubergiste l'a d'abord cru, ce serait peut-être plus crédible.

— Oh !

Elle prit une bouchée de pomme de terre rôtie et la mâcha pensivement.

— Je vois ce que vous voulez dire. Je devrais changer de prénom. Quelque chose de plus commun.

— Jane, peut-être, suggéra-t-il, et il sourit en voyant ses joues rosir.

Violet baissa les yeux, gênée, puis les leva et croisa son regard sans ciller.

— J'ai lu et relu *Jane Eyre*. J'espère que cela ne vous dérange pas d'être Rochester. C'est le premier nom qui m'est venu à l'esprit.

Il secoua la tête et elle enchaîna :

— Tant que vous n'avez pas d'épouse cachée dans un grenier quelque part, je veux bien être Jane.

— Vous avez de la chance, milady. Hormis vous, je n'ai rien qui s'apparente de près ou de loin à une épouse.

— Tant mieux, gloussa-t-elle.

Son rire n'avait rien de puéril. Il avait la même petite note rauque que sa voix et glissa, telle une agréable caresse, le long de sa colonne vertébrale.

— Nous devrions peut-être envisager quelque chose au sujet de votre accent si nous comptons vous présenter comme une lady anglaise.

— Oui, absolument. Figurez-vous que je me suis déjà entraînée. J'aurais d'ailleurs dû faire une démonstration avec l'aubergiste, tout à l'heure.

— Je vous écoute.

Violet but une gorgée de vin. Elle s'éclaircit la voix à plusieurs reprises, telle une chanteuse lyrique avant un concert, puis s'écarta de la table et carra les épaules.

— Bonsoir, mon brave. Auriez-vous la bonté de me passer le sel ? dit-elle, son visage s'allongeant à chaque syllabe comme si les mots étaient si difficiles à prononcer qu'ils en sollicitaient tous les muscles.

Elle le regarda d'un air plein d'espoir et il tâcha de garder une expression neutre. Il s'en révéla incapable tant son imitation était catastrophique. Il explosa littéralement de rire. Violet gloussa, puis renifla, et tous deux rirent de plus belle. Elle secoua la tête et se cacha le visage derrière les mains.

— C'était affreux, n'est-ce pas ?

Christian riait à s'en tenir les côtes.

— Je ne devrais pas rire, réussit-il à dire.

— Si. Vous avez raison. C'était pitoyable.

Elle en pleurait d'hilarité.

Christian songea que sa vie pourrait ressembler à cela. Il aurait chaque jour son beau visage en face de lui. Cette pensée suffit à lui couper le souffle car elle était loin d'être déplaisante.

Il fallait qu'elle soit sa femme.

— Tout va bien ? demanda-t-elle.

Sa petite main tiède couvrit la sienne. Sans réfléchir, il retourna la main et la referma sur celle de Violet. Une onde de chaleur remonta le long de son poignet. Elle la sentit aussi. Ses pupilles se dilatèrent et l'air parut s'épaissir autour d'eux. Du bout des doigts, il traça des petits cercles sur sa paume, cherchant à faire naître d'autres sensations en elle.

— Tout est à votre convenance, milord ?

L'aubergiste venait d'entrer dans la pièce et son regard était rivé sur leurs mains réunies d'une manière qui n'avait rien de fraternel. Violet retira aussitôt la sienne.

— C'est parfait, répondit Christian sans la quitter des yeux. Nous n'aurons plus besoin de vous ce soir.

L'interruption l'avait agacé, mais qu'il soit incapable de ne pas toucher la jeune femme l'agaçait encore plus. Il devait lui laisser le temps de s'habituer à lui. Il avait peut-être l'intention de la priver de sa liberté de choix, mais elle n'en méritait pas moins d'être courtisée dans les règles.

— Bien, milord. Vos chambres sont prêtes, annonça l'aubergiste en reculant avant de s'arrêter sur le seuil. Quand votre sœur sera prête à se retirer, ma fille Katie pourra l'assister.

Qu'il s'agisse de son ton ou du regard qu'il leur décocha avant de sortir, l'homme n'avait pas cherché à dissimuler sa désapprobation.

— Nous l'avons scandalisé, murmura Violet d'une voix amusée. Je crains qu'il ne me prenne pour une femme déchue.

— Notre première soirée se solde par un échec.

— C'est vrai, confirma-t-elle d'un air grave, avant de sourire de nouveau. Dieu merci, il nous reste quelques jours pour nous rattraper.

— Cela signifie-t-il que vous avez l'intention de me révéler notre destination ?

Non pas qu'il ait l'intention qu'elle l'atteigne.

— Oui, demain matin.

Christian réalisa qu'il n'avait jamais autant souri en une seule soirée.

La vie avec Violet ne manquerait pas de piquant.

10

Il découvrit sa faiblesse sans même avoir essayé – un homme dont l'assurance supplantait l'arrogance était, à n'en pas douter, une créature dangereuse.

V. LENNOX,
La Saison d'une Américaine à Londres

New York, plus tard ce même soir

Maxwell Crenshaw leva son verre pour porter un toast à sa sœur Augusta et à son nouvel époux, le duc de Rothschild. Celui-ci avait le bras passé autour de la taille de son épouse. Leur bonheur sautait aux yeux. Sur le bateau déjà, leur attachement avait été on ne peut plus évident. Si évident, du reste, que Max les avait encouragés à se marier civilement tout de suite après leur arrivée à New York. Non que le couple ait eu besoin d'être persuadé. Max sourit, heureux qu'une situation qui aurait pu faire le malheur de sa sœur tourne en sa faveur.

La résidence new-yorkaise de la famille Crenshaw, sur la Cinquième Avenue, grouillait d'amis venus féliciter les jeunes mariés. Max,

Rothschild et Augusta n'étaient à New York que depuis quelques jours et avaient reporté aussi longtemps que possible l'organisation d'une petite réception. Les journaux avaient immédiatement colporté toutes sortes d'histoires sur le couple, rapportant les propos de personnes qui avaient effectué la traversée avec eux et pouvaient confirmer les fiançailles de l'héritière Crenshaw et du duc de Rothschild. D'autres histoires avaient circulé sur ce mariage rapide et les spéculations étaient allées bon train quant à la nécessité d'une telle hâte. Résultat, quand le couple avait annoncé qu'il donnerait une soirée de célébration pour les amis de la famille, une file d'attente interminable de personnes espérant être reçues s'était formée.

Max consulta la pendule sur la cheminée. Il lui faudrait attendre plusieurs heures avant de s'excuser et de regagner sa résidence de Gramercy. Une journée chargée l'attendait le lendemain, aux Aciéries Crenshaw, où il supervisait la bonne marche des affaires en l'absence de son père. Son voyage imprévu à Londres, destiné à épargner à Augusta ce même mariage, avait retardé plusieurs de ses projets. Il n'était toutefois pas question qu'il laisse les jeunes mariés affronter seuls la foule des curieux.

— J'ai dans l'idée que vos parents savaient ce qu'ils faisaient en emmenant vos sœurs à Londres, Maxwell.

Ces propos émanaient de Samuel Bridwell, industriel de son état, et vieil ami de son père. Bridwell avait marié sa fille au duc de Hereford l'année passée, ce qui avait sans doute incité ses propres parents à marier Augusta au plus vite. À en croire sa sœur cependant, le mariage de Camille Bridwell n'était pas des plus heureux.

— Il paraît que l'Angleterre est en passe de devenir une destination très courue, cette année, renchérit un autre ami de son père, Martin Van der Meer.

Le vieil homme leva sa coupe de champagne pour porter un toast, lui adressa un petit sourire satisfait comme s'ils partageaient une complicité secrète et vida son verre.

Max, qui venait de consacrer trois semaines de sa vie à s'efforcer de sauver ses sœurs d'un destin semblable à celui de la fille de Bridwell, n'était pas disposé à partager ladite complicité.

— Je crains que vous n'ayez raison. Quelle tragédie, soupira-t-il.

Il but une gorgée de champagne tout en regardant Augusta sourire avec adoration à son époux. Tandis que tous les nantis se pressaient autour de l'heureux couple, il se demanda combien de jeunes filles seraient vendues pour un titre sans qu'on se soucie un seul instant de leur bien-être. On avait ouvert les vannes et les parents verraient bientôt dans le bonheur de sa sœur une justification à leur propre cupidité.

Bridwell arqua un sourcil consterné et Van der Meer se rembrunit comme sa fille Amelia adressait à Max un sourire approbateur. Jeune, célibataire et dotée de parents riches, son avenir se trouvait probablement à Londres, qu'elle le veuille ou pas.

— Je ne comprends pas cette fascination pour l'aristocratie, dit-elle. Nous ne manquons pourtant pas de charmants célibataires tout à fait comme il faut à New York.

Amelia Bridwell avait beau être jeune et innocence, elle fixa sur Max un regard entendu.

Max sentit le proverbial nœud coulant du mariage se resserrer autour de son cou.

— Si vous voulez bien m'excuser, je dois aller parler à ma sœur.

Sans attendre de réponse, il inclina la tête et se fraya un chemin dans la foule. Amelia n'était pas la première à faire allusion à son état de célibataire ce soir, et ne serait sans doute pas la dernière. Mais il n'avait pas encore trente ans et ne se sentait pas prêt à endosser la responsabilité d'une famille. L'heure sonnerait bien assez tôt.

Un valet s'approcha alors qu'il n'était plus qu'à quelques pas d'Augusta et de Rothschild.

— Pardonnez-moi, monsieur Crenshaw, un câble vient d'arriver pour vous, annonça-t-il d'un air grave. De Londres, ajouta-t-il en baissant la voix.

— Tout va bien ?

D'instinct, il se méfiait des câbles en provenance de Londres. Les derniers venaient de ses sœurs, qui l'imploraient de venir à leur secours pour leur éviter le projet de mariage arrangé par leurs parents, ce qui avait eu pour résultat de l'expédier en catastrophe outre-Atlantique.

Le domestique hésita.

— Cela paraît urgent, monsieur.

Il hocha la tête et suivit le valet jusqu'à un petit bureau à l'arrière de la maison. Un messager lui remit le pli.

Il le remercia, parcourant déjà le télégramme tandis que le messager quittait la pièce.

La boule d'angoisse au creux de son ventre s'alourdissait à chaque mot.

— Malédiction ! marmonna-t-il.

Violet s'était enfuie et personne ne savait où elle était !

— Qu'est-il arrivé ? demanda Augusta en entrant précipitamment dans le bureau, Rothschild sur ses talons.

— Pourquoi penses-tu que quelque chose n'irait pas ? répliqua-t-il.

— Un télégramme de Londres à cette heure n'augure rien de bon.

Max soupira.

— C'est un télégramme de papa. Violet s'est enfuie. Elle a laissé une lettre dans laquelle elle déclare qu'elle refuse qu'on l'oblige à un mariage dont elle ne veut pas. Elle n'a rien révélé de sa destination.

Augusta rafla le télégramme et le parcourut, Rothschild lisant par-dessus son épaule. Ce dernier secoua la tête, l'air dégoûté.

— Ware avait fait savoir qu'elle l'intéressait. Je lui avais déconseillé de la courtiser, mais il n'a pas dû en tenir compte.

— J'ai épousé leur duc, s'écria Augusta. Un aristocrate dans la famille ne leur suffit donc pas ?

— Je ne prétends pas les comprendre.

Augusta secoua la tête.

— C'est ma faute. J'aurais dû insister pour que Violet rentre à New York avec moi.

— Si quelqu'un est blâmable, c'est moi, déclara Max. J'ai parlé avec notre père et il m'a assuré qu'ils ne s'intéressaient qu'à vous, Rothschild. Il a laissé entendre que votre offre était trop belle pour qu'il la laisse passer. Je n'imaginais pas qu'il chercherait à arranger un autre mariage.

Se passant la main dans les cheveux, il s'approcha de la fenêtre qui donnait sur le petit jardin à l'arrière de la maison.

— Je sais qu'il est impitoyable en affaires, mais je n'avais pas compris que cela pouvait s'étendre à ses propres enfants. Ce qui fait de moi un bel idiot. Nous n'aurions jamais dû laisser Violet là-bas.

— Je peux peut-être vous aider, intervint Rothschild. Je vais envoyer un télégramme à mes associés du Montague Club. Ils pourraient aller trouver Ware pour le dissuader d'épouser Violet.

— Papa sait se montrer très persuasif si nécessaire, rappela Augusta.

Rothschild haussa les épaules.

— Ware est notoirement lâche et Leigh le méprisait déjà quand nous étions avec lui à Eton. Cela permettra peut-être de retarder les choses et de nous laisser le temps de rentrer en Angleterre. Nous pouvons vérifier les registres des gares et des compagnies maritimes. Quelqu'un aura noté son passage quelque part.

Augusta acquiesça.

— Si elle apprend que je suis de retour à Londres, elle cherchera à me joindre, j'en suis sûre.

— Non, dit Max. Ton mari et toi avez des choses urgentes à faire ici.

Rothschild, qui venait de découvrir qu'il avait hérité d'une compagnie minière, avait programmé toute une série de rendez-vous pour la semaine suivante.

— C'est moi qui vais aller à Londres, décida Max.

Cela lui permettrait de traiter en personne avec ses parents.

— Et les Aciéries Crenshaw ? s'enquit Augusta.

— Quoi, les Aciéries ? répliqua Max. Tu es aussi capable que moi d'en assurer la direction, tu le sais très bien.

Augusta avait passé ces dix dernières années à apprendre à ses côtés les tenants et aboutissants de l'entreprise et leur père lui avait déjà donné plus de responsabilités qu'à qui que ce soit d'autre. S'il ne s'était pas laissé influencer par le qu'en-dira-t-on il lui en aurait accordé davantage et elle serait déjà à la tête des Aciéries Crenshaw.

Augusta secoua la tête.

— Je n'arrive pas à imaginer Violet toute seule là-bas. Et si nos parents la retrouvent les premiers, ils pourraient très bien la forcer à se marier. Tu restes. C'est moi qui pars.

— En laissant ton mari derrière toi ?

Augusta leva les yeux vers Rothschild, qui hocha la tête.

— Allez-y si vous pensez devoir le faire. Je vous rejoindrai au plus vite.

— C'est réglé, dans ce cas, déclara Augusta en reportant son attention sur Max. J'y vais.

— Non, je dois cela à Violet, déclara Max.

S'il s'était assuré de sa sécurité quand il était en Angleterre, ce drame ne serait jamais arrivé. Il n'avait pas le droit de la décevoir une deuxième fois.

— Si je ne les avais pas laissés me convaincre qu'ils n'avaient aucun projet de mariage pour elle, elle serait en sécurité et n'aurait pas besoin d'affronter cela toute seule. Cette fois, je la ramène ici avec moi.

Il s'en voulait de ne pas avoir deviné les intentions de leurs parents.

Augusta fronça les sourcils.

— Si tu es sûr…

— Je le suis, oui. Pardonne-moi, mais il faut que je vous laisse pour préparer mon départ. Avec un peu de chance, je trouverai une place sur le bateau qui part demain.

Quelque part dans la campagne anglaise

Les doutes et le fait de se retrouver seule dans un endroit inconnu avaient miné le sommeil de Violet. Elle s'était tournée et retournée dans son lit jusqu'à ce que ses rêves se mélangent à ses pensées inquiètes. Avait-elle eu raison de quitter la maison ? Oui, car rester n'aurait fait que créer des conflits. Pour autant, elle détestait l'idée de causer de l'inquiétude à ses parents.

Après qu'elle eut révélé sa destination à lord Leigh, le lendemain matin, il adopta la même attitude distante que la veille une fois dans la voiture. Le silence entre eux fut moins tendu, heureusement – le fou rire partagé au dîner n'y était sans doute pas étranger. Violet se surprit pourtant à se demander ce qu'il pensait d'elle. Elle aurait sans doute dû lui présenter ses excuses pour l'avoir embrassé au bal, mais elle craignait un rejet encore plus marqué de sa part si elle abordait ce sujet. Croire qu'il ressentait autre chose parce qu'il lui avait brièvement tenu la main et avait ri avec elle aurait été de la folie.

Elle était à peu près certaine qu'il la trouvait jolie, mais elle aurait surtout aimé savoir s'il la trouvait digne d'une attention plus… romantique. Non que cela ait la moindre importance. Leigh était un comte anglais et elle était une héritière américaine, ce qui signifiait qu'elle ne le choisirait pas pour calmer ses parents, même si une petite part d'elle-même se rebellait à cette idée. Voilà. Elle l'admettait. Elle ne se contentait pas de l'observer pour le bien de ses recherches. Elle l'admirait vraiment. Elle, Violet Crenshaw, pas Mlle Rose Hamilton.

Leigh s'étant replongé dans ses livres de comptes, elle s'était consacrée à ses travaux d'écriture car c'était la seule activité qui l'apaisait lorsqu'elle était anxieuse. Travailler à son manuscrit n'était pas facile avec les cahots de la route, elle y parvint cependant – jusqu'à ce qu'elle casse la mine de son troisième crayon. Elle renonça alors, posa les feuillets sur la banquette près d'elle et regarda par la fenêtre avant de sombrer petit à petit dans le sommeil.

Elle se réveilla un peu plus tard, quand le carrosse franchit une ornière si profonde qu'elle fut propulsée en avant, son front heurtant la vitre de la portière. Plus ils s'éloignaient de Londres, plus les routes devenaient mauvaises, semblait-il.

— Ouille, murmura-t-elle.

— Attention, mademoiselle Crenshaw, l'avertit la voix lasse et vaguement distraite de Leigh.

Elle frotta son front endolori. Les jambes étirées devant lui, le comte était absorbé par la lecture de la pile de papiers posée sur ses genoux. Son mollet frôlait ses jupes et elle allongea légèrement la jambe pour accentuer le contact, à la fois horrifiée par sa quête désespérée de la moindre marque d'affection et troublée par cette discrète caresse. Une mèche, qui paraissait presque noire dans la pénombre du carrosse, retombait sur le front du comte. Un front plissé par la concentration. Elle aurait apprécié que cela le rende moins désirable, mais plus il semblait inaccessible, plus elle semblait le désirer. Non, faux. La veille, quand ils avaient parlé et ri, elle l'avait désiré de tout son être. L'idée de se faire passer pour sa femme ce soir l'emplissait d'une émotion qu'elle n'était pas certaine de reconnaître.

— Vous êtes blessée ? s'enquit-il en la regardant, visiblement surpris par son silence.

— Non, répondit-elle d'un ton irrité qu'elle regretta aussitôt.

Il la dévisagea, l'air de préférer s'en assurer par lui-même. L'ombre d'un sourire lui incurva les lèvres quand il se concentra sur ses yeux. Le cercle autour de ses iris était bleu foncé, constata-t-elle. Son regard était scrutateur comme s'il cherchait à deviner ses secrets. Comme si elle avait eu des secrets dignes d'intérêt. Une palpitation, aussi légère qu'un battement d'ailes de papillon, s'accéléra dans son ventre.

— Vous êtes une romancière perspicace, dit-il.

Elle le dévisagea, prise de court par ce compliment.

— Pourquoi dites-vous cela ?

Elle regretta sa question à l'instant où il baissa les yeux sur les feuillets qu'il lisait un peu plus tôt.

— *Rose observa avec une horreur grandissante la scène qui se déroulait sous ses yeux. Les couples tournoyaient, légers et joyeux dans leurs mouvements, mais leurs cœurs étaient vides et engourdis. Étaient-ils seulement sensibles à la musique ou étaient-ils comme les personnages d'une boîte à musique qui dansent après qu'on les eut remontés avec une clef, mais sont sourds à l'âme de la mélodie ?*

Les mots qu'il venait de lire à voix haute étaient les siens.

Elle savait qu'il avait ses feuillets, pourtant, elle regarda la banquette, là où elle les avait posés avant de s'endormir.

— Rendez-moi cela. Comment osez-vous ? ajouta-t-elle un peu plus fort.

Comme il se contentait de la dévisager d'un air perplexe, elle se pencha et lui arracha son manuscrit des mains. Il n'opposa aucune résistance, ce qui la déséquilibra et la fit chanceler. Il tendit la main pour la stabiliser, mais plusieurs feuillets s'éparpillèrent sur le plancher.

— Il s'agit de mon travail. D'une œuvre privée. Vous n'aviez pas le droit de la lire sans mon autorisation.

Elle avait chaud et se sentait soudain à l'étroit dans sa propre peau, comme si celle-ci n'arrivait plus à contenir sa colère et son embarras. À part Augusta, personne ne lisait ce qu'elle écrivait. Elle avait aussi montré quelques extraits à des amies très proches, mais personne n'avait jamais lu un manuscrit en cours. Elle se sentait mise à nu, comme si quelqu'un était entré sans frapper dans sa salle de bains.

Elle ne pouvait rester avec lui une minute de plus dans un lieu aussi confiné. Elle avait besoin de mettre de la distance entre eux. Les joues en feu, elle amorça le geste d'ouvrir la portière... avant de se souvenir qu'ils roulaient à vive allure sur une route de campagne.

— Que faites-vous ? demanda Leigh, affolé, en lui agrippant l'épaule à l'instant où elle interrompait son geste.

— Il faut que je sorte. Je ne peux pas rester ici avec vous.

Le comte leva le bras et frappa du poing contre le plafond de la voiture tandis que Violet s'efforçait de se calmer en prenant de longues inspirations. Avait-il lu les passages concernant lord Lucifer ? Avait-il compris qu'il s'agissait de lui ? Avait-il lu les pensées impies que Mlle Hamilton entretenait à son sujet ? Elle les avait décrites en termes trop explicites pour envisager une publication. Elle avait eu l'intention de reprendre son texte et de supprimer les passages les plus sulfureux. Ce n'étaient que des fantasmes puérils qu'elle s'était amusée à coucher par écrit. Des passages qui venaient la tourmenter, à présent.

Il était l'incarnation de la dépravation et son nom était lord Lucifer, l'ange des ténèbres venu sur terre pour tenter les innocentes. Rose n'avait jamais eu autant envie de se laisser débaucher que lorsqu'il posa les yeux sur elle.

Et aussi : *Elle contempla sa bouche, ces lèvres sensuelles et la pointe de sa langue qui léchait la goutte de miel ; elle rêvait de sentir cette langue la lécher.*

Oh, Seigneur ! Ces passages n'avaient jamais été destinés à être lus. Elle avait écrit cela dans un moment d'excitation, après un bal où elle l'avait vu manger une figue trempée dans le miel.

Dès que la voiture ralentit, elle ouvrit la portière et bondit dehors, les feuillets serrés contre sa poitrine. Elle marcha aussi vite qu'elle put sur le chemin de campagne, sans se soucier de la boue. Tous ses doutes ressurgirent en force tandis qu'elle s'éloignait. Entreprendre ce voyage avec lui avait été stupide, d'autant qu'elle avait laissé son engouement pour lui grandir. Cet homme était un aristocrate libertin qui se croyait au-dessus de tout et de tout le monde.

— Mademoiselle Crenshaw ! appela-t-il.

Sa voix n'était pas étouffée, il était sorti de la voiture.

— Mademoiselle Crenshaw !

Sa voix s'était rapprochée, l'incitant à presser le pas.

— Violet !

Il était juste derrière elle. L'instant d'après, il se dressait devant elle. Elle le contourna, mais il revint aussitôt se placer devant elle.

— Pour vous, milord, c'est mademoiselle Crenshaw. Je ne vous ai jamais autorisé à m'appeler par mon prénom. Vous savez que c'est inconvenant.

— Tout ce voyage est inconvenant, lui rappela-t-il.

— En effet. Je ne sais pas ce qui m'a pris.

Son pied glissa dans une flaque de boue et il lui évita de tomber en fermant les mains sur sa taille. Elle s'accrocha à son bras pour garder l'équilibre, son manuscrit toujours serré contre sa poitrine.

— Attendez, dit-il quand elle se raidit, prête à repartir. Je vous présente mes excuses.

Violet garda les yeux rivés sur le serpent gravé sur le bouton de cuivre de sa redingote.

— J'apprécie votre tentative pour m'amadouer, mais je doute de votre capacité à comprendre la gravité de votre transgression.

Il ne répondit pas. Ses mains lui enserraient la taille de manière indécente et elle ne put se résoudre à lui lâcher le bras. La chaleur et la force de son corps sous sa main nue lui donnaient envie d'en découvrir davantage.

— Je sais que je vous ai contrariée et je vous présente mes excuses.

Son expression était difficile à lire, mais il avait prononcé ces mots avec conviction. Pour autant, il ne se rendait pas compte à quel point il avait violé son intimité.

— Vous êtes enfant unique, n'est-ce pas, milord ?

Deux rides parallèles se creusèrent entre ses sourcils.

— Hormis un demi-frère bâtard et deux demi-sœurs... oui.

Violet remisa ce renseignement dans un coin de sa tête pour plus tard.

— Vous n'avez donc jamais eu à respecter les limites de l'intimité d'autrui ?

Les rides s'accentuèrent.

— Vous êtes fâchée parce que j'ai violé votre intimité ?

Comment pouvait-il ne pas s'en rendre compte ? Violet prit une longue inspiration.

— Évidemment. Mes écrits sont privés et personnels. Je ne suis pas prête à les partager, surtout avec quelqu'un que je connais à peine.

Il la lâcha enfin et demeura planté devant elle sans mot dire. Violet comprit qu'elle l'avait blessé.

— Je croyais que nous étions amis.

— Nous le sommes, mais je n'étais pas prête à partager ce récit avec vous. Augusta lit ce que j'écris, habituellement, et elle n'a même pas encore lu celui-ci. Rien ne vous autorisait à penser que je vous laisserais le lire.

Leigh garda le silence.

— Vous êtes comme tous les aristocrates qui nous ont rendu visite depuis que nous sommes à Londres, ajouta-t-elle. Vous supposez que par la seule vertu de votre naissance, je dois vous laisser l'accès à des aspects de ma personne que je ne suis pas forcément disposée à partager. Qui je suis, mes plaisirs et mes joies... Je refuse qu'on me force à révéler plus que je ne le souhaite, à vous comme à qui que ce soit d'autre.

Il laissa échapper un long soupir et se passa la main dans les cheveux.

— Vous avez raison, mademoiselle Crenshaw. J'ai pris trop de libertés.

Violet sentit son cœur se serrer.

— Ce n'est pas votre faute. C'est le résultat de votre éducation.

— C'est ma faute, si. Ma naissance m'octroie certains privilèges, mais c'est ma faute d'y être aveugle.

D'un coup, les défenses de Violet tombèrent. Ravie de sa réponse, elle lui sourit.

— Je parie qu'on ne vous a jamais rien refusé, milord.

Le sourire du comte révéla la minuscule fossette sur sa joue.

— Cela arrive. À l'occasion.

— Il faudrait que cela arrive plus souvent.

Violet se sentait mieux. Le comte n'était pas irrécupérable, contrairement à lord Ware, qui était persuadé de pouvoir agir à sa guise en toute impunité. Et il ne semblait pas avoir lu les passages scabreux car il ne la regardait pas différemment.

— Je veillerai à ce que ce soit le cas.

Il continua de sourire quand il lui offrit son bras. Elle l'accepta et ils regagnèrent la voiture. Après l'avoir aidée à grimper à l'intérieur, il ramassa les feuillets épars sur le sol de la voiture et les lui tendit. Il les tenait avec respect, comme s'ils étaient précieux et qu'il craignait de les froisser. Violet en fut touchée.

Elle ajouta les feuillets aux autres tout en observant le comte à la dérobée et se sentit gagnée par une sensation nouvelle qui allait au-delà du simple désir. Une sensation qui enfla dans sa poitrine et faillit lui tirer un soupir. Était-ce de l'adoration ? Seigneur, comment survivrait-elle à ce voyage alors qu'elle était habitée par un tel sentiment ?

11

Ils avançaient à l'aveuglette, si vivement propulsés par cette première explosion d'amour qu'ils faisaient presque pitié dans leur ignorance du jugement qui les attendait.

V. LENNOX,
La Saison d'une Américaine à Londres

Ils étaient mari et femme ce soir-là.

— Rochester.

Christian donna ce nom à l'aubergiste au regard endormi qui les accueillit à leur arrivée. Ils avaient voyagé le plus longtemps possible après le coucher du soleil dans l'espoir de distancer les hommes qui s'étaient probablement lancés à leur poursuite. L'alarme avait certainement été donnée à présent et toutes les gares et les grandes auberges de relais devaient avoir reçu leurs noms accompagnés d'une description. Christian espérait que personne n'avait fait le rapprochement entre son départ de Londres et celui de Violet, mais éliminer cette possibilité aurait été imprudent. Pour cette raison, ils restaient aussi loin que possible de la route principale.

— Bonsoir, milord, dit l'aubergiste. Je tiens à m'excuser auprès de vous et de votre épouse.

Du coin de l'œil, Christian vit Violet sourire et ses pommettes se colorer.

— C'est qu'on ne m'avait pas annoncé votre arrivée.

— Tout va bien, assura Christian. Ma femme et moi avons décidé à l'improviste de rendre visite à une tante souffrante, ce qui explique qu'aucune disposition n'a été prise.

L'homme hocha la tête, puis leur fit signe de le suivre dans l'escalier.

— Vous avez de la chance, il me reste encore des chambres. Souhaiterez-vous dîner ? La cuisine est fermée, mais je suis certain que ma femme pourra vous préparer un repas froid.

Ils avaient décidé que Violet ne parlerait pas ou le moins possible. Elle se contenta donc de poser la main sur le bras de Christian et de hocher vigoureusement la tête.

— Volontiers, répondit Christian. Nous voudrions aussi de l'eau chaude. Mon cocher se chargera de monter nos bagages.

Une fois qu'il les eut conduits jusqu'à leurs chambres, l'aubergiste s'en alla chercher leur souper. Les chambres étaient modestes, meublées d'un petit lit, d'une table de chevet et d'une table de toilette. L'une d'elles comportait également une table et deux chaises, et ce fut dans celle-là qu'ils prirent leur repas.

— Vous croyez que je pourrais vous écrire, milord ? s'enquit Violet entre deux bouchées de poulet froid.

Christian faillit s'étrangler avec son pain et but une gorgée de bière avant de demander :

— Pourquoi ?

C'était idiot de lui demander cela. Il aurait dû au contraire encourager son intérêt. À la vérité, il était déconcerté depuis qu'il avait lu des passages de son manuscrit. Il était évident que Mlle Rose Hamilton était un mélange de Violet et de sa sœur. Mais qui diable était ce lord Lucifer ? Elle prétendait avoir peu d'inclination pour les aristocrates, pourtant l'un d'eux lui avait inspiré des mots passionnés. Il pensait l'interroger à ce sujet, toutefois, vu les paroles très dures qu'elle avait eues à son endroit, il savait qu'elle se fermerait.

— Parce que je serai à Windermere et que vous serez à Blythkirk, puis à Londres. J'ai apprécié notre voyage, ajouta-t-elle avec un haussement d'épaules. Je pense que nous pourrions nouer une véritable amitié si l'occasion nous en était donnée.

Elle eut un sourire à la fois timide et impatient de connaître sa réponse.

Christian préféra détourner les yeux de crainte qu'elle ne devine à quel point il avait envie d'elle. Ils pouvaient devenir de très bons amis, il n'en doutait pas. Elle était charmante, intelligente et dotée d'une grande finesse malgré son très jeune âge. Pour être honnête, elle se révélait très différente de ce qu'il avait escompté. Dans un premier temps, elle n'avait suscité en lui qu'un intérêt purement physique et mercantile – et même alors, quelque chose d'autre en elle l'avait attiré. Durant ces deux derniers jours cependant, une sorte de tendresse avait pris racine en lui. Il était certain qu'elle serait une amante délicieuse et passionnée, et que le temps qu'ils passeraient en dehors du lit serait tout aussi agréable.

— Vous trouvez cela affreusement inconvenant ? ajouta-t-elle comme il ne répondait pas.

— Oui, confirma-t-il avant de se racler la gorge. Nous ne sommes mariés ni l'un ni l'autre.

Violet baissa les yeux sur son assiette.

— Cela vous ennuie à ce point ?

— Cela ne m'ennuyait pas le moins du monde jusqu'ici.

Il s'interrompit, sachant à quel point les mots qu'il s'apprêtait à prononcer seraient vrais. Il avait eu l'intention de débiter une formule artificielle destinée à renforcer sa stratégie, mais cette formule reflétait l'absolue vérité.

— Cependant, plus les jours passent et plus je trouve que l'état de mariage ne manque pas d'attrait.

Elle le dévisagea et rougit. Christian aurait parié que ses seins s'étaient parés d'une jolie teinte rosée.

— Je voulais dire « est-ce que cela vous ennuierait que je vous écrive bien que ce soit inconvenant » ?

Il savait parfaitement ce qu'elle avait voulu dire. Mais il avait choisi à dessein d'orienter les pensées de Violet vers le mariage. Et il avait réussi, sauf que, malheureusement, cela avait orienté ses propres pensées vers le fait qu'ils se faisaient passer pour mari et femme, et qu'un lit se trouvait juste derrière eux.

Bon sang, coucher avec elle... Il ferma les yeux et avala une longue gorgée de bière. Encore une semaine. Son pantalon lui comprimait douloureusement l'entrejambe.

— Et vous, cela vous ennuie-t-il ? demanda-t-il.

Elle secoua la tête, les joues encore roses.

— Non, mais nous savons que j'ai tendance à prendre des décisions inappropriées.

Elle sourit et agita la main, faisant référence à la chambre comme à leur voyage.

— En outre, ajouta-t-elle, cela en dissuadera peut-être certains de me courtiser.

Cela en rebuterait peut-être certains, en revanche, les pires s'accrocheraient à cause de son argent. Il fut tenté de lui dire qu'un mariage réglerait le problème des prétendants une bonne fois pour toutes, mais c'était encore trop tôt.

— Dans ce cas, écrivez-moi, mademoiselle Crenshaw, et je vous répondrai.

Elle afficha un sourire rayonnant.

— Vous m'en direz davantage au sujet de Blythkirk ? demanda-t-elle en reportant son attention sur son assiette.

Christian posa les yeux sur les doigts de Violet, qui jouaient avec le pain. Il ne l'avait pas remarqué avant, mais des taches d'encre semblaient orner en permanence le bout des doigts avec lesquels elle tenait son porte-plume.

— Il n'y a pas grand-chose à en dire. C'est un petit domaine comparé à Amberley Park. Il appartenait au frère de ma mère, qui me l'a légué à sa mort. C'était là que je séjournais quand je n'étais pas au pensionnat.

— Vous ne retourniez pas à Amberley Park ?

— Mon père détestait autant ma présence que moi la sienne. Blythkirk était devenu mon refuge.

Elle l'observa sans mot dire de ce regard pénétrant qui en voyait trop. Il ne savait pas ce qui lui avait pris de lui en dire autant. Son père était mort et enterré. Il n'avait nul besoin d'évoquer ce sale type.

— Votre mère est encore de ce monde ? Où est-elle ?

— Mon père l'a bannie et expédiée sur le Continent il y a des années, après qu'elle eut pris un amant de trop.

Christian se souvenait encore de la dispute épouvantable qui avait eu lieu, un soir où son père était rentré à Amberley Park plus tôt que prévu. Sa mère avait fait ses valises le lendemain, la mâchoire enflée et les yeux rougis. Christian n'avait jamais su avec qui elle avait été surprise, sinon qu'il s'agissait d'un roturier et qu'il venait d'un village des environs.

— Elle n'a jamais semblé encline à revenir s'établir ici, bien qu'il soit mort depuis plus de quinze ans.

— Je suis désolée. Quel âge aviez-vous quand elle est partie ?

Il haussa les épaules.

— Je ne m'en souviens pas précisément. Cinq ans, peut-être.

Elle tressaillit et posa la main sur son bras. Son regard, doux et inquiet, ne reflétait pas une once de critique ni de moquerie.

— Combien de fois l'avez-vous revue depuis lors ?

— Elle est revenue une poignée de fois pour des occasions importantes, mais elle ne faisait que passer et s'en retournait très vite à sa vie.

— Portez-vous sur elle un regard sévère ?

— Plus maintenant.

Ç'avait été le cas à une époque. Après tout, n'avait-il pas enduré le courroux de son père durant toute son enfance ? Il avait même estimé qu'il s'en sortait plutôt bien, sachant que celui-ci ne supportait pas de le voir et qu'il mettait sa paternité en doute. Les choses avaient toutefois changé quand la colère de son père s'était manifestée physiquement. Christian avait alors compris ce que sa mère avait dû ressentir quand son mari avait concentré sur elle sa haine de façon brutale et il lui avait alors tout pardonné.

— Mon père n'était pas un homme facile. Je crois qu'elle était plus heureuse loin de lui. Au moment de sa mort, elle n'avait aucune raison d'abandonner sa nouvelle vie sur le Continent. De toute façon, la bonne société ne l'aurait pas autorisée à revenir sans lui faire sentir sa désapprobation.

— J'imagine qu'elle vous manque ?

— Quelqu'un dont vous vous souvenez à peine peut difficilement vous manquer. Je suppose qu'elle a dû me manquer les premiers temps.

Il se souvenait de ses bras autour de lui, de la douceur de sa poitrine sous sa joue quand elle consolait ses chagrins d'enfant, mais le temps passant, ses souvenirs s'étaient estompés.

— Après la mort de mon père, j'ai appris l'existence de mon demi-frère, Jacob, de la mère de celui-ci et de ses sœurs. Mon père s'était arrangé pour qu'ils héritent de ses fonds et de la maison de Bloomsbury tandis que moi, j'héritais de ses dettes, en même temps que de son titre et des autres propriétés. Un jour, je suis allé les trouver chez eux. J'étais encore un enfant par bien des aspects.

Il se souvenait encore de ce jour. La surprise de Thea, sa façon très calme de lui montrer la porte, après qu'il se fut montré grossier avec elle.

— Que s'est-il passé ? s'enquit Violet, suspendue à ses lèvres.

— Dorothea… Thea, la mère de Jacob, qui était la maîtresse de longue date mon père, m'a fait jeter dehors. À raison. Je l'avais accusée de choses terribles, guidé par la colère que m'inspirait mon père. Fort heureusement, elle l'a compris. Je suis retourné la voir peu de temps après et elle m'a laissé entrer. Au fil du temps, j'ai appris à bien la connaître. Elle m'a aidé à faire le deuil de mon père et a même soutenu mon projet de lancer le club avec Jacob. C'est devenu quelqu'un d'important pour moi, dit-il, la gorge soudain nouée. Elle est morte il y a quelques années.

— Je suis navrée. Ce devait être une personne très aimante.

Christian acquiesça et les mots continuèrent à franchir ses lèvres sans qu'il puisse les retenir.

— Son père était un marchand de charbon prospère. Mon père avait été en affaires avec lui et c'est ainsi qu'il avait connu Thea. C'était la plus jeune de la famille et son départ avait, paraît-il, causé une rupture avec son propre père. Il aurait voulu qu'elle soit honorablement mariée. Mais elle m'a dit qu'elle aimait mon père et que c'était elle qui avait choisi de vivre avec lui.

Christian n'avait jamais compris comment l'homme qu'il avait connu avait pu se montrer si différent de celui dont Thea et ses enfants avaient gardé le souvenir.

— Vous pensez que votre père ait eu envie de l'épouser ?

— Je l'ignore. Je sais juste qu'il méprisait ma mère. Vu que Jacob et moi n'avons que quelques mois d'écart, j'en ai conclu qu'il fréquentait les deux femmes en même temps et préférait Thea. Ce qui ne devait pas plaire à ma mère. Je sais qu'il n'a épousé ma mère que parce qu'elle s'est arrangée pour qu'on les surprenne ensemble. Elle l'a donc piégé et, de son côté, mon père a toujours pensé que j'étais le bâtard d'un autre. Je l'aurais cru aussi, mais certaines similitudes physiques entre nous étaient vraiment flagrantes. Quoi qu'il en soit, mon père est resté fidèle à Thea jusqu'à sa mort.

— Il est certain que vous ressemblez beaucoup à votre frère. La couleur des cheveux exceptée, vous pourriez presque être jumeaux.

— Nous tenons beaucoup de notre père, tous les deux. C'est d'ailleurs ce qui a frappé Thea la première fois qu'elle m'a vu.

— J'aurais aimé la connaître, mais je suis contente de ne pas avoir connu votre père. Il vous a maltraité.

Christian ne put s'empêcher de dévisager la femme étrange et merveilleuse qui se tenait en face de lui. Thea était née fille de marchand. Sa relation avec son père avait certes rehaussé sa condition, mais elle n'aurait jamais été acceptée dans les salles de bal de Mayfair. Aucune dame digne de ce nom n'aurait osé admettre son existence à voix haute, sans parler de la rencontrer.

— Je crois qu'elle vous aurait appréciée, dit-il, sincère.

Thea aimait les gens qui sortaient de l'ordinaire et n'avaient pas peur de tracer leur propre chemin.

Il prit une nouvelle gorgée de bière, en proie à un élan de culpabilité. Il avait beau se répéter qu'il était le meilleur choix pour Violet Crenshaw, il n'oubliait pas qu'en l'épousant, il la priverait de tous les autres choix possibles.

— Vous ne trouvez pas frappant que le méchant dans cette histoire, à savoir votre père, soit resté le héros aux yeux de la bonne société ? Alors que sa maîtresse et son épouse se sont toutes deux retrouvées bannies.

Il approuva d'un hochement de tête.

— Mon père était bel et bien le méchant.

— Je partage rarement les opinions de la bonne société.

— Vous m'en voyez choqué, la taquina-t-il.

Elle s'esclaffa.

— La façon dont vous avez fui Londres me l'avait laissé supposer, ajouta-t-il. Avez-vous toujours été rebelle ?

— Pas vraiment. Secrètement rebelle, peut-être. J'aime que les choses soient paisibles et ordonnées, mais je ne supporte pas qu'elles le soient au détriment de la justice.

Cela le fit sourire et il se demanda combien de pensées rebelles elle abritait. Il en connaissait au moins quelques-unes grâce à son cher lord Lucifer. La brûlure de la culpabilité laissa la place à celle de la jalousie. Ayant achevé son repas frugal, il repoussa son assiette et prit sa chope entre ses mains, peu disposé à prendre congé pour la nuit.

— Comment avez-vous appris l'existence de l'autre famille de votre père ? demanda Violet.

Étonnamment, il ne trouva rien d'odieux à l'idée d'aborder cette question avec elle. Il n'avait encore jamais parlé aussi librement de son passé avec qui que ce soit.

— Ware m'y a aidé.

— Lord Ware ? s'exclama-t-elle en écarquillant les yeux.

— Oui. Nous fréquentions tous deux Eton et quelqu'un faisait courir des rumeurs – parfaitement étayées au demeurant – sur l'état de la succession qui venait de m'échoir. J'ai remonté la piste de ces rumeurs qui m'a conduite jusqu'à Ware. Mis au pied du mur, il m'a parlé de Jacob, de Maura et de Lilian.

— Qu'avez-vous fait à lord Ware ?

— Je l'ai rossé, évidemment. Je ne voulais pas le croire, ajouta-t-il plus sérieusement, mais il n'y avait aucune raison qu'il ait inventé cela. Et quand je suis allé trouver l'homme d'affaires de mon père, il a reconnu que c'était vrai.

— C'est votre père, plutôt que votre mère, qui aurait pu être mis au ban de la société. Il avait une famille illégitime.

— Les règles ne sont pas les mêmes pour les hommes et les femmes. Mon père a conservé son siège au Parlement et était invité à tous les événements importants de la saison. Alors que ma mère, si elle était revenue après sa mort, aurait été la risée de la société et juste tolérée aux événements de moindre importance – à condition de paraître suffisamment contrite.

Violet laissa échapper un soupir las et reposa sa chope.

— Je me demande parfois pourquoi on se soucie de tous ces gens.

Son agacement le fit sourire.

— Vous préféreriez partir ? Visiter le Continent, faire le tour du monde ?

— Cela ne me déplairait pas, avoua-t-elle en se détendant visiblement. Surtout si j'avais la possibilité d'écrire.

« Et si je vous faisais l'amour toutes les nuits », ajouta-t-il en silence. Sa discrète demoiselle Crenshaw serait peut-être assez solide pour encaisser l'inévitable scandale que serait leur mariage. Elle risquait même de trouver cela amusant.

— Parlez-moi du Montague Club, dit-elle, changeant soudain de sujet.

Sa curiosité le concernant avait quelque chose d'enivrant qui l'incitait à vouloir tout lui dire.

— Que souhaitez-vous savoir ? Jacob le dirige avec moi, et le duc de Rothschild s'est joint à nous voilà quelques années.

Elle sirota sa bière et lui adressa un sourire qui lui fit deviner qu'elle se trouvait extrêmement audacieuse. Christian sentit un frisson d'impatience courir sur sa peau.

— Il paraît qu'il s'y passe un tas de choses répréhensibles.

Christian ne pouvait pas avoir cette conversation avec elle. Pas maintenant. Pas alors qu'ils étaient seuls dans une chambre, avec un lit qui leur tendait les bras. Il remua sur sa chaise afin de trouver une position plus confortable.

— Tout ce que vous aurez entendu dire est vrai, quoique sans doute exagéré.

— Et qu'en est-il de la chambre ?

Il n'eut pas besoin de demander de quoi elle parlait. Les récits qui circulaient à propos de la chambre à coucher très spéciale du club avaient été grandement embellis.

— Il y a bien une chambre à coucher ? insista Violent, qui baissa la voix alors que personne ne risquait de les entendre.

— Qu'avez-vous entendu dire à ce sujet ?

Qu'avait-on pu raconter à une débutante innocente telle que Mlle Crenshaw ?

Elle haussa une épaule et baissa les yeux, soudain trop timide pour croiser son regard.

— Que des couples vont là-bas pour se livrer à toutes sortes d'actes immoraux et décadents.

On y donnait parfois des représentations. D'autres fois, des couples s'y rendaient, seuls ou accompagnés. Ils savaient qu'ils y trouveraient des accessoires destinés au plaisir. Comme il gardait le silence, elle leva vers lui un regard intéressé. Ses pupilles étaient dilatées et ses lèvres entrouvertes, comme si le souffle lui manquait. Elle brûlait d'aller dans cette chambre et il l'y emmènerait. Il ferma les yeux à l'idée des cordons de soie qu'il utiliserait pour l'attacher aux montants du lit. Il l'imagina, frémissante de désir...

— Oui, dit-il, c'est vrai.

— Vous arrive-t-il d'y aller ?

Il la dévisagea, stupéfait par son audace et par l'excitation que celle-ci provoquait.

— J'y suis allé, oui.

Sa voix était rauque de désir. Elle rougit et il sut qu'elle pensait à ce qu'il y avait fait. S'imaginait-elle en sa compagnie ?

— Cela vous plairait d'y aller ?

— Je vois mal comment je le pourrais. Votre club est réservé aux hommes, si je ne m'abuse, répliqua-t-elle avec un regard de défi.

Christian nota qu'elle n'avait pas répondu à la question.

— On vous a mal renseignée. Certains de nos membres sont des femmes. Je vous accorde cependant qu'elles ne sont pas nombreuses et que leur réputation n'est plus à faire.

— Oh ! souffla-t-elle.

Elle prit une inspiration, comme si elle se préparait à dire quelque chose. Vu les tours et détours inattendus qu'avait pris leur conversation, il ne savait trop à quoi s'attendre.

— Vous vous souvenez de la fois où je vous ai embrassé ?

Elle posa brièvement les yeux sur sa bouche avant de croiser son regard.

— Oui, je m'en souviens.

Il reconnut à peine sa propre voix. Si elle avait osé regarder son entrejambe, elle aurait aisément pris la mesure de son désir. Il devenait évident que s'il ne partait pas sur-le-champ, il allait la convaincre de faire quelque chose qu'elle regretterait probablement ensuite.

— De quoi vous souvenez-vous au juste ? murmura-t-elle.

Le désir dans sa voix faillit lui tirer un grondement.

— Je me souviens que cela m'a beaucoup plu.

— Je ne vous ai pas semblé immature ?

— Non.

Il se pencha vers elle et il laissa le bout de ses doigts reposer sur le dos de sa main. Elle retint son souffle et les battements de son propre cœur s'accélérèrent.

— C'était votre premier baiser ?

— Non.

Un accès de jalousie parfaitement injustifié le saisit.

— Votre fiancé ?

— Oui.

Le butor qui l'habitait exigeait de savoir qui l'avait le mieux embrassée, alors qu'il avait à peine eu le temps de lui rendre son baiser avant qu'ils soient interrompus.

— Pourquoi un homme qui vous a tenue dans ses bras et vous a embrassée serait assez stupide pour vous laisser partir loin de lui ?

— Mon père l'a payé.

La tristesse lui étranglait la voix et elle gardait les yeux baissés sur la main de Christian. Elle était gênée.

— Crenshaw l'a payé pour qu'il s'éloigne ? Pour permettre à Ware de faire sa demande ?

Elle haussa les épaules.

— Je suppose que c'est pour cette raison. Mais peut-être que Teddy avait déjà trouvé quelqu'un d'autre.

— L'imbécile !

Elle leva les yeux, surprise par sa véhémence.

— Je le pense également, dit-elle.

Ses yeux se posèrent de nouveau sur sa bouche.

Seigneur. Il avait une envie folle de l'embrasser. De l'embrasser si passionnément qu'elle tomberait à la renverse sur le lit. Son sexe était si dur qu'il lui aurait suffi de relever ses jupes pour trouver la fente de sa culotte et la pénétrer. Sauf que ce ne serait pas aussi facile. Violet Crenshaw était vierge et il lui faudrait la traiter avec ménagements, et non pas la prendre comme un soudard. Il devait quitter cette chambre. Tout de suite. Il ne voulait pas ruiner sa réputation, pas avant qu'elle ait consenti à l'épouser. Ce serait trop injuste envers elle.

Avec un grognement de frustration, il repoussa sa chaise et se leva.

— Nous ferions mieux de nous retirer pour la nuit. Nous partirons à l'aube afin de conserver notre avance.

— Ah, soupira-t-elle, visiblement déçue et honteuse de l'être. Bonne nuit, milord, dit-elle en se levant à son tour.

Priant pour qu'elle ne remarque pas le désir qui le tenaillait, Christian s'inclina brièvement et se dépêcha de quitter la chambre. Il attendit de l'entendre verrouiller sa porte avant d'entrer dans la sienne.

Les deux jours qui suivirent furent à la fois effroyables et merveilleux. Violet n'écrivit que fort peu. Elle était désespérément distraite par lord Leigh et ne cessait de lui parler tandis qu'ils avalaient les kilomètres. Ils abordaient pratiquement tous les sujets, depuis l'affreuse nouvelle de ce pauvre navire allemand qui avait sombré au large des îles Scilly jusqu'au procès Minor contre Happersett – l'affaire de la Cour suprême qui avait refusé d'accorder le droit de vote aux femmes –, en passant par les bonnes œuvres de lady Helena. Violet fut ravie d'apprendre que lord Leigh était favorable au suffrage féminin. Il pensait même qu'une femme devait avoir sa place dans la société en dehors du foyer et il avait fait un don pour l'orphelinat de lady Helena.

Il s'agissait à l'origine de créer une maison pour les orphelins et les enfants trouvés, mais le projet s'était étoffé au fil du temps et prévoyait désormais de venir en aide aux femmes, souvent célibataires, qui devaient travailler douze à seize heures par jour et ne pouvaient pas s'occuper de leurs propres enfants. Lady Helena lui avait confié que la haute société n'approuvait pas, estimant que cela pouvait être perçu comme la promotion de la promiscuité. Son amie avait donc le plus grand mal à trouver les fonds nécessaires. Violet et Augusta ne s'étaient pas fait prier pour lui accorder un don généreux, aussi Violet fut-elle réconfortée d'apprendre que lord Leigh partageait leur engagement.

Elle l'était d'autant plus qu'elle était à présent certaine de développer des sentiments profonds pour lui.

Cela n'avait rien à voir avec le réconfort tiède qu'elle avait trouvé auprès de Teddy. Ses sentiments étaient de nature ardente et balayaient tout sur leur passage. Elle était comme possédée. Cela s'était d'abord manifesté par des signes physiques : toucher le comte faisait courir un flot de chaleur sur sa peau, son odeur faisait naître en elle l'envie irrésistible qu'il la serre dans ses bras et le son de sa voix sapait toutes ses défenses, la laissant brûlante de désir. Une femme avisée dirait qu'un libertin faisait cet effet-là. Elle entendait déjà lady Helena la mettre en garde. Mais ce n'était pas cela qui l'effrayait le plus.

Elle était bien plus troublée par ce qui accompagnait ces manifestations physiques. Leigh l'avait interrogée sur sa vie à New York. Elle lui avait parlé de ses amis et d'Alabaster Court, leur résidence d'été à Newport. Elle lui avait narré toutes sortes d'anecdotes sur son enfance qu'elle n'avait jamais racontées à personne. Elle lui avait parlé de Mittens, son chat, qui était apparu un beau jour dans leur jardin, maigre et pelé, et qui avait passé les dix années suivantes entouré de ses soins attentifs. Teddy n'avait jamais entendu parler de Mittens et elle était certaine qu'il n'avait jamais songé à la questionner sur ses animaux de compagnie. Alors que lord Leigh l'avait non seulement questionnée mais écoutée.

Il l'avait écoutée quand elle avait évoqué la toute première fois qu'elle avait écrit une histoire et qu'elle l'avait lue à son amie Amelia. Amelia l'avait suppliée d'écrire aussitôt le chapitre suivant. Lord Leigh lui avait demandé de quoi il s'agissait et Violet lui avait raconté l'histoire de la petite orpheline qui découvrait qu'elle était une princesse. Teddy avait certes encouragé ses aspirations littéraires, pour autant, il ne l'avait jamais interrogée sur le contenu de ses histoires. Il ne lui était pas venu à l'esprit de s'inquiéter de ce manque d'intérêt de son futur mari. Et peut-être ne s'en souciait-elle toujours pas, vu que son travail était personnel. Mais alors que ses écrits n'avaient suscité que de l'indifférence dans son entourage, voir lord Leigh y consacrer toute son attention avait quelque chose de grisant.

L'affection qu'elle se découvrait à son endroit était si profonde et si soudaine qu'elle n'était pas certaine qu'elle fût réelle. Il arrive souvent qu'on confonde un simple béguin avec l'amour. C'était cela qui la terrifiait. Qu'elle puisse agir en fonction de sentiments qui lui apparaîtraient ensuite dénués de réalité. Ou, pire, d'agir en fonction de sentiments bien réels, pour découvrir ensuite qu'en bon libertin qu'il était, Leigh s'était contenté de jouer avec son affection. Malgré son désir, elle était parvenue à la conclusion qu'elle devrait se montrer sage dans les jours à venir.

Elle se rendrait à Windermere comme prévu, mais elle lui écrirait dès son arrivée. S'il répondait, et que leur correspondance durait un certain temps, elle suggérerait que, peut-être, il la courtise. Elle ne le lui dirait pas de façon aussi directe, bien sûr. Il lui faudrait trouver moyen de l'y inciter tout en lui laissant croire que l'idée venait de lui. Si tout se passait bien, elle laisserait subtilement entendre, après un laps de temps convenable, qu'ils pourraient se marier.

À cette idée, le doute et l'impatience palpitèrent follement au creux de son ventre. Il faudrait bien qu'elle se marie un jour, et l'idée du mariage en tant que telle ne lui déplaisait pas. Elle avait toujours envisagé d'avoir un mari et des enfants. Certes, elle avait cru qu'elle trouverait ledit mari à New York. Mais à présent, elle n'imaginait personne d'autre que lord Leigh comme époux.

Non, elle allait trop vite en besogne. Il était trop tôt pour penser au mariage. Lord Leigh pouvait très bien continuer sa route vers l'Écosse et l'oublier. Ils commenceraient par entamer une correspondance et elle verrait comment les choses évolueraient. C'était sa nature exaltée qui lui faisait s'inventer un futur avec lui. Elle semblait n'avoir aucun contrôle sur son imagination. Chaque fois qu'elle fermait les yeux, elle rêvait de lui.

— Je sais que vous ne dormez pas, mademoiselle Crenshaw.

Elle sourit et rouvrit les yeux. Assis sur la banquette opposée, il lui souriait.

— Non. Dormir est impossible dans cette cabine d'acier, conçue pour torturer ses passagers.

Il rit ouvertement.

— La nuit n'est pas encore tombée, mais je me disais que nous pourrions nous arrêter dans la prochaine ville. La pluie tombe de plus en plus fort et Peterson trouve que les routes deviennent dangereuses. Nous avons conservé une belle avance, malgré le mauvais temps.

— Ce serait merveilleux. Et si nous pouvions avoir un vrai bain et de l'eau chaude, ce serait le paradis.

Ses yeux s'assombrirent et son regard se fit plus intense et plus grave. Il l'avait déjà regardée ainsi durant le voyage et chaque fois, Violet sentait sa poitrine s'alourdir tandis qu'une étrange langueur prenait naissance au plus profond de son être.

— J'y veillerai, dit-il.

La vision du comte la rejoignant dans son bain lui traversa l'esprit. Se pouvait-il que des gens fassent cela ou était-elle dépravée ? Cela n'avait pas grande importance ; elle pouvait fermer les paupières et rêver de tout ce qu'elle voulait sans que personne en sache rien.

— Venez vous asseoir près de moi, dit-il en se déplaçant pour lui faire de la place. Permettez que mon épaule vous tienne lieu d'oreiller.

— Je ne peux pas, dit-elle alors qu'elle se levait déjà.

La chaleur de son corps imprégnait encore la banquette et son odeur l'enveloppa – un parfum épicé, aux nuances boisées. Elle fut tentée d'enfouir le nez au creux de son cou. Elle se contenta d'appuyer la joue contre son épaule et il se tassa légèrement pour que ce soit plus confortable pour elle. Leurs hanches se touchaient. Elle modifia sa position pour que sa cuisse se presse autant que possible contre la sienne.

Laissant échapper un soupir d'aise, elle ferma les yeux. Le sommeil ne viendrait pas, pas quand elle avait le ventre noué de bonheur et que le sang bouillonnait dans ses veines, mais elle profiterait de ce moment aussi longtemps qu'il durerait.

12

Lord Lucifer avait bien manigancé. L'aurait-il voulu qu'il n'aurait pas pu changer le cours des choses, son stratagème se déroulant désormais sans aide aucune.

V. LENNOX,
La Saison d'une Américaine à Londres

Christian savait qu'il avait pris la mauvaise décision. L'écho de sa conversation matinale avec Peterson résonnait comme une raillerie. Ils avaient vérifié les harnais des chevaux en attendant Violet. Dans le ciel, les nuages sombres promettaient une nouvelle journée de pluie.

— L'embranchement avec la route du nord pour l'Écosse n'est plus très loin. La prendrons-nous, milord ?

Christian avait jeté un coup d'œil à la porte de l'auberge pour s'assurer que personne ne risquait d'entendre.

— Oui. Nous allons en Écosse.

Son hésitation n'avait pas duré une minute. Violet était éprise de lui. Cela se voyait à la façon dont elle le regardait et flirtait avec lui, même si elle ne s'en rendait sans doute pas compte. Il avait veillé à ne pas la toucher, mais elle recherchait sans cesse son contact. Ses doigts frôlaient les siens lorsqu'ils marchaient côte à côte ou bien sa main se posait sur son bras quand ils étaient à table. Un désir ardent dilatait ses pupilles. Elle avait envie de lui.

Il lui demanderait ce soir d'être sa femme. Il aurait dû le faire plus tôt. Après leur conversation au sujet de la chambre secrète du Montague Club. Sa seule excuse pour avoir tardé, c'était sa culpabilité. Son projet de la séduire pour la contraindre au mariage avait été contrarié par l'affection grandissante qu'il éprouvait pour elle.

Et il se retrouvait une fois de plus en porte-à-faux. S'ils s'engageaient sur la route du nord sans son consentement, son action s'apparenterait à un enlèvement. Mais comme il ne s'était pas laissé d'autre choix, la seule solution consistait à l'emmener dans le Nord.

Il serra le poing pour résister à la tentation de la toucher, tandis qu'elle reposait en toute confiance contre son bras. Leur folle équipée avait fini par représenter bien plus à ses yeux que le moyen de parvenir à ses fins. Il avait eu un aperçu de la vie qui serait la sienne auprès d'elle. Il n'y aurait plus de soirées solitaires, plus aucun de ces silences interminables qui l'avaient chassé d'Amberley Park. Elle serait avec lui.

Sauf s'il gâchait tout. Il avait peur. Peur de lui faire sa demande et qu'elle ne dise non. Parce qu'elle n'était peut-être pas prête à s'engager alors que ses sentiments étaient si récents. Ou qu'elle ne dise oui, mais qu'elle veuille attendre avant de se marier. Il pourrait avancer tous les arguments qu'il voudrait, il n'était pas en position de lui forcer la main. Le problème était qu'il fallait absolument qu'elle dise oui et qu'elle accepte de se marier en Écosse.

De petits soupirs lui échappaient. Il ferma les yeux, l'écouta respirer et se laissa envelopper par son parfum. Ce soir, il lui ferait sa demande. S'il obtenait son consentement, il n'aurait pas besoin de justifier le manque de réserve qui lui avait fait emprunter la route pour l'Écosse. Il lui suffirait de faire valoir qu'il avait hâte d'être son époux. Il devait s'accrocher à l'idée qu'elle comprendrait.

Si jamais elle ne comprenait pas... Il n'osait même pas l'envisager.

Sans qu'il se donne le temps de réfléchir, sa main passa spontanément de sa cuisse à la main que Violet laissait reposer sur ses genoux. Il replia les doigts autour des siens et son cœur se mit à battre follement quand elle répondit à son geste d'une légère pression de la main. Ils étaient assis là, immobiles, paume contre paume, les doigts entrelacés. L'intimité de ce moment était si intense que Christian osait à peine respirer de crainte de le briser. Cette douce créature lui appartiendrait, bientôt.

Un étrange et terrible craquement s'éleva dans l'air de ce début de soirée, transperçant leur cocon. Peterson cria, mais ce n'était pas un cri d'avertissement. C'était un cri de pure terreur. Christian se redressa vivement et écarta le rideau, juste à temps pour voir la masse sombre d'un grand chêne remplir l'espace entre la voiture et le bord de la route. Une branche brisa la vitre et des éclats de verre se répandirent à l'intérieur. Il se déplaça de façon à protéger Violet autant que possible, mais le poids de l'arbre gigantesque propulsa le véhicule latéralement. La route était tellement trempée qu'elle formait un véritable fleuve de boue sur lequel ils avaient déjà dérapé à plusieurs reprises.

— Accrochez-vous !

Il saisit la poignée de cuir au-dessus de la fenêtre brisée pour que Violet puisse prendre sa place, loin du châssis hérissé d'éclats de verre.

Le hurlement de Violet fit vibrer ses tympans tandis qu'elle attrapait la poignée qui se trouvait de son côté et s'y cramponnait.

— Que se passe-t-il ? cria-t-elle.

— Un arbre est tombé, sans doute déraciné par la pluie.

Le coup sourd qui retentit violemment quand la voiture heurta une rangée d'arbres coupa le souffle de Christian. Les chevaux hennissaient de frayeur. Il enroula le bras autour de la taille de Violet pour lui éviter d'être secouée tandis que le véhicule tournoyait sur lui-même. Elle s'agrippait toujours à la poignée, les yeux fermés.

Sans prévenir, le véhicule bascula sur le côté, se couchant presque sur le flanc avant de se redresser. Christian savait qu'ils étaient à proximité d'une rivière car ils avaient franchi un pont un peu plus tôt. Avec l'aide de Dieu, ils s'en seraient suffisamment éloignés… Mais la voiture bascula de nouveau, vers l'arrière cette fois, et il comprit que le véhicule était sur le point de partir à la renverse.

— Accrochez-vous à moi, Violet ! cria-t-il une seconde avant que le véhicule émette un affreux grincement.

Verre et métal ployèrent et cédèrent. Le véhicule effectua un tonneau qui les secoua comme des billes dans un hochet. Christian tâcha de se recroqueviller dans un coin pour rester loin de Violet, car il risquait de l'écraser.

Au deuxième tonneau, une douleur le transperça soudain, si vive qu'un éclair de lumière passa devant ses yeux. Il retomba brutalement sur le dos et ses poumons se vidèrent d'un coup. Il resta étendu un instant, luttant pour aspirer de l'air tandis que son champ de vision devenait d'un gris moucheté de noir. Quand le gris s'éclaircit, le ciel avait pris la teinte orangée qui précède le crépuscule.

Sans savoir comment, il avait été éjecté de la voiture. Malgré la douleur, il roula sur le ventre. Au-dessus de lui, le ciel évoquait un vilain hématome et de sombres nuages s'amoncelaient, annonçant l'orage. Il eut vaguement conscience d'un craquement épouvantable et le silence retomba brusquement.

Un silence de mort.

— Violet.

Luttant toujours pour reprendre son souffle, il se redressa à genoux, scrutant les alentours pour tenter de la localiser. Il ne vit que les traces rageuses et profondes que le véhicule avait laissées derrière lui en dévalant la colline.

— Violet !

Il se remit debout, ignorant l'atroce douleur dans sa jambe, et la chercha frénétiquement du regard. S'il avait été éjecté, peut-être l'avait-elle été elle aussi.

Mon Dieu, faites qu'elle soit en vie.

Elle n'était pas là. Il tourna sur lui-même, cherchant le bleu de son habit de voyage parmi les broussailles, mais elle n'était nulle part.

— Violet !

Il n'y eut pas de réponse. Gagné par la panique, il balaya du regard la pente que la voiture avait dévalée. Elle ne pouvait pas se trouver encore à l'intérieur. Refusant d'admettre cette éventualité, il s'élança, glissant le long de la pente boueuse du ravin. Quand il atteignit le bas, le carrosse gisait sur le flanc dans le lit d'une rivière dont la pluie devait avoir doublé, voire triplé la profondeur habituelle. Le véhicule oscillait, pas encore englouti par l'abîme saumâtre, mais les eaux le poussaient avec une force effrayante. Les puissants courants de la rivière se trouvaient à une vingtaine de mètres du véhicule et celui-ci était sur le point de dériver. S'il atteignait les profondeurs du centre, il serait emporté par les flots.

— Non ! Violet !

Tout en se débarrassant de son manteau, Christian entra dans l'eau aussi vite qu'il put, ignorant la douleur qui lui lacérait la cheville. Quand l'eau atteignit ses cuisses, il plongea et se mit à nager. Quelques instants plus tard, il se redressa près de la voiture et batailla avec la portière. Les fenêtres étant brisées, l'eau avait rempli l'habitacle. Christian pria pour que Violet soit encore consciente et qu'elle ait réussi à garder la tête hors de l'eau, mais cet espoir fut balayé dès qu'il réussit à ouvrir la portière. Violet gisait à plat ventre et le visage sous l'eau.

— Violet !

Il ne reconnut pas le cri qui avait franchi ses lèvres. La saisissant à deux mains, il la souleva et la retourna. Son corps était comme celui d'une poupée de chiffon et son visage était flasque et paisible.

— Réveillez-vous !

Ses cils ne palpitèrent même pas. Le sang qui s'écoulait d'une profonde entaille à la tempe se mêlait à l'eau qui ruisselait sur son visage.

C'était elle qui aurait dû être éjectée du véhicule. Pas lui. Si quelqu'un méritait de mourir, c'était lui.

Il renversa la tête de Violet, la serra contre lui et couvrit sa bouche de la sienne pour tenter de lui insuffler de l'air. Elle ne remuait toujours pas. D'un bref coup d'œil, il vit que la voiture continuait de dériver. Ils devaient regagner la rive. S'ils étaient emportés par le courant, ils mourraient tous les deux.

Pitié, mon Dieu, pitié.

Il la positionna prudemment contre le flanc du carrosse, entra dans l'eau glacée et la fit habilement glisser au creux de ses bras. La manœuvre ne fut pas des plus aisées, mais il réussit à lui maintenir la tête hors de l'eau tout en accomplissant les quelques brasses en direction de la terre ferme. Une fois qu'il eut pied, il la souleva dans ses bras et essaya de nouveau d'insuffler de l'air dans ses poumons. Il n'était pas certain que cela fonctionne car il n'avait pas la moindre idée de ce qu'il faisait. Il se souvenait juste d'avoir lu un article qui décrivait ce procédé.

Il l'étendit sur la rive et s'efforça de distinguer ses traits dans la lumière déclinante.

— Violet… je vous en supplie.

Sa voix se brisa quand il la plaça sur le côté pour lui tapoter le dos.

Un affreux gargouillement remonta des profondeurs de sa poitrine juste avant qu'un flot d'eau s'échappe de sa bouche. Son corps se tordit violemment comme s'il cherchait de l'air. Il la tint dans ses bras jusqu'à ce que ses tremblements s'apaisent et que sa respiration redevienne normale. Elle n'avait pas rouvert les yeux cependant et il craignait que ce ne soit davantage lié à sa blessure à la tempe qu'à son séjour dans l'eau.

Dieu merci, elle respirait. Il déposa un baiser à l'arrière de son crâne. Dieu merci.

Comme il l'étendait doucement sur le dos, il s'aperçut que sa position avait quelque chose d'étrange. Son épaule droite pointait vers le ciel au lieu de reposer sur le sol. Un léger gémissement franchit ses lèvres quand il glissa la main sous son omoplate. Son épaule était vraisemblablement déboîtée. Il déchira en hâte le devant de sa robe et dégagea ses épaules aussi délicatement que possible. Il n'avait plus besoin de se dépêcher autant maintenant qu'il savait qu'elle était en vie, mais il devait tenir compte de la lumière, qui décroissait de minute en minute.

Il glissa la main sous sa chemise, jusqu'à l'endroit où son omoplate aurait dû se trouver. Outre l'absence de l'os au niveau de l'articulation, il nota une élongation anormale des tendons. Son épaule était bel et bien déboîtée. Il procéda à un examen rapide du reste de son corps. Ses mains lui palpèrent les côtes et les bras avant de s'aventurer sous ses jupes pour parcourir ses jambes. Aucun os ne semblait brisé, pour autant, il n'avait aucun moyen d'en être certain. Il passa de nouveau la main sous sa chemise et pressa la paume contre son omoplate. Il tira alors sur son bras et le fit pivoter.

Rien. Bon sang ! Il avait été trop doux. Si, lors de ses combats sur le ring, il avait déboîté plus d'une épaule, il n'avait jamais eu à les remettre en place. Il l'avait vu faire par d'autres de nombreuses fois et avait prêté la main à l'occasion, mais il s'agissait toujours d'hommes, pas de personnes aussi graciles que Violet. Tout en lui se rebellait à l'idée d'employer davantage de force.

Serrant les dents, il lui fit de nouveau pivoter le bras, jusqu'à ce qu'il entende un petit claquement quand les tendons se relâchèrent. Violet gémit et il lui adressa des excuses silencieuses.

Il la reposa doucement sur le sol, puis se débarrassa de son gilet et de sa chemise. Il enveloppa Violet avec celle-ci et la noua de façon à stabiliser son épaule. À l'aide de son gilet, il improvisa une écharpe de fortune pour lui soutenir le bras. Quand il eut terminé, le soleil avait disparu et des gouttes de pluie glaciales tambourinaient sur son dos. Il n'avait jamais vu autant de pluie que ces dernières semaines.

Il releva la tête, chercha du regard les chevaux et le cocher, mais à l'exception du crépitement régulier de la pluie, tout était silencieux. Traversaient-ils un village quand ils avaient franchi ce pont, peu avant l'accident ? Il n'en aurait pas juré. Ses pensées étaient trop concentrées sur la fille qui gisait à présent devant lui.

À cause de lui, elle avait failli perdre la vie. Un sanglot, mélange de fureur, de frustration et de dégoût de lui-même lui échappa. S'il avait ordonné à Peterson de prendre la route de Windermere, ils n'auraient pas eu d'accident. Mieux encore : s'il s'était contenté de la conduire à la gare de King's Cross, Violet serait à Windermere à l'heure qu'il était, confortablement installée devant une cheminée, à écrire. Mais parce qu'il avait choisi de faire passer ses propres désirs avant les siens, il l'avait empêchée de connaître ce destin.

Il se remit à prier.

— Laissez-moi l'emmener à l'abri et j'arrangerai tout. Je la conduirai à Windermere et je ne la reverrai plus jamais. Je vous en supplie, aidez-moi à la sauver.

Il la souleva dans ses bras et grimpa la pente d'un pas prudent, craignant qu'un faux mouvement ne lui déboîte de nouveau l'épaule. Mais il avait beau faire, il glissait presque à chaque pas dans la boue. Une fois en haut, il se laissa tomber à genoux, retenant son souffle tandis que la douleur irradiait de sa cheville. Il avait perdu sa canne dans l'accident. De toute façon, il n'aurait pas pu la tenir en portant Violet. Et il n'était pas question qu'il l'abandonne pour aller chercher de l'aide. Il se redressa, ajusta la position de son corps dans ses bras et se mit en route vers ce qu'il espérait être un village.

13

L'aura de cet homme avait fini par fasciner Rose à un point tel qu'il n'eut pas même besoin de poser le doigt sur elle pour la séduire tout à fait. Il le fit cependant, ce qui ne gâta rien.

V. Lennox,
La Saison d'une Américaine à Londres

Violet l'entendit avant même d'ouvrir les yeux. Il parlait d'une voix douce et grave sur un rythme apaisant, comme s'il psalmodiait. Quoi qu'il ait pu dire, elle trouvait cela très réconfortant. Elle flottait entre veille et sommeil, bercée par sa voix qui l'enveloppait comme dans un cocon tiède.

Christian. Elle ne s'était jamais autorisée à l'appeler par son prénom. Cela semblait trop intime – ça l'était, du reste. Elle ne pouvait pas l'appeler ainsi en présence de quelqu'un d'autre, mais elle s'y essaierait peut-être aujourd'hui, dans la voiture. Un frémissement d'impatience fit palpiter son ventre. Il serait d'abord surpris, et puis il sourirait, et cette fossette dont elle s'était mise à guetter l'apparition lui creuserait la joue. Il veillait à toujours dissimuler ses pensées et ses sentiments, mais elle avait fini par le percer à jour. Il l'appréciait. Elle n'en était pas à croire qu'il lui était attaché... du moins pas encore. Cela viendrait bientôt.

L'agréable sensation au creux de son ventre s'accentua jusqu'à devenir un peu inconfortable, comme une brûlure. Que pourrait-elle lui dire avant qu'ils se séparent, pour qu'il devine qu'elle s'intéressait à lui ? Elle remua dans son lit, tâchant de retrouver la sensation de confort qui lui échappait. Elle pourrait l'embrasser. Un baiser tendre et doux, comme celui du bal. Oui, elle l'avait déjà fait et cela lui avait plu, il l'avait admis. La brûlure était remontée le long de ses côtes pour se loger dans son épaule droite, si vive qu'on aurait dit qu'une flamme cherchait à traverser sa chair.

La douleur qui lui labourait le corps déclencha une prise de conscience. Aussi surprenante que la douleur elle-même. Christian n'était pas en train de parler. Il lisait à voix haute.

— *Je lui répondis que je n'avais point de parents ; elle me demanda depuis quand ils étaient morts, quels étaient mon âge et mon nom, si je savais lire, écrire et coudre ; ensuite elle me caressa doucement la joue, en me disant : « J'espère que vous serez une bonne enfant », puis elle me remit entre les mains de Mlle Miller*[1].

Il lui lisait *Jane Eyre* !

Elle s'efforça d'ouvrir les yeux. Ce n'était pas facile. Elle avait l'impression qu'un coussin garni de plumes avait été posé sur ses yeux et qu'elle

1. *Jane Eyre,* Charlotte Brontë. Traduction par Mme Lesbazeilles Souvestre, Librairie Hachette et Cie, 1890. *(N.d.T.)*

devait d'abord s'en dégager pour réussir à les ouvrir. Ses paupières palpitèrent et elle perçut un rai de lumière. Ce fut si douloureux qu'elle les referma aussitôt. À la tentative suivante, elle distingua les contours flous de la silhouette de Christian assis près du lit. La douleur reflua quand elle referma les yeux. Elle ferait mieux de garder les yeux clos et de se laisser bercer par sa voix. Sauf qu'elle voulait le voir. Lui parler. Lui demander pourquoi il lui faisait la lecture, bien qu'elle n'ait pas envie de l'interrompre.

— Christian.

Elle prononça son nom, tant pour rester éveillée que pour attirer son attention, mais cela ne l'émut pas. Il poursuivit sa lecture. Peut-être n'avait-elle pas parlé assez fort, voire pas du tout.

Elle força ses paupières à se soulever. Il était assis à son chevet, le visage presque de profil, tenant le livre ouvert près de la lampe. La couverture était en toile bleu marine et les coins semblaient usés. Il ne s'agissait pas de son exemplaire de *Jane Eyre*, relié de cuir bordeaux. Intéressant.

Un chaume de barbe ombrait ses joues. Son valet ne serait pas content, mais elle-même en fut plus qu'heureuse. C'était la première fois qu'elle voyait un homme ainsi. Elle n'en avait jamais vu que rasés de près ou vraiment barbus. Il était logique qu'il y ait une phase intermédiaire, cependant. Le soir, avait-elle remarqué, son menton s'ornait d'un léger début de barbe qu'il devait raser lui-même car il était toujours impeccable au matin. Là, il donnait l'impression de ne pas s'être rasé depuis au moins deux jours. Ses doigts la démangeaient de lui toucher le menton pour savoir si c'était doux ou rugueux. Cela lui donnait un air rude qu'elle trouvait fort séduisant, comme si le parfait gentleman anglais avait cédé la place à un homme plus charnel et vivant. Il était en bras de chemise. Elle n'avait jamais vu un homme aussi peu vêtu.

Elle voulut le toucher, mais, là encore, sa main ne lui obéit pas tout de suite. En fait, elle ne bougeait pas du tout, lui sembla-t-il, et une douleur si intense la parcourut qu'elle étouffa un cri. Comme si un tisonnier chauffé à blanc l'avait transpercée.

Christian releva aussitôt les yeux et posa son livre.

— Violet ?

Elle avait dû fermer les yeux car lorsqu'elle reprit conscience, son visage se trouvait juste au-dessus d'elle, oscillant dans le brouillard dû à la douleur.

— Vous êtes réveillée, souffla-t-il, comme s'il se parlait à lui-même.

Il écarta les cheveux de son front et elle grimaça en sentant une douleur à la tempe. Elle remarqua alors qu'une ecchymose marbrait un côté de son visage - celui qu'elle ne voyait pas quand il lisait - et qu'il avait une coupure au coin de la lèvre inférieure.

— Désolé, murmura-t-il en écartant la main.

— Que s'est-il passé ?

Sa voix évoquait un croassement. Ce n'était pas la voix que l'on souhaite avoir quand on s'adresse à l'homme qu'on cherche à impressionner. Elle tenta de se racler la gorge, mais la douleur l'incita à renoncer.

— Vous vous souvenez de l'accident ?

— De l'accident ? Que voulez-vous dire ?

Voilà qui expliquait les douleurs. Elle tâcha de se remémorer les derniers jours, mais sentit aussitôt poindre un début de migraine. Le temps passé en voiture semblait infini. Des bribes de journées se succédèrent dans son esprit telles les images dans un zootrope.

Christian pâlit.

— Est-ce que vous vous souvenez de quelque chose ? Savez-vous qui je suis ?

Surprise par la tension qui émanait de lui, elle se contenta de le dévisager.

— Violet ?

— Qui est Violet ?

Quelle friponne ! Ce n'était pas le moment de le taquiner, mais elle avait tellement pris goût à son sourire que les mots étaient sortis spontanément.

— Oh, mon Dieu ! souffla-t-il en se laissant retomber sur son siège. Qu'ai-je fait ?

Cette question s'adressait sans doute à Dieu car il avait enfoui son visage au creux de ses mains.

— Je vous taquine.

Elle voulut tendre la main vers lui, mais un nouvel éclair de douleur lui traversa le bras. Elle réalisa qu'elle ne pouvait pas le bouger parce qu'il était attaché à son corps sous les couvertures.

— Lord Leigh ? l'appela-t-elle comme il ne répondait pas. Christian ?

Il laissa retomber ses mains et la regarda. Elle remarqua alors que ses yeux étaient rougis et cernés. Il était épuisé et devait être resté à son chevet pendant… Depuis combien de temps était-elle là ?

— C'était affreux de ma part. Je suis désolée.

Elle lui tendit sa main gauche et il la prit, puis se rapprocha pour porter sa paume à ses lèvres.

— Vous vous souvenez ? murmura-t-il. Vous savez qui vous êtes ?

Il avait gardé sa paume pressée contre sa joue. Sa barbe était à la fois douce et rêche à cet endroit-là. Elle aurait aimé lui caresser le menton, mais n'osa pas briser l'instant. Son regard était brumeux.

— Violet Roberta Crenshaw, chuchota-t-elle, incapable de parler normalement.

Un sourire lui incurva les lèvres.

— Roberta ?

— Ne m'appelez jamais ainsi.

— C'est pourtant charmant.

Il semblait sincère, mais elle n'avait jamais aimé ce prénom qui lui avait été donné en hommage à un grand-père qu'elle n'avait pas connu.

— Nous étions en route pour Windermere. Je me souviens de cela. Je me souviens des journées passées dans la voiture... des dîners dans les auberges... mais je ne sais pas où nous sommes. Que s'est-il passé ?

Christian fut si soulagé que son visage retrouva des couleurs.

— Vous êtes une petite peste, Violet Crenshaw.

Le baiser qu'il déposa au creux de sa main adoucit ses paroles. Il prit une longue inspiration avant de lever les yeux.

— Nous avons eu un accident, hier soir. La pluie a, semble-t-il, déraciné un arbre qui est tombé sur notre voiture. Celle-ci a quitté la route et plongé dans un ravin au fond duquel se trouvait une rivière. J'ai été éjecté du véhicule quand il a dévalé la colline, mais vous êtes restée emprisonnée à l'intérieur. Quand j'ai réussi à vous porter secours, vous aviez déjà des blessures importantes.

À en juger par son expression inquiète, son visage devait présenter un patchwork d'ecchymoses plus bariolé que le sien, devina Violet.

— Vous aviez avalé beaucoup d'eau. Vous ne respiriez plus du tout. J'ai eu si peur...

Il se tut, visiblement incapable de continuer.

Il lui avait sauvé la vie. Elle en demeura muette d'émerveillement.

— J'ai mal à l'épaule, dit-elle finalement, mais je n'ai pas l'impression d'être gravement blessée.

Il rabattit les couvertures juste assez pour qu'elle voie qu'elle ne portait pas de vêtements. Son épaule était bandée, mais le haut de son bras présentait des tons violacés. Si elle se fiait à la douleur, l'hématome devait s'étendre beaucoup plus bas. Mais ce qui l'inquiétait le plus, c'était qu'elle était nue alors que lui était habillé.

En fait, il portait une chemise et un pantalon trop grossiers pour lui appartenir. On avait dû les lui prêter. Elle en était sûre, car la chemise était trop ajustée au niveau des épaules, or, elle aurait mis sa main au feu que tous les vêtements du comte de Leigh étaient taillés sur mesure.

— Votre épaule s'était déboîtée. J'ai réussi à la remettre en place, mais vous allez devoir garder le bras en écharpe le temps que vos muscles guérissent.

— Vous l'avez remise en place ?

Il hocha la tête.

— J'ai quelques notions en la matière grâce au club.

L'esprit de Violet tournoya autour de cette information. Il lui avait porté secours et l'avait soignée. L'avait-il aussi dévêtue ?

— C'est le médecin qui a fait votre bandage.

— Le médecin.

— Oui. Je vous ai portée jusqu'au village que nous venions de traverser quand l'accident s'est produit. Si je m'étais moins inquiété de ce que vos parents risquaient de nous suivre, nous nous y serions arrêtés pour y passer la nuit et rien de tout cela ne serait arrivé.

Trop préoccupée par ses révélations, Violet ne prêta guère attention à cette remarque. Non seulement il l'avait sauvée de la noyade, mais il l'avait portée jusqu'au village et avait trouvé un médecin.

— Christian, murmura-t-elle, vous m'avez sauvée.

— D'un accident qui ne serait jamais arrivé si vous ne m'aviez pas rencontré.

Elle replia les doigts contre sa joue et remarqua que ses cils palpitaient en réponse. Il aimait qu'elle le touche, visiblement. Malgré toutes ses souffrances, son cœur se mit à battre de bonheur.

— Peut-être pas, mais j'ai accepté ce que le destin me réservait quand j'ai dit oui à votre proposition, à Londres.

Il la dévisagea, peut-être prisonnier de la même réalité troublante que celle dans laquelle elle se trouvait, flottant quelque part entre douleur et plaisir.

— Et Peterson, que lui est-il arrivé ? Il va bien ?

— Il a réussi à sauter avant que la voiture chute et souffre d'une fracture du bras. Quant à vous, il se peut que vous ayez une côte brisée. Le Dr Mitchell n'en était pas sur. Il ne pouvait se prononcer avec certitude que sur les ecchymoses et la commotion cérébrale.

Il se pencha en avant, écarta doucement les cheveux de son front.

— Vous avez une blessure ici, au niveau de la tempe, qu'il a dû recoudre.

Elle porta la main gauche à son visage, mais ses doigts rencontrèrent un bandage.

— Est-ce qu'il m'a... rasé les cheveux ?

C'était une crainte ridicule au regard de la gravité de l'accident dont elle avait réchappé, mais elle n'en demeurait pas moins présente. Sa question eut cependant le mérite de faire apparaître ce petit sourire qu'elle appréciait tant chez lui.

— Très peu. Vous pourrez recouvrir la cicatrice avec le restant de vos cheveux le temps qu'ils repoussent.

Son soulagement lui fit soudain prendre conscience de sa fatigue.

— Et vous ? Êtes-vous blessé ? demanda-t-elle, sa main revenant spontanément vers son visage.

Il appuya la joue contre sa paume, tel un chat.

— Des bleus et quelques écorchures, c'est tout.

— Je m'en réjouis.

Et c'était vrai. Maintenant qu'elle mesurait la gravité de leur accident, elle ressentait une immense gratitude à l'idée que la vie de Christian avait été épargnée.

— Tenez. Buvez un peu d'eau.

Il se leva pour prendre un verre sur la table de chevet. Sa main se posa délicatement derrière sa nuque pour la soutenir afin qu'elle puisse boire sans s'étrangler. Violet s'aperçut qu'elle était assoiffée. Il approcha ensuite un autre verre de ses lèvres.

— Du laudanum, expliqua-t-il. Pour vous aider à dormir. Vous devez vous reposer pour guérir.

Elle comprenait mieux pourquoi son corps lui semblait aussi étrange et lourd, et pourquoi elle avait eu l'impression de flotter au cours de leur échange.

— Je ne veux pas que vous me laissiez.

— Ce n'est pas prévu, répondit-il, avec un vrai sourire cette fois. J'ai été obligé de dire au médecin que nous étions mariés pour qu'il me permette de rester à votre chevet. Je n'ai donc nulle part où aller.

Elle sourit, et il pressa le remède contre ses lèvres.

— Où se trouve mon exemplaire de *Jane Eyre* ? s'enquit-elle après avoir bu. C'était un présent de ma tante Hortense et je serais anéantie si je l'avais perdu.

— Il a pris l'eau, tout comme vos manuscrits, mais je les ai récupérés et ils sont en train de sécher. Ils devraient vous être encore utiles, même s'ils sont endommagés.

Que le livre de tante Hortense et ses manuscrits aient été sauvés eux aussi lui procura un soulagement qui l'amena au bord du vertige.

— Dormez, murmura-t-il en s'inclinant pour déposer un baiser sur son front. Je vous promets que je serai là à votre réveil.

— C'est la nuit ? demanda-t-elle, déjà gagnée par le sommeil.

— Oui.

— Où dormirez-vous ?

— Là, répondit-il en désignant le fauteuil. Comme la nuit dernière.

— Non, dormez avec moi.

Le lit était plus petit que celui qu'elle avait à Londres, mais plus grand que ceux qu'on trouvait dans les auberges. Ils pouvaient y tenir à deux en se serrant un peu. Violet sourit à l'idée de se retrouver tout contre lui. À n'en pas douter, Mlle Hamilton allait grandement profiter de ses recherches de terrain.

— Je risquerais de vous blesser, dit-il en amorçant un mouvement de recul.

Violet retint sa main.

— S'il vous plaît. Dormez ici avec moi.

Il soupira, parut réfléchir, puis hocha la tête.

— Un moment seulement, concéda-t-il en s'allongeant sur la couverture.

Le matelas s'affaissa tant qu'elle glissa légèrement vers lui. Son corps se détendit instantanément, elle soupira d'aise et sombra dans le sommeil.

14

Sa pénitence consisterait certainement à se consumer dans le feu de sa culpabilité, tout en sentant peser sur lui son doux regard plein d'affection.

V. LENNOX,
La Saison d'une Américaine à Londres

Christian avait encore menti. Mais franchement, comment aurait-il pu deviner qu'il apprécierait tellement d'être étendu auprès d'elle qu'il y resterait toute la nuit ? Comment aurait-il pu savoir que son petit corps blotti contre le sien lui procurerait une sensation d'absolue félicité ou que le bruit régulier de son souffle le bercerait si délicieusement qu'il s'endormirait ? Rien ne l'avait préparé à l'effet que Violet produisait sur lui. Et jamais il n'aurait imaginé qu'il passerait toute la nuit près d'elle.

Les femmes faisaient partie de sa vie depuis qu'il avait quinze ans. Douces et belles, avides et ordinaires, riches ou pauvres, peu lui importait. Ses exigences, en ce qui les concernait, se limitaient à deux choses : le laps de temps, entre le moment de leur rencontre et celui où il parvenait à ses fins, devait toujours être court, et ses conquêtes ne devaient jamais l'étouffer. Il préférait aussi les femmes qui avaient quantité d'amants à celles qui ne voulaient que lui.

Il n'avait jamais eu envie d'avoir une épouse. L'héritage des Leigh pouvait très bien échoir à un lointain parent, pour ce qu'il en avait à faire. Plutôt que de chercher une épouse qui produise un héritier, il s'était chargé de faire du Montague Club ce qu'il était devenu aujourd'hui. Ce qui impliquait, entre autres, d'organiser les paris sur les combats, désormais célèbres bien au-delà de la capitale. Le public accourait, nombreux, et de toute l'Europe, pour y assister auxdits combats. Sa propre réputation s'était cependant assombrie tandis que celle du Montague s'améliorait.

Non pas qu'il s'en souciât. Cela lui avait attiré les faveurs de femmes de qualité désireuses de s'encanailler. Une vicomtesse ravie de l'ajouter à la liste de ses exploits, l'épouse insatisfaite d'un haut dignitaire étranger et, une fois, une princesse qui rêvait de découvrir ce que cela signifiait d'être entravée et dominée. Un changement subtil avait cependant fini par se produire et le plaisir de ces rencontres s'était peu à peu émoussé. Après le premier frisson, il en était venu à se sentir vide et insatisfait, et il s'était mis à éviter ces femmes. Son temps et son énergie étaient mieux utilisés au club. Cependant, plus il s'y consacrait, plus sa réputation grandissait, au point que presque chaque soir, une femme différente demandait à le voir.

Résultat, il n'avait pas couché avec une femme depuis plus d'un an. Et puisque son désir se concentrait à présent sur une jeune fille de dix-neuf ans, il en concluait que sa dépravation avait atteint un nouveau palier. Ces ruminations auraient dû l'inciter à se relever et à la laisser en paix, or il avait sombré dans un profond sommeil.

Un coup frappé à la porte le réveilla le lendemain matin. Il respira le parfum de lavande mêlé à celui de la pluie et ouvrit les yeux. Les cheveux de Violet formaient un nuage devant lui et son dos se pressait contre lui, son bras blessé étant appuyé contre son torse. Son érection s'était spontanément nichée contre sa fesse droite. Si ses derniers exploits ne lui avaient pas déjà valu une place en enfer, ce simple fait à lui seul y suffirait certainement. Il ferma les yeux, s'autorisant à imaginer, l'espace d'un instant, ce qu'il ressentirait s'il basculait sur elle et plongeait dans les glorieuses profondeurs de son corps. Il la découvrirait étroite, si délicieusement étroite qu'il...

On frappa de nouveau à la porte, avec plus d'insistance cette fois. Il posa doucement la main sur la hanche de Violet, toujours sous la couverture, et s'extirpa du lit, veillant à la caler contre un oreiller. Elle gémit et Christian serra les dents comme un nouvel afflux sanguin durcissait son sexe. Il attrapa le plaid sur le dossier du fauteuil et s'en enveloppa avant d'ouvrir la porte.

— Bonjour, milord, le salua Mme Mitchell en entrant dans la pièce, le plateau du petit déjeuner entre les mains. J'ai préparé du porridge pour votre dame. A-t-elle passé une bonne nuit ?

Christian sentit aussitôt le poing de la culpabilité se refermer sur sa poitrine. Il avait dormi si profondément qu'il ne savait même pas si Violet s'était réveillée. Avait-elle eu besoin de lui ?

Elle avait dû entendre Mme Mitchell car elle tourna vers eux des yeux gonflés de sommeil.

— J'ai bien dormi, dit-elle d'une voix éraillée.

Seigneur, cette voix. Elle fit courir le long de son dos une flèche de désir qui alla se loger au creux de son aine.

La chambre était si petite que Christian dut reculer pour permettre à Mme Mitchell de déposer le plateau sur la table qui se trouvait devant la fenêtre. Avec sa silhouette empâtée, elle avait l'allure d'une gentille grand-mère, mais elle se déplaçait avec une vivacité qui aurait fait la fierté de n'importe quel chef militaire.

— Je suis ravie de l'apprendre, milady, dit-elle en ouvrant les rideaux avant de venir redresser les couvertures. Le Dr Mitchell viendra vous examiner dès qu'il aura fini ses visites du matin.

Violet murmura des remerciements et la femme s'adressa à Christian :

— Une fois qu'elle sera installée, vous pourrez venir prendre le petit déjeuner dans la salle à manger, milord.

Elle considéra ses joues d'un œil désapprobateur.

— Je vais tâcher de vous trouver un rasoir et du savon à barbe. Le Dr Mitchell n'en a pas l'usage, mais nous vous trouverons sûrement cela en ville.

— Ne vous donnez pas cette peine, madame Mitchell. Vous en avez déjà fait beaucoup.

Christian devait déjà plus à cette femme qu'il ne pourrait jamais lui rendre. Elle l'avait aidé à dévêtir Violet, à nettoyer ses blessures et avait veillé aux moindres de leurs besoins.

Elle écarta ses scrupules d'un geste de la main et se tourna vers Violet.

— Y a-t-il quelque chose que je puisse faire pour vous, milady ?

Violet secoua la tête et grimaça aussitôt de douleur.

— Où nous sommes-nous exactement, madame Mitchell ?

Christian se raidit. Si elle apprenait leur localisation exacte, Violet comprendrait qu'il lui avait menti.

— Bienvenue dans le Yorkshire, milady.

— Merci, dit Violet.

Elle n'avait apparemment pas compris qu'ils s'étaient écartés de la route de Windermere. Mme Mitchell s'empressa d'aller chercher le broc d'eau chaude qu'elle avait laissé sur le pas de la porte et le posa sur la table de toilette.

— Quelle heure est-il ? s'enquit Violet une fois qu'elle fut partie.

Christian tendit machinalement la main vers sa montre avant de se souvenir que les vêtements qu'il portait n'étaient pas les siens. Leurs bagages – ce qu'on avait pu récupérer – se trouvaient dans une autre partie de la maison. Il était tellement inquiet pour Violet qu'il ne s'était pas soucié du reste, à l'exception de ses manuscrits. Il les avait récupérés dans son sac de voyage et mis à sécher dans la cuisine avec l'aide de Mme Mitchell, qui lui avait promis de ne pas les lire. Christian s'était efforcé de ne pas le faire. Vraiment. Il n'avait cependant pas pu s'empêcher de survoler une phrase ou un paragraphe de-ci de-là. Il était à la recherche du moindre indice qui lui permettrait de mieux la connaître. Il le garderait par-devers lui en prévision des jours de famine, quand elle ne serait plus là.

Un coup d'œil à la fenêtre confirma ce qu'il soupçonnait.

— Il est encore tôt. L'horizon est rose.

Violet lutta pour se redresser et il se rua vers elle.

— Restez allongée, dit-il. Il n'est pas nécessaire que vous vous leviez.

— Au contraire, milord. C'est plus que nécessaire.

Le ton était insistant, pourtant, il ne comprit pas ce qu'elle entendait par là. Puis elle lui adressa un regard presque affolé et il comprit. Il jeta un coup d'œil à l'armoire étroite dans un coin de la pièce, se souvenant vaguement que Mme Mitchell lui avait dit y avoir mis du linge.

— Je vais vous dénicher de quoi vous habiller.

Plusieurs chemises de nuit de coton blanc étaient empilées et une robe de chambre était suspendue à un cintre. Elle était d'un jaune passé, mais taillée dans une étoffe douce et épaisse. Il s'empressa de la lui apporter, l'aida à y glisser son bras libre et s'assit près d'elle. Une fois la ceinture ajustée, il écarta la couverture pour que le tissu retombe sur ses hanches. Veillant diligemment à ne pas regarder ses jambes, il lui entoura la taille du bras et l'aida à se lever. Elle chancela et lui agrippa fermement l'épaule de la main gauche.

Le bord d'un pot de chambre de porcelaine blanche dépassait de sous le lit. Il le tira avec son pied nu.

— Tenez-vous à mon bras. Je vais vous aider à…

— Non !

Christian fronça le sourcil.

— Je vais vous aider à vous accroupir au-dessus du…

— M'accroupir ? Mon Dieu, non, je ne survivrais pas à cette humiliation. Il faut que vous sortiez !

Elle était toute rouge et le regardait comme s'il lui avait suggéré de courir nue dans le village.

— Je peux y arriver seule.

— Permettez-moi au moins d'aller chercher Mme Mitchell. Je suis certain qu...

— Dehors, le coupa-t-elle en le poussant. Je n'ai besoin de personne.

Christian n'en était pas si sûr, mais il comprit qu'elle ne céderait pas et consentit à sortir. Le Dr Mitchell monta l'escalier quelques minutes plus tard et le découvrit qui patientait devant la porte.

— Vous paraissez aussi anxieux qu'un futur père, milord, s'esclaffa-t-il.

Il avait une crinière blanche et une longue barbe assortie. Ses joues et son nez étaient vermeils et, contrairement à sa femme, il était maigre comme un clou.

— Mon épouse devait soulager ses besoins naturels et m'a chassé de la chambre.

Le médecin rit de nouveau.

— C'est bon signe, milord.

Christian ne put qu'acquiescer, mais il n'aimait pas la savoir seule.

— Elle semble aller beaucoup mieux, ce matin.

Violet ouvrit la porte avant que le Dr Mitchell ait pu répondre. Le cœur de Christian se serra à la vue de l'hématome qui bleuissait le côté droit de son front et sa joue. Le reste de son visage était d'une pâleur mortelle.

— Je suis heureux de faire votre connaissance, milady. Nous nous sommes déjà rencontrés, mais je doute que vous vous en souveniez. Je suis le Dr Mitchell.

Violet jeta un coup d'œil inquiet à Christian avant de s'écarter pour les laisser entrer dans la chambre.

— Bonjour, docteur. Je vous remercie de vous être occupé de moi.

Ni lui ni sa femme n'avaient commenté son accent américain. Ce seul détail suffirait à éveiller les doutes si sa disparition venait à être signalée. Il ne restait plus qu'à espérer que ce village soit suffisamment isolé pour leur accorder un peu de répit. Ils échangèrent des politesses tandis que Christian suivait l'homme à l'intérieur de la chambre. Un rapide coup d'œil lui apprit que le pot de chambre avait été discrètement repoussé sous le lit.

— Comment vous en êtes-vous sortie ? demanda-t-il à voix basse pour ne pas l'embarrasser davantage.

Violet rougit malgré tout.

— Très bien, milord. Inutile de vous inquiéter.

Il sourit de la voir si farouche et le nœud qui lui comprimait la poitrine se desserra un peu. Elle devait aller mieux si elle n'avait rien perdu de son énergie.

— Laissez-moi vous aider à vous recoucher.

À sa grande surprise, elle accepta, preuve qu'elle était fatiguée.

Une fois qu'elle fut installée, Christian s'approcha de la fenêtre. Un homme bien aurait laissé le médecin l'examiner en privé, mais il ne supportait pas de s'éloigner d'elle alors que c'était sa faute si elle était dans cet état. Il demeura immobile, tressaillant à chacun de ses gémissements de douleur.

Si seulement c'était lui qui avait été blessé, et non Violet.

— Très bien, lady Rochester. Très bien. Vous serez sur pied en un rien de temps.

Christian se retourna. Il avait dit à Violet qu'ils étaient censés être mariés, mais il ne lui avait pas raconté l'histoire qu'il avait inventée. Heureusement, elle avait à peine cillé en entendant ce nom.

— Merci, docteur Mitchell. Vous vous donnez trop de mal. Un peu de repos et je serai en pleine forme.

Le médecin versa un peu d'eau et se rinça les mains dans la cuvette de porcelaine.

— Beaucoup de repos, rectifia-t-il.

— Combien de temps nous suggérez-vous d'attendre avant de poursuivre notre voyage ? s'enquit Christian.

— Une semaine, au moins. Deux, ce serait l'idéal, répondit le médecin avant de reporter son attention sur Violet. Vous devrez garder le lit le temps que votre blessure à la tête ait cicatrisé.

Il avait défait son bandage pour examiner la plaie.

— Le bandage est désormais superflu. La plaie ne saigne plus et il n'y a pas de suintement. Vos côtes sont solides et je ne pense pas qu'elles soient cassées, mais votre bras m'inquiète. Il doit rester immobilisé encore plusieurs jours. Quand je serai certain que la guérison est en bonne voie, nous envisagerons de supprimer l'écharpe.

— Deux semaines ? répéta Violet, l'air abattue.

Qui le lui aurait reproché ? Elle devait avoir hâte d'être loin de lui.

— Qu'est-ce que deux semaines en regard d'une vie entière ? la taquina le docteur. Vous pourrez reprendre votre voyage de noces le moment venu.

Violet jeta un coup d'œil à Christian, rougit et détourna les yeux. Le Dr Mitchell trouva visiblement cela très amusant.

— Ne vous souciez pas de moi ou de Mme Mitchell, dit-il. Je lui ai expliqué la situation et elle veillera à respecter votre intimité.

Violet parut trop embarrassée pour répondre et Christian s'avança.

— Merci, docteur Mitchell.

L'homme les salua et sortit. Christian déposa le plateau sur le lit, s'installa dans son fauteuil et souleva le couvercle du petit bol de porridge.

— Vous devriez manger. Vous n'avez rien avalé, hier, dit-il en approchant une cuillerée de la bouche de Violet.

Elle le laissa la nourrir, ruminant sans doute les propos du médecin.

— Nous sommes donc des jeunes mariés, dit-elle une fois qu'elle eut mangé la moitié du bol.

— J'ai pensé que ce serait plus crédible vu votre âge. Cela doit sauter aux yeux que nous ne sommes pas mariés depuis longtemps, dit-il en lui tendant une autre cuillerée de porridge.

— Ma voilà élevée au rang de lady, s'amusa-t-elle avant d'accepter.

— Vous êtes lady Rochester, désormais. Je me suis contenté de donner ce nom, mais ce sont eux qui ont choisi de m'appeler milord.

— Il suffit de vous regarder pour savoir que vous êtes noble. C'est lié à votre maintien.

— Venant de vous, ce n'est pas un compliment, n'est-ce pas ?

Violet sourit.

— Disons que j'entretiens une relation compliquée avec les aristocrates. J'ai pour principe de ne pas les préférer aux autres.

Il s'esclaffa. Comment pouvait-elle être d'aussi bonne humeur après ce qu'il lui avait fait ?

— Et moi ? demanda-t-il.

— Oh, vous, vous êtes mon aristocrate préféré, milord ! L'exception qui confirme la règle.

Elle ne pouvait pas avoir dit cela comme il avait envie de l'entendre. Son flirt n'était qu'une plaisanterie de jeune fille.

— Violet... Il faut que vous sachiez à quel point je suis désolée pour cet accident.

— Non, milord, ne vous tracassez pas.

— Pour l'amour du Ciel, appelez-moi Christian.

Il ne devait plus y avoir de cérémonies entre eux. Et maintenant qu'il était lancé, il ne pourrait plus s'arrêter tant qu'il n'aurait pas tout dit.

— Je n'aurais jamais dû me mettre en travers de votre route, à Londres. Je n'aurais pas dû me mêler de vos affaires. Sans notre rencontre, vous auriez pris votre train et vous seriez à Windermere, occupée à écrire dans votre chambre, au lieu d'être ici, clouée au lit.

— Mais vous aviez raison, dit-elle en posant sa main sur la sienne. Nous ignorons ce qui serait arrivé. Mes parents m'auraient peut-être retrouvée à King's Cross. Ou bien mon père aurait envoyé un câble à la compagnie des chemins de fer et mon train aurait été retenu en gare le temps qu'ils arrivent.

Christian avait ressenti un délicieux frisson quand sa main s'était posée sur la sienne. Jugeant sa réaction physique inconvenante, il ôta discrètement sa main.

— Mais au moins, vous seriez indemne.

Il avait prononcé ces mots avec plus de vigueur qu'il n'en avait eu l'intention et le sourire de Violet disparut.

— Et potentiellement fiancée à lord Ware. Vous pensez que j'aurais dû me contenter d'accepter mon destin comme une bonne petite héritière ? Et me réjouir de mener une vie de luxe ?

— Non ! s'exclama-t-il. C'est peut-être ce que je devrais penser, mais même à présent, sachant que j'ai failli vous tuer, l'idée de Ware posant les mains sur vous m'est insupportable.

Elle le dévisagea, mais il lui fut impossible de déchiffrer son expression.

— Parce que vous méprisez lord Ware et que vous ne supportez pas l'idée qu'il obtienne ce qu'il convoite… ou parce que vous vous souciez de moi ?

— L'idée de le priver de l'objet de son désir m'a procuré un certain plaisir à l'origine, je le confesse ; très vite cependant, c'est de vous que je me suis soucié, Violet. Vous méritez mieux que Ware. Vous méritez d'avoir une belle vie et non celle, misérable, qu'un individu tel que lui vous infligerait.

Le plaisir que son aveu avait d'abord fait naître dans les yeux de Violet disparut avec sa dernière phrase. Il avait sciemment biaisé au lieu de répondre à la question qu'elle lui avait posée. Il savait qu'elle le trouvait attirant et qu'elle l'estimait un peu plus chaque jour. Il en avait d'ailleurs profité pour attiser subtilement la flamme de son désir, lui en donnant juste assez pour qu'elle ait envie de davantage. Mais il ne pouvait plus jouer à ce jeu-là. Elle méritait d'épouser un homme qu'elle aurait choisi, pas quelqu'un qui cherchait à la séduire pour parvenir à ses fins.

Pas lui. Il baissa les yeux sur le bol de porridge.

— Dans ce cas, vous devez accepter l'idée que je vous ai suivi de mon plein gré et cesser de vous fustiger pour cet accident, déclara-t-elle avant d'accepter la cuillerée qu'il lui offrait.

S'il hocha la tête, ce fut uniquement parce qu'il ne voyait pas l'intérêt d'insister. Mais au fond, il savait qu'il ne se pardonnerait jamais cet accident.

— Bien. Qu'il n'en soit plus question. Je préfère vous dire à quel point je vous suis reconnaissante de m'avoir secourue.

C'était là une autre conversation qu'il ne pourrait supporter. Voler à son secours n'était pas un choix. Il ne méritait pas qu'on l'en félicite.

— Je préférerais que vous mangiez et que vous dormiez un peu. Nous parlerons de tout cela plus tard.

Elle se rembrunit, mais ne discuta pas et il veilla à lui faire avaler tout le contenu du bol de porridge.

15

Jamais encore la tentation n'avait été aussi viscérale. Ce soir-là, Rose comprit que c'était sa vie entière qui était en jeu et qu'elle était prête à tout risquer pour gagner.

V. Lennox,
La Saison d'une Américaine à Londres

Plusieurs jours s'étaient écoulés depuis l'accident et Violet profitait de son premier vrai bain. Elle ne se baignait en fait que jusqu'à la taille, aussi ne s'agissait-il pas d'un *vrai* bain, mais cela n'en demeurait pas moins un luxe. Mme Mitchell fit bien pénétrer le savon à la lavande dans sa chevelure et lui massa le cuir chevelu, ce qui la détendit.

— Renversez la tête en arrière.

Violet aurait aimé que cela dure plus longtemps, mais elle obéit et inclina la tête pour permettre à la femme de lui rincer les cheveux à l'aide du petit broc qu'elle plongeait dans une grande marmite d'eau suspendue au-dessus du feu.

— Voilà, c'est terminé. Nous allons ôter vos bandages, à présent.

Violet promena le regard dans la cuisine tandis que la femme entreprenait de dérouler le tissu qui lui immobilisait le bras droit. Quand elle avait supplié le docteur de lui laisser prendre un bain, il s'était laissé fléchir et l'avait exceptionnellement autorisée à quitter la chambre. Mme Mitchell lui avait gentiment offert son assistance et Christian l'avait portée jusqu'au rez-de-chaussée. Violet lui avait dit qu'elle pouvait marcher, mais il avait insisté et elle avait accepté sans trop de difficultés. Au lit, il restait loin d'elle, aussi raide qu'un piquet. Et si elle comblait l'espace qui les séparait, il veillait à ne jamais poser les mains sur elle. Et il ne la prenait évidemment jamais dans ses bras. Alors que là…

La cuisine était une pièce de dimensions modestes dotée d'une grande cheminée sur le mur où se trouvait la fenêtre, d'une batterie de marmites en fonte, d'une table, d'une pompe à eau dans un angle, d'étagères de stockage et d'une autre table, plus grande, qui occupait le centre de la pièce. La baignoire d'acier, si petite que les jambes de Violet pendaient par-dessus le rebord, avait été installée devant le feu. Si modeste soit-il, le cottage des Mitchell n'en était pas moins charmant, avec ses murs chaulés de blanc et son toit de chaume. Violet se surprit à imaginer ce que ce serait de vivre dans ce village, à élever une famille, avec les voisins pour seule fréquentation. Elle pourrait s'occuper des enfants pendant la journée, écrire le soir et faire l'amour avec son mari la nuit. Christian tenait évidemment le rôle du mari dans ce fantasme. Elle avait beau savoir que la vie était bien plus compliquée, cela ne l'empêchait pas de prendre plaisir à rêvasser.

Un rire grave attira son regard vers la fenêtre. Assis face au Dr Mitchell, Christian profitait du soleil de l'après-midi tout en jouant aux échecs. Quoi qu'il ait dit, le médecin semblait trouver cela très drôle. Il ôta même ses lunettes pour s'essuyer les yeux. Violet aurait aimé que Christian soit aussi détendu avec elle. Les soirées passées à rire dans les auberges semblaient si lointaines.

— Vous avez tiré le bon numéro avec cet homme-là, ma jolie. Vous avez bien de la chance.

Mme Mitchell n'avait pas tardé à abandonner les « milady » quand elle s'adressait à elle et Violet lui en était reconnaissante. Elle avait jeté un coup d'œil à Christian avant de regarder Violet en haussant le sourcil d'un air entendu. Celle-ci rougit et détourna les yeux, gênée de devoir jouer la comédie devant ce couple si gentil. D'autant plus qu'elle avait perdu tout espoir que Christian lui retourne son affection. Il se montrait si poli et distant.

— C'est un homme bien, se contenta-t-elle de dire.

— Qu'est-ce qui vous tracasse, ma jolie ?

Violet secoua la tête et garda le silence tandis que la femme finissait d'ôter le bandage qui lui ceignait les côtes et l'épaule. Elle s'attendait que la douleur cuisante ressurgisse, or, ce ne fut pas le cas. Il ne subsistait plus qu'un léger inconfort tout à fait supportable. Elle avait refusé de prendre du laudanum dès qu'elle avait réussi à se redresser sans aide en position assise.

La vieille femme savonna un linge mouillé pour nettoyer délicatement le côté endolori de son visage.

— Pauvre petite, marmonna-t-elle.

Violet s'efforça de ne pas grimacer de douleur et regarda de nouveau vers la fenêtre. Une petite brise faisait voleter les cheveux de Christian, s'insinuant dans ses boucles brunes où elle mourait de glisser les doigts. Il avait récupéré ses vêtements propres et repassés, et Violet en apprécia une fois de plus la coupe parfaite. Il avait abandonné la cravate et laissait le col de sa chemise déboutonné. Violet s'attarda sur le triangle de peau nue qui aurait paru scandaleusement indécent à Londres. Elle rêvait de toucher sa peau à cet endroit. Elle la savait tiède pour avoir pressé sa hanche ou son bras contre lui dans le lit quand il dormait. Mais comment serait son torse ? Velu, comme certains hommes qu'elle avait vus, un jour qu'elle avait accompagné son père sur les docks ? Ou glabre, comme Teddy ? Par une chaude journée d'été à Newport, alors qu'ils s'embrassaient, elle avait glissé les doigts entre les boutons de sa chemise pour vérifier.

— Il vous chérit, déclara Mme Mitchell avec conviction en lui tendant le linge pour qu'elle finisse de se laver. Il suffit de voir comme il prend soin de vous.

Elle se retourna pour s'occuper du ragoût qui mijotait sur la cuisinière.

Cette dernière phrase était vraie, contrairement à la précédente. Christian avait été à son chevet chaque fois qu'elle avait eu besoin de lui. Il insistait toujours pour la faire manger, parce qu'elle était droitière, mais elle voyait cela comme une obligation et ne trouvait plus cela aussi excitant que le premier jour – d'ailleurs, il faisait de son mieux pour ne pas la regarder quand il s'y employait. Son regard passait de la nourriture à sa bouche et il ne relevait que brièvement les yeux si elle parlait.

Pouvait-elle le lui reprocher cependant ? Personne n'aime s'occuper d'une personne invalide et rien que pour cette raison, elle avait résolu de se remettre aussi vite que possible.

Certes, il était aux petits soins pour elle. Il la privait cependant de son affection – non, de sa passion. Il la traitait comme si elle était sa petite sœur préférée. Pas comme une femme qui l'intéresserait au-delà de l'amitié.

— C'est quelqu'un de très gentil, dit-elle. Même s'il refuserait très certainement de le reconnaître.

— Pourquoi, selon vous ?

— Il n'en parle guère, mais je crois qu'il n'a pas eu beaucoup d'affection durant l'enfance. Chez lui, on n'encourageait pas la gentillesse.

— Ah, alors, vous devez occuper une place tout à fait à part dans son cœur !

— Ce n'est qu'un effet de la gentillesse qu'il s'efforce de cacher, répondit Violet.

Mme Mitchell pouffa.

— Vous croyez cela, vous ? Qu'il prend soin de vous par gentillesse ?

Violet interrompit ses ablutions pour couler un regard à Christian. Bien qu'il fût face à la fenêtre, il n'avait pas tenté une seule fois de regarder à l'intérieur. La lumière l'empêchait peut-être de la voir dans la baignoire, mais elle aurait au moins aimé qu'il ait envie de la voir nue. Elle détourna les yeux, gênée de ses propres pensées alors que Christian se contentait d'être respectueux.

— Oui, je crains qu'il ne...

Comment aurait-elle pu expliquer à cette femme que son supposé mari ne la désirait pas ? La situation était pour le moins délicate. Ils n'étaient pas réellement mariés. Christian se contentait de se comporter en gentleman.

— Je crains que ma convalescence n'ait refroidi ses ardeurs.

Mme Mitchell lui jeta un coup d'œil.

— Vous dites cela parce que vous ne voyez pas comment il vous regarde quand vous ne faites pas attention à lui. S'il ne vous touche pas, c'est parce qu'il a peur de vous faire mal.

Cette fois, Violet rosit de plaisir.

— C'est possible, dit-elle.

— Allons, redressez-vous que je vous rince, ordonna Mme Mitchell en s'approchant pour aider Violet à se relever.

Elle versa de l'eau tiède sur son corps, puis lui tendit une serviette avant d'aller chercher de quoi refaire son bandage.

— Ne pourrions-nous pas nous en passer, ce soir ? C'est inconfortable pour dormir et je me sens vraiment beaucoup mieux.

— Entendu. Je tâcherai de convaincre le Dr Mitchell que le bras en écharpe est suffisant. Nous pourrons toujours remettre un bandage demain matin s'il insiste.

Elle s'en alla chercher une chemise de nuit et aida Violet à l'enfiler. La chemise appartenant à Mme Mitchell, l'encolure bâillait largement.

— Ce n'est pas à moi de dire cela…, commença la femme du médecin en entourant Violet d'un bras ferme pour la soutenir tandis qu'elles se dirigeaient vers l'escalier.

Tout le monde semblait penser qu'elle avait les jambes brisées.

— Je vous en prie, sentez-vous libre de parler, madame Mitchell, l'encouragea Violet, qui devinait que ce qu'elle avait à dire avait trait à Christian.

La femme s'immobilisa au pied de l'escalier.

— J'ai quelque chose qui pourrait vous aider. N'en parlez pas au Dr Mitchell. Il a des idées un peu plus traditionnelles que moi.

Violet hocha la tête, intriguée.

— Bien sûr. Ce sera notre secret.

La femme franchit la porte battante qui séparait la cuisine des pièces du devant. Violet l'entendit gagner le cabinet de son mari d'un pas décidé et en profita pour rejoindre sa chambre. Elle en avait assez qu'on la traite comme une invalide.

— Vous n'auriez pas dû monter seule, la gronda Mme Mitchell quelques minutes plus tard, lorsqu'elle la trouva dans la chambre en train de se brosser les cheveux.

Violet se servait de sa main droite, histoire de mettre son bras à l'épreuve après plusieurs jours d'immobilité.

— Je vais beaucoup mieux, assura-t-elle. J'ai gravi les marches sans peine. Je descendrai manger avec vous ce soir.

— Si vous insistez et que le docteur approuve.

Mme Mitchell s'approcha et tendit la main.

— Qu'est-ce que c'est ? s'enquit Violet.

— Chut, souffla Mme Mitchell en jetant un coup d'œil vers la porte. J'ai pensé que votre mari s'inquiétait peut-être de… vous savez…, dit-elle avec un regard appuyé en direction de son ventre avant de lui fourrer une petite boîte métallique dans la main.

— Non, je crains de ne pas vous suivre.

Les mots *Préservatif, 1 unité*, se détachaient en lettres noires sur le couvercle.

— Que vous tombiez enceinte, murmura la brave femme. Il préfère sans doute vous éviter cet état alors que vous êtes en convalescence. C'est une gentille attention de sa part et je ne peux que l'approuver. Vous aurez tout le temps de fonder une famille une fois que vous serez rétablie.

Le visage de Violet s'était échauffé à chaque mot.

— C'est… c'est pour moi ? Pour éviter d'avoir un enfant ?

La femme sourit, mais secoua la tête.

— C'est pour lui, ma jolie. Je sais que vous êtes mariés de fraîche date. Il ne vous a pas encore touchée ?

Violet secoua la tête à son tour, la bouche sèche.

— Non… Nous attendions. La vérité c'est que nous ne nous connaissons pas depuis longtemps.

— C'est un homme respectueux, commenta Mme Mitchell. Prenez votre temps, dans ce cas. Mais quand vous serez prête, donnez-lui cet étui. Je suis certaine qu'il saura quoi en faire.

Elle tapota la main de Violet et sortit.

Violet contempla la petite boîte, perplexe. Elle ignorait ce qu'elle contentait, mais elle savait que c'était licencieux. Forcément, si c'était censé empêcher la conception et qu'elle ne devait pas en parler au Dr Mitchell. Elle posa sa brosse et souleva le couvercle en retenant son souffle. L'odeur caractéristique du caoutchouc vulcanisé lui chatouilla les narines. L'objet dans la boîte était enroulé et de la couleur d'un parchemin. S'il s'agissait d'un étui, peut-être était-il destiné à envelopper une partie bien précise de l'anatomie masculine.

Cette idée entraîna son imagination dans une voie sans retour. Son corps entier s'échauffa et le tissu de sa chemise de nuit se mit à la gratter, comme si ses terminaisons nerveuses étaient devenues hautement sensibles. Elle s'était souvent plu à imaginer ce que ce serait de coucher avec lui. C'était peut-être possible… s'il avait toujours envie d'elle. Si elle pouvait l'inciter à la regarder comme il l'avait fait lors de ces dîners en tête à tête.

Une porte claqua au rez-de-chaussée et une voix masculine s'éleva dans la cuisine. Le cœur de Violet s'emballa. Pas question que Christian la surprenne en possession de cet objet. Pas tout de suite. Elle s'empressa d'aller glisser la boîte sous son oreiller.

16

Il était la dépravation incarnée et son nom était lord Lucifer.

V. LENNOX,
La Saison d'une Américaine à Londres

Christian arpentait la cuisine, incapable de se convaincre qu'il pouvait regagner la chambre et que tout serait comme avant. Il savait que ce n'était pas possible. Tout avait changé. Il avait vu Violet nue et cette vision ne cessait de le hanter.

Aujourd'hui, le soleil avait daigné se montrer – un événement aussi rare que bienvenu – et il avait invité le Dr Mitchell à jouer aux échecs dans le jardin pendant que Violet prenait un bain. Son esprit corrompu s'était tellement complu à imaginer Violet au bain qu'il s'était dit qu'en allant dans le jardin il y penserait beaucoup moins. Que l'éloignement physique calmerait ses bas instincts. Des bas instincts qui allaient grandissant au fil des jours. Il en était au point où il s'efforçait de se réveiller avant Violet le matin pour lui éviter d'être témoin de son érection matinale.

Mais aujourd'hui, les choses étaient allées trop loin et menaçaient d'échapper complètement à son contrôle. Depuis le jardin, la clarté du soleil obscurcissait les carreaux, dissimulant à ses yeux la scène qu'il savait se dérouler à l'intérieur. À un moment donné cependant, il avait levé les yeux alors que Violet se mettait debout dans la baignoire. Au même instant, un nuage était passé devant le soleil. Ce qu'il avait vu resterait gravé dans son esprit jusqu'à la fin des temps : Violet, dans toute sa glorieuse nudité. Ses seins haut perchés aux mamelons en boutons de rose, le galbe de ses hanches, le triangle sombre au creux de ses cuisses, il avait tout vu. Cela avait duré le temps d'un battement de cœur, avant que Mme Mitchell déploie une serviette devant elle. Après quoi il avait été contraint de faire comme si rien ne s'était passé.

Sauf qu'il était radicalement transformé. La brute pleine de désir en lui, celle qu'il avait jusqu'ici réussi à tenir en bride, s'était libérée de ses chaînes. Ne pas se lever d'un bond pour foncer dans la cuisine et l'emporter dans la chambre avait exigé de lui une maîtrise inouïe. Le dîner avait été un spectacle risible. Enveloppé par le parfum de lavande qui émanait de Violet, il avait à peine senti la saveur des aliments. Elle avait beau porter une chemise de nuit et une robe de chambre boutonnées jusqu'au cou, son regard lascif s'attardait sur son corps, parce qu'il savait qu'elle ne portait ni corset, ni jupons, ni culotte. Il lui aurait suffi de faire remonter sa main le long de sa jambe pour la découvrir, brûlante et moite de désir pour lui.

Il tira une dernière bouffée de sa cigarette et ferma les yeux quand la fumée lui emplit les poumons. D'ordinaire, l'exhalaison le détendait. C'était pour retrouver cette sensation qu'il était allé acheter du tabac au village après sa partie d'échecs, ses cigarettes étant restées au fond du ravin. Fumer ne lui avait pas manqué jusqu'à présent. En règle générale, il se contentait d'une cigarette après le dîner. Là, cependant, il avait ressenti un besoin puissant de calmer son désir.

Il jeta ce qui restait de sa cigarette dans la cheminée, puis se dirigea vers l'escalier tel un condamné se rendant à l'échafaud. Il ne pouvait quand même pas passer la nuit au rez-de-chaussée. De toute façon, Violet serait sans doute déjà endormie.

Elle avait laissé la lampe de chevet en veilleuse et sa poitrine se soulevait et s'abaissait en rythme. Laissant échapper un soupir de soulagement, il se déshabilla sans bruit. Une fois en caleçon, il tendit la main vers la chemise de nuit que lui avait prêtée le Dr Mitchell, puis se ravisa. Il dormait rarement habillé et la chemise était tellement rêche qu'elle avait tendance à l'empêcher de dormir. Jusqu'ici, il s'était obligé à la porter, mais ce soir, ce n'était pas vraiment nécessaire puisque Violet dormait déjà et qu'il serait habillé avant qu'elle se réveille. Il se glissa dans le lit, heureux que son épaule blessée l'oblige à lui tourner le dos. Il n'aurait pas pu la contempler, ce soir. C'était trop demander. Il s'efforça de rester aussi près que possible du bord du lit pour éviter de la toucher et tendit le bras pour éteindre la lampe.

— Attendez, dit-elle d'une voix enrouée de sommeil.

Christian se maudit de l'avoir réveillée.

— Vous avez besoin de quelque chose ? demanda-t-il en gardant les yeux rivés au plafond.

Elle remua et la couverture se tendit sur les hanches de Christian, incitant son sexe à se redresser. Il ferma les paupières et lutta pour conserver un souffle régulier.

— Auriez-vous la bonté de me frotter le bas du dos ? Je suis restée alitée trop longtemps et je suis tout endolorie.

Elle lui adressa un sourire timide par-dessus son épaule.

— Voulez-vous que j'aille chercher Mme Mitchell ?

Pitié, faites qu'elle dise oui. La toucher relèverait de la pure torture.

— Non.

— Bien, dit-il d'une voix nettement plus rauque.

Il se racla la gorge et se redressa en position assise.

— Vous pouvez vous pencher un peu en avant ?

Elle roula carrément sur le ventre. Christian contempla son corps menu noyé sous des mètres de tissu et se demanda comment il pouvait trouver cela aussi excitant. Les contours de ses hanches et de ses fesses attirèrent son regard, et il disposa la couverture sur ses genoux pour qu'elle ne voie pas à quel point il réagissait à sa vue. Il n'avait aucun moyen de savoir au simple toucher où se situaient ses ecchymoses.

— Guidez-moi, dit-il. Je ne veux pas risquer de vous faire mal.

— Plus bas, dit-elle quand il posa les doigts au milieu de son dos. Encore plus bas. Voilà, c'est là.

Il entreprit de la masser doucement. Le soupir d'aise de Violet se répercuta le long de sa propre colonne vertébrale et une onde de chaleur se déploya au niveau de son sexe. Il remua tandis que son sang devenait aussi épais que du miel dans ses veines. Elle lui en demandait trop. Il était déjà ivre de désir. L'instinct prenait le pas sur la pensée et les éventuelles conséquences de ses actes apparaissaient de plus en plus floues. Ses mains glissèrent plus bas et ses doigts lui frôlèrent les fesses. Un rugissement de satisfaction s'éleva en lui, mais il força ses mains à remonter à l'endroit qu'elles n'auraient jamais dû quitter. Violet semblait n'avoir rien remarqué.

— Appuyez un peu plus fort, s'il vous plaît, dit-elle.

Redoutant de lui faire mal, il pressa plus fort, mais elle se contenta d'émettre un ronronnement heureux qui affecta directement son sexe. Seigneur ! Il ferma les yeux, les tympans bourdonnants. Ses mains retrouvèrent la douceur de ses fesses – ses paumes, cette fois. Il pétrit sa chair et ses hanches basculèrent automatiquement vers l'avant en réponse aux images qui défilaient dans sa tête.

— Christian.

Son murmure l'incita à rouvrir les yeux.

Il tenait ses petites fesses parfaites à pleines mains. Il dut fournir un effort herculéen, mais il réussit à la lâcher.

— Violet.

Il avait eu l'intention de s'excuser, mais ne put que répéter son nom. Jamais encore une femme ne lui avait fait perdre la tête à ce point. Il ne voulait surtout pas la déshonorer. Il était sans doute trop tard pour s'en soucier, car elle le serait de toute façon dès que leur escapade serait connue, mais il saurait, lui, qu'il ne lui avait pas manqué de respect.

Elle se retourna sur le dos et le prit de court en lui agrippant le poignet.

— Ne partez pas, dit-elle comme si elle avait deviné qu'il avait envie de fuir.

Il secoua la tête, muet, en découvrant un désir aussi puissant que le sien dans le regard de Violet.

— Il le faut, parvint-il à dire d'une voix enrouée.

— Restez.

Il la regarda sans bouger guider sa main vers sa poitrine. Elle la posa sur son sein gauche dont il sentit la pointe durcie à travers l'étoffe. En dépit de son intention d'écarter sa main, il se mit à la caresser, soupesant son sein dans sa paume et laissant son pouce effleurer son mamelon. Le souffle de Violet s'accéléra en réponse et ses grands yeux bruns soutinrent obstinément son regard.

— C'est mal, dit-il alors même que son pouce persistait à lui désobéir et qu'il mourait d'envie de la voir nue. Je n'ai pas le droit de vous toucher ainsi.

— Quelle importance ? J'en ai envie. Cela ne suffit pas ?

Il détacha les yeux de son sein pour regarder son visage.

— Vous n'avez pas idée de ce que vous demandez.

Elle se rembrunit et leva le menton.

— Je ne suis plus une enfant, comme vous pouvez le constater. Je sais ce que je veux. Et je sais ce que vous voulez. Maintenant, en tout cas.

— Que voulez-vous dire ?

— Vous me traitez comme une sœur. J'en suis venue à penser que je m'étais peut-être méprise sur votre intérêt.

— Une sœur ? répéta-t-il, incrédule. Je ne pense pas à vous comme à une sœur, assura-t-il en pinçant doucement son mamelon, lui tirant un soupir.

— Pourquoi vous montrer aussi distant, dans ce cas ?

— Parce que je m'efforçais de résister à la tentation de vous toucher.

Il aurait d'ailleurs dû continuer. Il réussit enfin à écarter sa main.

Elle se redressa et sa chemise de nuit glissa, révélant son épaule nue. Christian contempla sa peau laiteuse avant de détourner les yeux. Il devait quitter cette chambre et trouver un coin tranquille où il pourrait assouvir provisoirement son désir.

— Mais je veux que vous me touchiez, Christian, dit-elle d'une voix haletante. Je veux sentir vos mains sur moi.

Il laissa échapper un grondement et serra les dents. Il ne méritait pas de la toucher.

— Vous ne savez pas ce que j'ai fait.

— Je me moque de…

Il couvrit sa bouche de sa main pour l'empêcher de le tenter davantage.

— Violet.

Il réussit seulement à s'absorber dans la vision de son pouce qui pressait ses lèvres roses. Il le fit courir sur sa lèvre inférieure dont il apprécia la texture soyeuse.

— Vous me détesteriez, si vous saviez tout ce que j'ai fait.

Elle sourit et mordit la pulpe de son pouce, qu'elle lécha ensuite, comme pour se faire pardonner. Quand elle l'aspira dans sa bouche, Christian gronda en imaginant sa fente étroite enserrant son sexe. Cessant de résister, il laissa retomber sa main, renversa Violet en arrière et s'empara de ses lèvres avec fougue.

Un petit rire triomphal remonta du fond de sa gorge tandis qu'elle lui rendait son baiser. Ses lèvres étaient humides, gourmandes, sauvagement inexpérimentées et néanmoins enivrantes, peut-être à cause de tout cela et parce qu'il avait passé des heures à la désirer, à rêver de la caresser, à se laisser envelopper par son odeur et bercer par sa voix. Il en connaissait chaque intonation ; celles qui indiquaient qu'elle était heureuse, ou agacée, ou taquine. Le temps passé ensemble avait permis à Christian de la découvrir comme il n'avait jamais pris la peine de découvrir personne d'autre.

Reprenant son souffle, il ne libéra ses lèvres que pour faire courir sa bouche le long de son cou, savourant le sel de sa peau. Elle gémit quand il lui mordilla le lobe de l'oreille. Ce gémissement alimenta ce besoin viscéral de possession qui le rongeait. Il tira sur sa chemise de nuit, révélant sa poitrine à son regard affamé. Les petites pointes roses de ses seins se dressaient vers lui.

— S'il vous plaît, murmura-t-elle.

Il se demanda vaguement si elle savait ce qu'elle lui demandait, mais déjà l'instinct prenait le dessus. Il donna un coup de langue à la petite pointe durcie avant de l'aspirer dans sa bouche, la suçant jusqu'à ce que Violet cambre le dos. Tout en laissant sa langue œuvrer savamment, il bascula sur le flanc pour ne pas risquer de l'écraser sous son poids. Il s'employa aussitôt à retrousser sa chemise de nuit. Ses jambes étaient fermes, et plus douces au niveau des cuisses. Des cuisses qu'elle n'hésita pas à écarter.

— Mon Dieu, murmura-t-il quand ses doigts effleurèrent le triangle bouclé, puis s'insinuèrent plus avant, la découvrant chaude et moite. Violet…

Il se redressa et elle lui agrippa l'épaule comme si elle craignait qu'il ne parte.

— Tout doux, je ne vais aller nulle part.

Elle fit alors courir ses paumes sur son torse avant de glisser jusqu'à son ventre. Christian s'écarta comme elle faisait mine de s'aventurer plus bas. Il ne ferait pas long feu si elle le touchait et il avait décidé de se consacrer à son plaisir à elle, quitte à s'en priver lui-même. Ce serait sa pénitence pour avoir osé la toucher.

Doucement, il entreprit d'agacer la perle de chair durcie logée entre les pétales de son sexe. Violet retint son souffle, ferma les yeux et creusa les reins. Dieu qu'elle était belle avec ses joues en feu et sa bouche entrouverte d'où s'échappaient des soupirs haletants. Un cri franchit soudain ses lèvres et elle agrippa les couvertures, s'abandonnant complètement.

Incapable d'attendre davantage, il inséra l'index en elle. Elle était si étroite et si chaude qu'il réprima un gémissement. Il la caressa doucement, dans un lent mouvement de va-et-vient, et fut bientôt en mesure d'insérer un second doigt. Il faisait montre d'une tendresse dont il ne se savait pas capable.

Elle agitait la tête, les yeux toujours clos. Il déposa un baiser sur sa poitrine, mordilla la pointe d'un sein avant de descendre plus bas. S'il tenait là sa seule chance de la toucher, il le ferait dans les règles de l'art. De sa main libre, il remonta sa chemise de nuit sur ses hanches, révélant son intimité. Elle était exquise. Une onde de pure tendresse le submergea.

— Vous êtes belle, dit-il d'une voix méconnaissable.

Elle ouvrit vivement les yeux et se raidit en se découvrant ainsi exposée à son regard. Ses pupilles étaient si dilatées par la passion que ses iris semblaient noirs. Christian lui sourit et soutint son regard quand il approcha son visage de son entrejambe. Violet connaissait sa réputation, mais de toute évidence, elle ignorait ce que cela recouvrait. Il pourrait lui faire découvrir bien des plaisirs si on lui en donnait l'occasion. Sans prévenir, il remplaça son pouce sur son clitoris par sa langue et se mit à le sucer avidement, sans cesser de la caresser avec ses doigts. Renversant la tête en arrière, elle poussa un cri tandis que ses muscles intimes se contractaient convulsivement autour de ses doigts. Il gémit quand le suc de sa jouissance se répandit sur sa langue et frotta son propre sexe contre le matelas pour tenter de dominer son désir.

Cette unique nuit ne lui suffirait pas. Les nuits de toute une vie ne suffiraient pas à le rassasier. Il retira ses doigts et continua de la lécher jusqu'à ce qu'elle s'affaisse sur le matelas, comblée. Le désir continuait cependant de courir follement dans ses veines, exigeant qu'il achève ce qu'il avait commencé. S'arrachant à Violet, Christian s'assit au bord du lit et serra les poings pour s'empêcher de la toucher.

— Christian.

Elle tâtonna vers lui et la main qu'elle cherchait à refermer sur sa cuisse frôla son sexe érigé. Tous deux étouffèrent un cri.

17

Le stratagème avait si bien fonctionné que lord Lucifer aurait dû se sentir triomphant maintenant que Mlle Hamilton lui appartenait ; or, malgré sa joie, le goût amer de sa propre trahison demeurait.

V. LENNOX,
La Saison d'une Américaine à Londres

Violet regarda le sexe de Christian, dont les contours étaient nettement définis sous le coton blanc de son caleçon. Il lui parut plus grand et ferme qu'elle ne l'avait cru possible. Testant son tout nouveau savoir, elle le pressa doucement entre ses doigts. Christian gronda.

— Vous ne jouez pas honnêtement.

Ses paupières voilaient à demi ses yeux. Elle frissonna sous l'intensité de ce regard.

— Je ne joue pas. Je veux simplement vous rendre le plaisir que vous m'avez donné.

— Violet, vous savez que c'est mal, dit-il d'une voix qui promettait tant de plaisirs interdits qu'un frisson de désir la parcourut.

— Pourquoi est-ce mal ? demanda-t-elle, sincèrement incapable de se souvenir en quoi c'était censé être mal. Aurait-ce été bien que je reste à Londres et que j'épouse lord Ware ? Que je partage son lit ce soir ?

— Ne mentionnez jamais son nom en ma présence, dit-il sèchement.

Violet s'agenouilla et se rapprocha de lui, si près que la chaleur de son corps la réchauffa. Son mouvement tira sur sa chemise de nuit, révélant son autre sein. Le regard de Christian se riva aussitôt dessus. Violet savait qu'elle aurait dû se sentir gênée. Un jour que Teddy s'était montré particulièrement empressé, il avait tiré sur le corsage de la robe médiévale qu'elle portait lors d'un bal masqué, dénudant presque entièrement sa poitrine. Elle avait cru mourir de honte et n'avait plus osé croiser son regard de toute la soirée. Les choses étaient différentes avec Christian. Elle se sentait un peu intimidée, mais ni mal à l'aise ni honteuse.

— Vous n'avez pas répondu à ma question.

Enhardie, elle fit courir son pouce sur la lèvre inférieure de Christian. Il prit une brève inspiration, puis lui lécha le pouce. Le désir de Violet ressurgit violemment quand il le suça.

— Si cet homme vous possédait, ce serait mal aussi. Si n'importe qui vous possédait.

Elle lui encadra le visage de ses mains.

— Je vois. Je dois donc rester chaste et pure jusqu'à la fin de mes jours ?

Il se leva d'un bond, s'écarta du lit tout en rajustant son caleçon. La lumière douce de la lampe nimbait ses épaules d'un voile d'or pâle et ses muscles saillaient visiblement sous sa peau. Violet fut tentée de monter la flamme pour mieux le voir, mais elle craignait que cela ne le fasse fuir et préféra s'en abstenir.

— Ce n'est pas ce que je voulais dire, répondit-il.

Il se retourna pour lui faire face et fourragea dans ses cheveux.

Violet ne put qu'admirer son torse aux muscles ciselés. Elle aurait voulu le caresser, suivre de l'index la ligne de poils sombres qui disparaissait dans son caleçon, entrouvert à présent. Elle déglutit en s'en apercevant. L'extrémité de son sexe dépassait de la fente du sous-vêtement. Violet sentit son entrejambe palpiter, comme si son corps savait que ledit sexe était censé entrer en elle pour combler son désir.

Il suivit la direction de son regard et garda les bras levés, les mains derrière la nuque, comme s'il savourait l'examen auquel elle le soumettait.

— Je ne vous déshonorerai pas, lâcha-t-il.

Elle tressaillit et se força à croiser son regard.

— Me déshonorer ? Vous savez sûrement que je le suis déjà si quelqu'un découvre que nous avons voyagé ensemble. Ce que nous faisons ce soir n'y changera rien.

— C'est vrai, à ce détail près que *moi*, je saurai que je ne l'ai pas fait. Certes, je vous ai touchée, mais je n'ai pas ravi votre vertu. Je ne vous ai pas souillée.

Violet cilla, choquée.

— Vous me trouvez sale ?

— Seigneur, non ! s'exclama-t-il.

Il s'approcha d'elle et s'arrêta juste avant de la toucher.

— Mais vous me trouveriez sale si nous couchions ensemble ?

— Non, pas du tout. Je suis désolé. Je me suis mal exprimé.

Sauf qu'il ne s'était pas mal exprimé. Il s'était contenté de dire les choses.

— Alors c'est que vous me trouveriez sale si je vous disais que j'ai déjà couché avec un autre homme avant vous ?

— Je ne penserais jamais cela de vous. D'autres le pourraient, en revanche.

— Je croyais que vous étiez... différent. Je croyais que vous compreniez que la valeur d'une femme ne dépend pas de sa chasteté ni du nombre d'hommes qu'elle a connus. Vous avez connu des femmes avant aujourd'hui. Beaucoup, à en croire les commérages. Pourtant, je ne vous ai jamais trouvé sale ni indigne.

— Bien sûr que non. Vous valez mieux qu'eux. Mais d'autres que moi refuseraient d'être dans la même pièce que vous s'ils savaient que vous m'avez autorisé à vous toucher. Vous-même vous sentiriez peut-être sale si vous saviez tout.

— J'en connais qui ne voudraient pas se trouver dans la même pièce que moi sous prétexte que je suis une Crenshaw. Peu m'importent ces gens. La seule chose qui m'importe, c'est vous, mais je vois bien que je me...

— Par l'enfer ! s'exclama-t-il en se détournant, le corps crispé de frustration. Voilà pourquoi je me comporte rarement de façon honorable. Cela se retourne toujours contre vous.

Blessée par ses paroles insensées, Violet descendit du lit. Elle dormirait en bas, dans la cuisine s'il le fallait. Elle passa devant lui, pieds nus, mais il la retint et ses doigts lui saisirent sa nuque quand il l'attira à lui.

— Pardonnez-moi, murmura-t-il contre ses cheveux en l'enveloppant de ses bras. S'il vous plaît.

Il lui massa doucement l'arrière de la tête et déposa des baisers sur sa tempe indemne.

— Vous m'êtes infiniment précieuse et mes paroles étaient irréfléchies.

Elle lui était précieuse ? Violet pressa le visage contre son torse, troublée. La joie allégeait sa peine, mais la souffrance demeurait.

— Pourquoi les avoir prononcées, dans ce cas ?

— Parce que je suis un imbécile qui parle inconsidérément.

Glissant un doigt sous son menton, il l'incita à le regarder. Elle finit par se laisser fléchir. Elle voulait désespérément qu'il soit l'homme qu'elle pensait voir en lui. Son regard, à la fois chaleureux et solennel, l'emplit d'espoir.

— Il pourrait y avoir cent hommes dans votre passé que je vous admirerais toujours autant et vous tiendrais en haute estime. Je vous désirerais toujours.

Il la désirait donc encore. Et en effet, elle sentait ce désir qui palpitait, ferme et solide, contre son ventre. Son propre corps frémit d'impatience en réponse.

— Et pourtant, vous hésitez à accepter ce que je vous offre librement ?

Il prit une longue inspiration.

— Parce que je vous ai menti. Parce que je vous mens, dit-il en suivant du bout du doigt le pourtour de son visage, évitant les points de suture et l'hématome qui s'attardait encore sur sa tempe. Je n'ai pas le droit d'accepter ce que vous offrez.

Violet prit la joue de Christian en coupe et lui caressa la lèvre de son pouce. Il embrassa ce dernier et le cœur de Violet se gonfla d'amour, tandis que son ventre se crispait d'angoisse à l'idée de ce qu'il risquait de révéler. *Vous-même vous sentiriez peut-être sale si vous saviez tout.*

— Quel est ce mensonge ?

— La vérité, c'est que j'ai proposé de vous accompagner dans le Nord dans l'espoir d'obtenir votre main. Je pensais que si nous passions du temps ensemble, vous en viendriez à voir en moi le meilleur choix en matière d'époux. Que vous vous rendriez compte que j'étais disposé à vous offrir une liberté que Ware et ses semblables ne vous accorderaient jamais.

Elle secoua la tête, stupéfaite d'apprendre qu'alors qu'elle tombait amoureuse de lui et s'interrogeait sur ses sentiments, lui ne songeait qu'à l'épouser. Tomber amoureuse. Elle n'avait encore jamais formulé la chose ainsi, mais elle comprenait à présent que c'était ce qui lui était arrivé. Elle l'aimait.

— Pourquoi ne m'avez-vous pas demandé ma main ?

— Parce que plus je passais de temps en votre compagnie, plus j'en venais à vous admirer. Plus je voyais en vous une femme avec des espoirs et des rêves bien à elle. Et plus je me sentais coupable d'avoir cru pouvoir forcer votre affection, avoua-t-il d'un ton amer. Pour autant, je ne prétendrai pas avoir eu mauvaise conscience au point de reconsidérer mon projet. J'avais prévu de demander votre main le soir de l'accident, dans l'auberge où nous nous serions arrêtés pour la nuit.

— Vous vouliez m'épouser ? demanda-t-elle, peinant à concevoir que leurs pensées aient été à ce point en harmonie.

Il hocha la tête.

— Je ne vaux pas mieux qu'un Ware.

— Bien sûr que si.

— Non. Je suis la cause de ceci, dit-il en indiquant la blessure à sa tempe. Je suis même pire que lui.

Les mains de Violet se posèrent doucement sur son torse – son cœur battait très vite sous sa paume. Rassemblant son courage, elle se risqua à lui frôler le ventre avant de refermer la main sur sa virilité. Une gouttelette de liquide nacré perla au sommet. Elle l'effleura du pouce, s'émerveillant de découvrir la douceur soyeuse de sa peau, et l'étala délicatement. Sur une impulsion, elle porta son doigt à ses lèvres.

— Seigneur, Violet !

Christian lui agrippa les hanches et se pressa contre son ventre. Son corps entier tremblait de retenue.

— Que diriez-vous si je vous avouai que j'ai toujours envie de coucher avec vous, même après cette confession ? demanda-t-elle d'un ton taquin.

— Je persisterais à dire que ce n'est pas raisonnable. Cela pourrait avoir des conséquences et je ne veux pas vous forcer à m'épouser, quelles qu'aient pu être mes intentions initiales.

Elle sourit et d'une pirouette, se dégagea de son étreinte, secrètement ravie de sentir ses mains hésiter à la lâcher. Elle s'approcha du lit, glissa la main sous son oreiller et en sortit la petite boîte métallique.

— Imaginez à présent que je vous dise qu'il n'y a aucune conséquence à redouter ?

Christian regarda la boîte et plissa le front. Comprenant de quoi il s'agissait, il la rejoignit et la lui prit des mains.

— Où avez-vous trouvé cela ? demanda-t-il, à la fois surpris et admiratif.

— C'est un présent de Mme Mitchell.

Christian n'aurait pas paru plus étonné si elle avait mentionné le diable en personne.

— Sur le lit. Tout de suite.

Sa voix était de nouveau grondante et Violet sentit l'impatience crépiter en elle. Elle grimpa sur le lit en riant, tout en le regardant du coin de l'œil faire glisser son caleçon le long de ses cuisses musclées avant d'enfiler l'étui. Elle n'eut cependant pas le temps de l'interroger à ce sujet car il avait déjà saisi l'encolure de sa chemise de nuit pour la lui ôter. Avant qu'elle puisse dire quoi que ce soit, il se hissa au-dessus d'elle et s'empara de sa bouche. Elle répondit à son baiser, vaguement consciente de la façon dont les hanches de Christian s'inséraient entre ses cuisses. Elle étouffa un cri en sentant son sexe rigide contre son ventre.

— Je vais essayer de procéder lentement, dit-il en lui mordilla le cou avant d'y faire glisser sa langue. Mais je vous désire depuis si longtemps...

Et en effet, il tremblait de désir. Sa bouche se referma sur la pointe d'un sein, le régalant de ses attentions avant de passer à l'autre. Quant à ses doigts, ils avaient retrouvé le chemin de sa féminité. Elle ferma les yeux et le plaisir déferla en elle quand il les fit doucement aller et venir en elle, calquant le rythme qu'il leur imprimait sur celui de sa bouche qui suçait son mamelon. Très vite, Violet sentit qu'il lui fallait davantage. Elle se tordit sous lui, en proie à un désir encore plus puissant.

— Christian ?

Elle ne savait pas vraiment que demander. Elle savait juste que son corps ressentait un irrépressible besoin d'être comblée.

— Violet.

Elle rouvrit les yeux et découvrit qu'il la contemplait d'un air presque douloureux.

— Il faut que je vous baise.

Ces mots crus auraient dû la choquer. Elle ne les avait jamais entendus que dans la bouche d'ouvriers beuglant des blagues dans les ateliers des Aciéries Crenshaw. Mais dans la bouche de Christian, ils reflétaient le besoin désespéré qu'il avait d'elle.

— Oui, je vous en prie.

Il sourit, révélant cette fossette qu'elle aimait tant. Elle sentit l'extrémité de son sexe à l'orée de sa féminité. Il commença à la pénétrer, s'arrêta dès que cela résista.

— Je ne veux pas vous faire mal. Vous ne supporterez pas mon poids dans cette position.

Non ! Il comptait se contenter de la tourmenter ?

Lorsqu'il s'écarta d'elle et se leva, elle chercha instinctivement à le retenir. Il la saisit doucement aux hanches et l'invita à se tenir debout devant lui. Il la fit alors pivoter vers le lit, lui caressa le dos de façon à l'apaiser et l'incita à se pencher en avant.

— Si vous trouvez la position inconfortable, n'hésitez pas à me le dire.

Violet demeura silencieuse. Ce n'était pas très confortable, d'un autre côté, elle ne savait pas à quoi s'attendre. Les mains de Christian couraient de nouveau sur son corps, lui pinçaient doucement les mamelons. Des flèches de pur désir la traversèrent et sa chair intime se contracta.

— Christian.

Elle sentit le souffle de son rire juste avant qu'il dépose un baiser sur le lobe de son oreille. Il lui saisit la hanche d'une main tandis que l'autre prenait appui sur le matelas.

— Écartez les jambes, murmura-t-il.

Elle obéit et ses cuisses puissantes s'insinuèrent entre les siennes. Elle s'offrait à lui de façon si indécente qu'elle aurait dû se sentir affreusement vulnérable, or, le fait d'être à sa merci l'excita prodigieusement. Il lui tint les hanches tandis qu'il s'introduisait lentement en elle, puis il poussa son avantage et ne s'arrêta pas lorsqu'il rencontra une résistance. Violet ferma les yeux et se cramponna à la couverture quand il se retira pour revenir en elle. Il la soumit alors à un lent va-et-vient, jusqu'à ce que sa féminité lui cède le passage. Il rugit comme il s'enfonçait en elle jusqu'à la garde.

Violet avait l'impression qu'il l'emplissait toute. Plus qu'elle ne l'imaginait possible. Une brûlure légère accompagna cette sensation, mais Christian demeura immobile, lui laissant le temps de s'accoutumer à sa présence en elle. Puis il glissa la main entre ses cuisses, taquinant habilement la petite perle de chair. Peu à peu, le désir eut raison de l'inconfort et Violet n'eut d'autre choix que d'onduler des hanches, chaque mouvement donnant naissance à une vague de plaisir enivrant.

— Voilà, c'est ça, l'encouragea-t-il d'une voix rauque. Baisez-moi.

Un cri franchit ses lèvres et elle fit basculer ses hanches. Christian répondit d'une poussée vigoureuse. Il recommença, encore et encore, sans cesser de la caresser de la main, l'attaquant sur deux fronts à la fois. Très vite, Violet se mit à trembler, sa respiration se fit erratique et elle cria contre les couvertures, submergée par le flot du plaisir.

Alors seulement, le rythme de Christian fléchit. Il se laissa tomber sur elle, prenant appui sur le lit d'une main tandis qu'il lui empoignait les cheveux de l'autre. Il lui tira la tête en arrière et l'embrassa à pleine bouche, le rythme de ses hanches devenant sporadique et agité.

— Violet.

Il répétait son nom, le visage pressé contre son épaule, et quelques brèves poussées saccadées le menèrent à la jouissance.

Je vous aime. Les mots tournaient dans la tête de Violet alors qu'elle était étendue près de lui, tous deux luttant pour retrouver leur souffle. Elle ne le lui dirait pas. C'était trop tôt. Mais elle le ferait bientôt.

Il déposa un baiser sur son épaule avant de se redresser. Elle l'entendit ôter l'étui tandis qu'elle s'empressait de se glisser entre les draps, timide tout à coup. Quand elle se tourna vers lui, il grimpait dans le lit sans avoir pris la peine de remettre son caleçon. Cela lui plut. L'attirant dans ses bras, il lui sourit.

— Est-ce que je vous ai fait mal ? Êtes-vous endolorie ?

— Non.

En vérité, ses côtes et son épaule recommençaient à la faire souffrir, mais elle n'osa pas le lui avouer de peur qu'il ne refuse de la toucher de nouveau. Elle déposa un baiser sur sa joue, son menton, sa bouche. Il l'embrassa en retour et quand ils s'écartèrent, le regard de Christian était si tendre qu'elle sut qu'il l'aimait aussi.

— Vous avez été parfait.

Je veux bien vous épouser. Elle faillit prononcer ces mots à voix haute, puis se ravisa. Il tenait tellement à agir de façon honorable qu'il risquait de ne pas la croire.

Il rabattit les couvertures sur eux.

— Je crains d'effaroucher Mme Mitchell si elle fait irruption dans la chambre demain matin.

Violet sourit en imaginant la scène. Quelque chose lui disait que Mme Mitchell veillerait à ne pas les déranger.

18

Il savait qu'au moment de rendre des comptes, son châtiment serait sévère et juste.

V. LENNOX,
La Saison d'une Américaine à Londres

Le lendemain, Berkeley Square

Max scruta la façade de pierre blanche de l'élégante maison de ville. Présentant trois fenêtres sur la largeur et s'élevant sur quatre niveaux, elle était plus étroite que les autres demeures de la rue. Chaque fenêtre avait beau être garnie d'une jardinière de tulipes, la maison semblait déserte. Les rideaux étaient tirés et le perron n'avait pas été balayé depuis plusieurs jours. Feuilles mortes, brindilles et autres débris s'amoncelaient sur les marches, encore humides des pluies récentes.

Il vérifia l'adresse sur le message qu'on lui avait remis un peu plus tôt ce matin.

— Vous êtes sûr qu'il s'agit du numéro quarante-trois ? demanda-t-il au cocher du fiacre.

— Oui, acquiesça l'homme. Je dois vous attendre ? ajouta-t-il, visiblement peu enthousiaste à cette idée.

— Non, ce ne sera pas nécessaire, dit Max.

Il ignorait l'objet de cette rencontre et combien de temps elle durerait. Il était arrivé à Londres la veille, mais ses parents étaient sortis. Ils assistaient à un bal. Ils prenaient apparemment du bon temps pendant que leur fille se trouvait Dieu savait où. Max les avait interrogés ce matin, sans grand résultat. Ils avaient décidé de raconter à tout le monde que Violet était tombée malade et qu'on l'avait envoyée à Bath pour se rétablir. Garder sa disparition secrète et minimiser le scandale était, malheureusement, leur principal souci. Plutôt que de déclarer sa disparition à la police, ils avaient préféré – sur les conseils de leurs amis, lord et lady Ashcroft – engager un détective à la retraite. M. Spencer était censé passer la campagne anglaise au peigne fin. Pour l'heure, il n'avait pas réussi à retrouver la trace d'Ellen Stapleton, la femme de chambre de Violet qui avait disparu le même jour qu'elle, et personne n'avait vu de femme correspondant à la description de Violet dans aucun train.

Après leur entretien, son père s'était empressé d'aller à son rendez-vous avec lord Farthington, tandis que sa mère se préparait pour un déjeuner, laissant à Max le soin de dénicher des indices dans la lettre laissée par Violet. Heureusement, le mystérieux message était arrivé peu après. Tracé d'une main féminine, il disait simplement : *Venez seul. Mettez-vous en route immédiatement. 43 Berkeley Square.*

Ne sachant trop s'il s'agissait d'une plaisanterie ou si c'était l'endroit où se cachait sa sœur, Max grimpa les marches du perron et sonna. Au bout de quelques minutes, un vieux domestique en livrée, le dos voûté et les sourcils broussailleux, lui ouvrit.

— Bonjour. Je suis Maxwell Crenshaw. On m'a remis ce message, dit-il en lui tendant le morceau de papier.

— Certainement, monsieur Crenshaw.

Sans plus d'explication, le majordome s'effaça pour le laisser entrer.

Max se demanda vaguement s'il n'était pas en train de s'engouffrer dans un piège, mais la curiosité l'emporta. Le majordome voulut le débarrasser de ses gants et de son chapeau, il refusa d'un signe de tête. Tons crème, or et vert, l'entrée était élégante. Tout était ordonné et discret, d'une manière qui mettait en valeur chaque élément – le contraire des goûts de sa mère en matière de décoration.

— Avec qui suis-je censé m…

— Suivez-moi, monsieur Crenshaw.

Le vieil homme pivota et le précéda dans un couloir. Une seule applique l'éclairait, laissant dans l'ombre les pièces devant lesquelles ils passaient. Le domestique pénétra finalement dans une pièce à l'arrière de la maison.

— M. Crenshaw, annonça-t-il.

Max pénétra dans la pièce. Une femme se tenait devant la cheminée où aucun feu ne brûlait. Elle portait un habit de voyage gris anthracite rehaussé de broderies bordeaux, était gantée et chapeautée. Max remarqua une valise sur le sol près de la porte. Il n'aurait su dire si la femme arrivait ou s'apprêtait à partir. Elle était d'une beauté saisissante, du genre inaccessible. Nez délicat, pommettes hautes, menton fin. Cheveux blonds comme les blés, relevés en un chignon élaboré sous le chapeau incliné de côté. Ses yeux étaient clairs, mais il n'aurait su dire s'ils étaient bleus, verts ou gris du fait de la distance qui les séparait. Il vit juste qu'ils étaient expressifs et brillants d'intelligence quand ils le détaillèrent de la tête aux pieds. Il venait apparemment de subir une inspection et d'échouer.

— Bonjour, mademoiselle...

— Lady Helena March.

Elle s'exprimait du ton sec et implacable de quelqu'un qui a déjà pris une décision et attend avec impatience que tout le monde parvienne à la même conclusion.

— Vous êtes en retard, monsieur Crenshaw.

La pendule sur la cheminée indiquait 10 h 30. Il jeta un coup d'œil au majordome et découvrit que celui-ci était parti, le laissant affronter seul le dragon.

— Nous avions rendez-vous ? demanda-t-il en s'avançant dans la pièce.

Les rideaux étaient ouverts, révélant un petit jardin parfaitement entretenu. La lumière grise du matin emplissait la pièce.

— Toutes mes excuses. Chez nous, en Amérique, nous utilisons des cartes de visite et des cartons d'invitation plutôt que de mystérieux messages anonymes, ajouta-t-il en agitant ledit message. Je vais devoir m'habituer à vos coutumes.

Sa pique fit frémir les cils de lady Helena.

— Je vous remercie d'être venu. Je regrette de n'avoir pu me montrer plus explicite, mais je pouvais difficilement courir le risque que quelqu'un voie ce message.

— Quelqu'un ? Vous voulez dire mes parents ?

Les coins de sa jolie bouche s'abaissèrent tandis qu'elle réfléchissait. Finalement, elle hocha la tête.

— Oui, à mon grand regret.

Intéressant.

— Lady Helena March, si je me souviens bien, vous êtes la personne qui se trouve à Bath avec ma sœur, selon mes parents.

— Je pense que nous savons tous deux que cette histoire est inventée de toutes pièces. Et « lady Helena » suffira.

Ses yeux lançaient des éclairs. Ils étaient bleus. Aussi bleus que des myosotis.

— Savez-vous où se trouve Violet ?

— Non, mais je crois le savoir. Si vous le voulez bien, nous allons nous mettre en route, dit-elle en désignant sa valise. Nous parlerons en chemin.

— Nous partons ensemble ?

Elle le foudroya du regard, comme si elle avait envie de le prendre à bras-le-corps et de le fourrer à l'intérieur d'une voiture.

— Oui, nous n'avons pas le choix. Huxley a demandé que l'on amène la voiture.

— Lady Helena, je ne voudrais pas être grossier, mais j'insiste pour que vous me disiez ce qu'il se passe avant que j'aille où que ce soit avec vous.

Elle pinça les lèvres, visiblement irritée, et pressa la sonnette placée sur la sellette, près de l'élégant canapé. Huxley apparut comme s'il s'était trouvé juste derrière la porte.

— Demandez que l'on prépare une théière, je vous prie.

Huxley hocha la tête et ressortit aussi silencieusement qu'il était entré. Lady Helena ôta ses gants en soupirant – il remarqua qu'elle avait de longs doigts fins –, puis se percha au bord du canapé comme si elle avait l'intention de charger à la moindre provocation.

— Asseyez-vous, je vous en prie, dit-elle en désignant le fauteuil voisin.

Max observa le meuble délicat d'un œil méfiant. Il faisait près d'un mètre quatre-vingt-dix et était plutôt robuste.

Lady Helena remarqua son regard.

— C'est un authentique Chippendale de 1773.

— Impressionnant, murmura Max, ne sachant trop quoi faire de cette information.

— Je veux dire qu'il a supporté le poids de bien des hommes, dont la plupart étaient infiniment plus suffisants que vous.

Max fronça les sourcils, ne sachant s'il était censé prendre cela comme un compliment ou s'il venait de recevoir l'insulte la plus directe qu'on lui ait jamais adressée. Il considéra la question tandis qu'il s'asseyait, heureux que le fauteuil n'émette pas le moindre craquement de protestation.

— Puis-je vous parler franchement, monsieur Crenshaw ? s'enquit-elle.

— Vous ne l'avez pas déjà fait ?

Si c'était là sa façon de se montrer aimable, Max détesterait être l'objet de sa colère.

Elle hocha la tête et il fut frappé par la grâce de son cou.

— Il se peut que je vous doive des excuses. Je crains d'avoir émis des hypothèses possiblement injustes à votre endroit.

— Quel genre d'hypothèses ? répondit-il, notant qu'elle évoquait de possibles excuses sans en formuler véritablement.

Elle prit le temps de répondre, le scrutant comme si elle s'efforçait de deviner sa personnalité à partir de ses traits.

— Êtes-vous au courant des projets de vos parents concernant Violet et, le cas échéant, qu'en pensez-vous ?

— Si vous me demandez si j'approuve leur projet de la marier à ce comte ou ce vicomte ou quel que soit le titre de ce monsieur, la réponse est non. Voilà quelques semaines, je suis venu à Londres pour secourir mon autre sœur, Augusta, d'un destin identique. Croyez-moi, j'ai mieux à faire que de passer mon temps à traverser l'Atlantique pour venir en aide à mes sœurs. Une fois que j'aurai retrouvé Violet, je la remmènerai en Amérique, et au diable leurs projets de mariage. Cela répond-il à votre question ?

Loin d'apparaître offensée par sa franchise, lady Helena sourit, d'une façon charmante mais que Max trouva plus mystérieuse que joyeuse.

— Je ne saurais vous approuver davantage. J'ai été plus que choquée quand j'ai entendu dire que le vicomte avait fait une offre qui avait été acceptée. J'espérais avoir été mal informée, mais Violet me l'a confirmé.

— Quand l'avez-vous vue pour la dernière fois ?

Si ses deux sœurs avaient mentionné lady Helena dans leurs lettres, il ignorait tout de l'affection qu'elles lui portaient. Si Violet avait choisi de lui parler des fiançailles, il se pouvait qu'elle lui ait fait d'autres confidences.

— Elle m'a rendu visite la veille de son départ. C'est à cette occasion qu'elle m'a parlé de la tentative de lord Ware.

— De la quoi ? demanda-t-il d'un ton plus dur qu'il n'en avait eu l'intention.

Elle cilla, mais ne parut pas autrement perturbée.

— Il était venu chez vos parents en visite, expliqua-t-elle, et il s'est arrangé pour se retrouver seul avec elle afin qu'on les surprenne ensemble. Sans succès, Dieu merci. Avec le recul, je pense que c'est ce qui l'a incitée à partir.

L'infect salaud. Une fois qu'il aurait retrouvé Violet, il aurait une petite conversation avec cet individu, décida Max.

— Quand elle est venue, elle avait avec elle un grand sac de voyage qu'elle m'a demandé de garder quelque temps. Elle m'a dit qu'il contenait ses manuscrits et qu'elle avait besoin de les conserver dans un endroit sûr.

— Cela ne vous a pas intriguée ?

— À présent, si. Sur le moment, j'ai sans doute trouvé cela étrange, mais je n'y ai pas vraiment prêté attention. J'étais en train de faire mes bagages et sa visite a été brève. Je partais le lendemain matin pour mon cottage du Somerset. La gouvernante était tombée malade. Elle est âgée et mon mari lui était très attaché. Je tenais donc à voir personnellement ce qu'il en était.

Huxley revint avec un plateau. Alors qu'elle remplissait les tasses, Max se surprit à l'observer, fasciné par la grâce de ces gestes qu'elle avait sans doute déjà accomplis des centaines de fois. Il secoua la tête lorsqu'elle lui proposa du sucre et du lait. Il n'aurait su dire pourquoi l'idée qu'elle ait un mari l'avait surpris. Elle semblait plus âgée qu'Augusta, sans doute plus proche de son âge à lui, il était donc naturel qu'elle soit mariée. Pourtant, le savoir lui pesait étrangement.

— Merci, dit-il en acceptant la tasse et la soucoupe qu'elle tendait vers lui. Mes condoléances pour votre gouvernante.

Elle haussa les sourcils.

— Oh, elle est complètement rétablie !

Elle avait pourtant employé le passé, il en était certain. Cela signifiait-il qu'elle était veuve ?

— Vous me parliez de la dernière visite de Violet, dit-il pour l'inciter à reprendre le fil de son récit.

— Oui. D'après Huxley, elle est venue récupérer le sac le jour de sa disparition.

— Vous avez dit que vous pensiez savoir où elle était allée.

Il but une gorgée de thé.

— Oui, mais avant de vous le dire, j'aimerais que vous promettiez de m'autoriser à partir à sa recherche avec vous.

Il s'imagina confiné dans une voiture avec cette femme à la langue acérée. Et cela le fit sourire.

— Et pourquoi ferais-je cela ?

— Parce que vous êtes un homme d'honneur, du moins je l'espère, et parce que vous avez beaucoup d'affection pour votre sœur. Cela saute aux yeux.

Le sourire de Max s'accentua.

— Et pourquoi insistez-vous pour venir avec moi ? Vous n'avez pas...

Il regarda autour de lui, cherchant à deviner à quoi elle pouvait occuper ses journées.

— ... des occupations de lady à assumer ?

Elle étrécit les yeux.

— J'ai beaucoup à faire, mais cela attendra parce que je tiens beaucoup à Violet. Nous ignorons dans quelle situation nous allons la trouver et il se peut qu'elle ait besoin d'une épaule moins... brutale que la vôtre, conclut-elle.

Elle le voyait donc comme un être brutal ? C'était pourtant bien elle qui ne cessait de poser des conditions et de donner des ordres. Max serra les dents.

— Très bien. Nous irons ensemble. À présent, dites-moi ce que vous savez.

Elle hocha la tête.

— Il est possible qu'elle soit partie en compagnie du comte de Leigh. C'était un des amis de mon époux.

Ce nom lui parut familier, mais il était incapable de le resituer.

— Vous le connaissez peut-être. C'est un très bon ami de Rothschild. Tous deux, ainsi que M. Jacob Thorne, sont propriétaires du Montague Club. Leigh semble avoir disparu en même temps que Violet.

Ah, Max se souvenait à présent.

— Pourquoi soupçonner un lien entre leurs disparitions ?

Elle baissa les yeux sur sa tasse.

— Je les ai vus s'embrasser lors d'un bal.

Il se raidit.

— Vous ne pensez pas qu'il l'ait forcée ?

— Non, assura-t-elle en secouant vigoureusement la tête. Je pense qu'il aura su la séduire, ou peut-être lui a-t-il dit ouvertement qu'elle lui plaisait. Il peut se montrer... fascinant avec le beau sexe quand il le veut.

— Vous pensez que Violet est tombée sous le charme de ce débauché ?

Elle haussa une épaule délicate.

— Je n'ai aucune certitude, mais cela me paraît possible. On prétend qu'il aurait approché votre père pour demander la main de Violet et qu'il a été éconduit.

— Sur quoi cette rumeur repose-t-elle ?

— Pour être juste, on dit qu'il l'aurait approché dans l'intention de demander la permission de courtiser Violet. Des gens l'ont vu quitter la résidence de vos parents et comme il n'est pas en affaire avec les Crenshaw, les langues sont allées bon train. C'est moi qui ai songé au mariage, à cause de ce baiser que j'ai surpris.

Max reposa sa tasse sur la table. Ses parents n'avaient fait aucune allusion à cela lors de leur conversation de ce matin. Le détective, M. Spencer, avait-il seulement envisagé ce lien ? Max se leva, furieux.

— Où pourrait-il l'avoir emmenée ?

— En Écosse, pour l'épouser, j'imagine. Votre famille est assez connue ici, tout comme le fait qu'elle l'a éconduit. L'Écosse offre un refuge en cas de non-consentement.

— À Gretna Green ? Je croyais que cela n'arrivait que dans les romans gothiques.

— Non, pas Gretna Green. Désormais, il faut justifier de sa résidence pour s'y marier. Or, Leigh possède un domaine en Écosse, et l'argent devrait également faciliter les choses, je suppose.

L'Écosse. Cela devait prendre...

— Combien de temps leur faudrait-il pour aller jusqu'en Écosse par la route ?

— Ils doivent être arrivés, à l'heure qu'il est.

— Peste ! Pourquoi n'avez-vous rien fait jusqu'à présent pour empêcher cela ?

Lady Helena se leva à son tour.

— Vos parents ont eu la bonté de m'informer du départ de Violet il y a à peine quelques jours. Jusque-là, je ne savais même pas qu'ils se servaient de moi comme alibi. Si je l'avais appris plus tôt, j'aurais pu agir. Je ne suis rentrée à Londres qu'hier, et quand je suis allée rendre visite à votre mère, elle a évoqué votre arrivée. Vous me pardonnerez de ne pas lui avoir fait suffisamment confiance pour lui confier cette information. J'espérais que vous feriez preuve de plus de bon sens.

Il la dévisagea et ne put s'empêcher de remarquer que la colère rosissait joliment ses joues. Il leva les mains, paumes en avant, en signe de paix.

— Parfait. La question est close.

— Bien, dit-elle, retrouvant son calme. Il est grand temps de nous mettre en route pour King's Cross. Je nous ai déjà pris des billets pour Édimbourg et le train part dans une heure.

19

Il savait aussi qu'il était allé trop loin pour envisager l'avenir sans elle.

V. Lennox,
La Saison d'une Américaine à Londres

Le lendemain

Faire venir l'attelage de mules de York avait pris plusieurs jours, mais celles-ci avaient fini par arriver. Les heures qui avaient suivi avaient été consacrées à l'extraction de la voiture accidentée du ravin. Après s'être entretenu avec l'homme qui avait dirigé les opérations, Christian ne put que constater l'étendue des dégâts. Le plafond était à demi défoncé, sans doute par une des branches de l'arbre qui était tombé – le lendemain de l'accident, une équipe de bûcherons était venue le couper afin de dégager la route. Toutes les fenêtres étaient brisées et l'une des portières manquait, ainsi qu'une roue. L'habitacle était en partie tordu. Violet s'était retrouvée dans ce chaos. Son corps tendre et délicat avait été secoué en tous sens. Le cœur de Christian se serra à cette pensée.

— Je ne me rendais pas compte que ç'avait été aussi terrible, murmura Violet en rejoignant Christian et en se pressant contre son flanc.

Bien qu'en nage pour avoir apporté son aide à l'équipe tout l'après-midi, il l'entoura de son bras, tellement heureux qu'elle en ait réchappé.

— Je ne me pardonnerai jamais d'avoir permis que cela vous arrive, dit-il avant de déposer un baiser sur son front, sans détacher les yeux de la voiture en miettes.

Posant la main sur sa joue, elle le força à baisser les yeux vers elle.

— Cessez de dire des sottises. Vous ne pouviez pas plus contrôler la pluie ou l'état de la route que vous ne pouvez me contrôler. En dépit de ce que vous pensez.

Son sourire si lumineux le réchauffa. Elle portait une robe de coton toute simple qu'elle avait empruntée à une jeune fille du village pour se rendre sur le lieu de l'accident. Blanche, rehaussée de dentelle autour de l'encolure et des poignets, elle la faisait paraître jeune et innocente.

Il pivota pour la prendre dans ses bras, appuya son front contre le sien et ferma les yeux sans se soucier des hommes qui allaient et venaient autour d'eux.

— Vous auriez pu...

Elle le surprit en se hissant sur la pointe des pieds pour déposer un baiser sur son menton.

— Mais ce n'est pas arrivé. Allons, il est temps de rentrer.

Elle s'empara de sa main et prit la direction de la maison des Mitchell, distante d'un peu plus d'un kilomètre.

Les hématomes sur le côté de son visage étaient passés du bleu au vert. Elle avait pris l'habitude de nouer un foulard autour de sa tête pour cacher les sutures sur sa tempe.

— J'ai l'impression de me faire enlever par un pirate, plaisanta Christian.

Les hommes présents commençaient à se disperser. Quelques-uns resteraient sur place pour récupérer ce qui pouvait l'être et un rapport serait transmis aux autorités locales. Christian avait donné le nom de Rochester, mais il lui semblait avoir perçu de la suspicion dans certains regards. Leur escapade ne tarderait sans doute pas à être découverte, surtout si on la recherchait aussi désespérément que Christian l'aurait lui-même recherchée si Violet avait été sous sa responsabilité.

Elle s'esclaffa.

— C'est le cas, dit-elle, mais vous opposez si peu de résistance que c'est trop facile.

Il rit à son tour, s'appuyant lourdement sur la canne qu'on lui avait prêtée.

— Il me semble que vous boitez davantage depuis l'accident, fit-elle remarquer. Vous êtes sûr de ne pas avoir été blessé ?

C'était surtout d'avoir dévalé la colline pour la secourir et la marche qui avait suivi qui avaient aggravé sa blessure, mais cela, il ne le lui avouerait jamais. Le Dr Mitchell pensait qu'il s'était rompu un ligament et lui avait bandé la cheville.

— J'ai dû un peu trop forcer sur ma jambe. Cela guérira tout seul.

— Vous auriez mieux fait de rester au lit pour vous reposer, ces derniers jours.

— Impossible.

— Pourquoi ? s'étonna-t-elle.

— Parce que la tentation m'y guettait, répliqua-t-il avec un grand sourire.

Elle rougit délicieusement. Il ne l'avait pas touchée depuis qu'il l'avait déflorée, deux nuits plus tôt. La veille, il s'était contenté de la tenir dans ses bras, à la fois reconnaissant et déplorant qu'ils n'aient plus d'étuis de caoutchouc – cela seul l'avait sauvé de la tentation. Il ne s'était toujours pas pardonné de n'avoir pas su résister à ses charmes. Elle était une femme et elle avait le droit d'avoir des besoins et des désirs. Elle avait clairement fait valoir ce point, mais il n'était qu'un homme et il ne serait plus du tout capable de se contenir s'il la goûtait de nouveau. D'un autre côté, devoir résister à la tentation serait son juste châtiment pour avoir outrepassé ses droits.

— Pourquoi en rester à la tentation ? s'enquit-elle à mi-voix. Vous savez que je suis à vous.

Il ne sut que répondre à cela. Il n'avait pas l'intention de profiter d'elle plus qu'il ne l'avait déjà fait, cependant, plus ils passaient de temps ensemble, plus il était tenté.

— Christian !

Levant la tête, il découvrit une silhouette familière un peu plus loin sur la route. Jacob sourit et lui fit signe sans cesser d'avancer vers eux.

— Jacob ?

— Votre frère ? demanda Violet.

— Oui, répondit-il avec un sourire joyeux. Je lui ai envoyé un message après l'accident.

Ils s'empressèrent de rejoindre Jacob qui avait tout du parfait gentleman, en redingote, chapeau et gants.

— J'ai apporté des cadeaux, annonça-t-il. Une voiture et des vêtements pour la demoiselle et toi.

La femme du docteur m'a dit que je vous trouverais ici, mais j'ignorais que tu étais devenu un travailleur, le taquina Jacob avant de l'étreindre brièvement.

Quand ils s'écartèrent l'un de l'autre, Jacob évalua du regard l'étendue de leurs blessures.

— Bien des choses ont changé depuis que nous nous sommes vus, dit Christian. Je ne m'attendais pas que tu viennes en personne.

— Je tenais à m'assurer par moi-même que vous étiez toujours en vie.

Jacob sourit et prit la main de Violet.

— Mademoiselle Crenshaw, je présume ? dit-il avant de la porter à ses lèvres.

— Monsieur Thorne, répondit-elle en lui rendant son sourire. Je suis ravie de faire votre connaissance. C'est merveilleux de rencontrer quelqu'un de la famille de Christian.

Jacob garda sa main et la glissa au creux de son bras tandis qu'il se joignait à eux pour regagner le village.

— Ainsi, Christian vous a parlé de moi ?

Il haussa les sourcils d'un air surpris et gratifia Christian d'un regard entendu.

— Juste les anecdotes les moins avouables, précisa Christian en leur emboîtant le pas.

— Ah, dans ce cas, permettez-moi de profiter de la soirée pour rectifier le portrait qu'il aura fait de moi, dit Jacob à Violet. C'est lui qui est infréquentable. Moi, je suis celui qui veille à limiter ses débordements.

— Oh, mon Dieu, aurais-je choisi le mauvais frère ? s'écria Violet, feignant d'être horrifiée.

Jacob jeta un coup d'œil à son frère. *Choisi.* Christian détourna les yeux, le regard de son frère réveillant la culpabilité qui le rongeait. Violet était parfaitement en droit de penser que ce qu'ils avaient fait ensemble n'était pas anodin. D'autant qu'il partageait ce sentiment. S'unir à elle l'avait privé d'une partie de son âme qu'elle ne pourrait jamais lui rendre. Il ne lui restait plus qu'à trouver le moyen de le lui faire savoir tout en renonçant à elle.

— Puisque vous êtes là, monsieur Thorne, vous allez peut-être pouvoir m'éclairer sur le mystère de Christian. Il m'a avoué qu'il s'était comporté de façon odieuse avec vous lors de votre première rencontre.

— Ce sera avec plaisir ! assura Jacob avant de rire à gorge déployée.

Ils regagnèrent le village en devisant, Jacob répondant aux questions de Violet avec humour. La soirée était douce, aussi Mme Mitchell dressa-t-elle la table sous les chênes qui bordaient leur propriété. Après que Christian eut fait une toilette rapide, ils partagèrent tous les cinq un agréable repas. En plus de la voiture et des vêtements, Jacob avait apporté du vin, qui coula à flots, transformant la soirée en une espèce de fête.

Quand il fut temps pour Jacob de se mettre en route pour la gare de York, Christian abandonna Violet aux bons soins des Mitchell et accompagna son frère en voiture.

— Cette fille est amoureuse de toi, déclara Jacob moins de cinq minutes après leur départ. J'espère que tu t'en rends compte.

La culpabilité de Christian, jamais très éloignée de ses pensées, ressurgit aussitôt.

— Elle a le béguin, oui, mais un béguin ce n'est pas de l'amour.

— Je sais ce que c'est qu'un béguin, mon cher frère, et ce n'est pas de cela qu'il s'agit. Elle pose sur toi un regard d'adoration…

— Un signe certain de béguin, l'interrompit Christian.

— Elle connaît tes défauts et te tient pourtant en haute estime.

— Elle est d'un naturel indulgent.

Jacob ricana.

— Elle s'inquiète de tes blessures.

— C'est quelqu'un de bienveillant, répliqua-t-il avec une pointe d'agacement liée à sa culpabilité et non pas à l'affirmation de son frère.

— Pourquoi refuses-tu de voir ce qui est sous ton nez ?

— Parce que ce n'est pas réel. L'amour n'est pas réel. Le béguin est réel, mais nous savons qu'il ne dure pas.

— Très bien. Dans ce cas, je devrais peut-être formuler la chose autrement. Tu es amoureux d'elle.

Christian secoua la tête et tourna le regard pour contempler le crépuscule naissant. Bonté divine, c'était vrai. Il ne pouvait pas mentir à son frère, mais il ne pouvait pas l'admettre non plus. Mettre des mots sur la douleur qui l'oppressait, ce serait s'ouvrir à davantage d'angoisse. Il savait qu'il n'avait jamais ressenti cela pour personne. Qu'il aurait été prêt à donner sa vie pour elle, le cas échéant. Il l'avait soupçonné au cours de leur voyage. Il en avait eu la certitude le soir où il avait cru qu'elle allait mourir. Le soir où il avait promis de renoncer à elle si elle restait en vie. Il l'avait manipulée et avait failli la tuer ; il ne voyait pas comment ils parviendraient à dépasser cela.

— Ce que je ressens n'a pas d'importance, déclara-t-il finalement. Son bonheur passe avant tout.

Jacob garda le silence un moment, puis répliqua :

— Qu'est-ce que cela signifie ?

— Cela signifie que je ne suis pas celui qu'il lui faut. Je lui ai menti, je l'ai manipulée. Elle mérite un homme d'honneur.

— Tu as donc renoncé à ton projet de mariage ?

— Oui. Nous partirons dans quelques jours et je la conduirai là où elle comptait se rendre. Après quoi, je cesserai de l'importuner.

— Et tu t'attends qu'elle soit d'accord ?

— Bien sûr. Nous échangerons quelques lettres, puis la durée entre chaque lettre augmentera, et elle finira par rencontrer quelqu'un qui occupera son temps et ses pensées.

— Tu la crois vraiment déloyale à ce point ? demanda Jacob qui semblait offensé pour elle.

— Je ne table pas sur sa déloyauté, mais sur le fait qu'il s'agit d'un béguin. Les choses suivront finalement leur cours.

Ce ne serait pas la première fois. Il avait beau faire, il était souvent arrivé qu'une femme avec laquelle il ait couché veuille davantage que ce qu'il était disposé à offrir. Au fil du temps, il était devenu expert dans l'art de se soustraire aux attentions de ce genre de femmes tout en leur laissant croire que c'étaient elles, et non lui, qui s'étaient lassées. Il n'oubliait pas non plus l'agaçante présence de lord Lucifer dans le manuscrit de Violet. Le modèle qui l'avait inspiré était sans doute insignifiant, mais il n'en existait pas moins. Quelqu'un serait là pour lui faire tourner la tête et occuper ses pensées. L'idée avait toutefois quelque chose d'irritant.

— Tu sais que tu l'aimes, Christian.

Il garda le silence et regarda la lune qui se levait au-dessus des arbres.

— Comment l'amour pourrait-il ne pas être réel si tu en éprouves pour elle ? demanda Jacob au bout d'un moment.

Une autre question à laquelle il était incapable de répondre.

— Je me suis sans doute mal exprimé. Je voulais dire qu'il est impossible que quelqu'un puisse m'aimer, lâcha-t-il.

Personne ne l'avait jamais fait. Pas vraiment.

— C'est comme cela que tu apaises ta culpabilité ?

La pique atteignit son objectif et Christian gratifia son frère d'un regard noir. Jacob lui retourna son regard, l'empêchant de détourner les yeux.

— Tu sais très bien que tu vas la faire souffrir. Tu espères qu'en te persuadant qu'il n'y a pas d'amour entre vous, tu arriveras à la quitter.

— Je m'efforce de faire ce qui est le mieux pour elle, ce qui est honorable, répliqua Christian sans desserrer les dents.

— Elle sera anéantie si tu l'abandonnes. En quoi est-ce honorable ? s'enquit Jacob d'un ton raisonnable.

Christian n'en savait plus rien. Son projet lui avait semblé sensé et honorable, jusqu'ici. Il l'aiderait à reprendre le cours de sa vie telle qu'elle l'avait envisagée, et il continuerait la sienne de son côté, un peu brisé par cette histoire. Cependant, Jacob avait raison. Ce serait mal se conduire si Violet devait être blessée. Au fond, il ne savait pas comment se comporter honorablement.

— Tu crois vraiment que c'est de l'amour qu'elle éprouve ? murmura-t-il.

— D'après ce que j'ai pu observer, oui. Mais tu peux toujours en parler avec elle. Elle m'a donné l'impression de savoir ce qu'elle veut.

Une vive émotion le submergea. Il n'aurait su la définir précisément, mais quoi qu'il en soit, elle le laissa tout à la fois enchanté et dévasté. Se pouvait-il qu'elle l'aime ? Pouvait-elle être vraiment heureuse avec lui, partager son existence à la limite du convenable et ne pas en venir à le lui reprocher par la suite ? Sa propre mère avait choisi de fuir plutôt que d'affronter un tel sort.

Il trouva la maison silencieuse à son retour. Il ôta ses bottes sitôt le seuil franchi, traversa la cuisine et gagna l'escalier. La lampe brûlait à peine et Violet dormait. Sa chevelure était répandue sur ses épaules et les points de suture à sa tempe tranchaient sur la pâleur de sa peau. Il la contempla tandis qu'il se déshabillait, puis se glissa dans le lit auprès d'elle. Cette femme remarquable pouvait choisir de devenir son épouse. Cette possibilité le plongea dans le même état d'émerveillement incrédule que la première fois qu'elle lui avait traversé l'esprit, quand il s'était retrouvé avec Violet dans sa voiture, à Londres.

Il l'entoura de son bras en veillant à ne pas lui faire mal. Elle n'avait pas le bras en écharpe pour dormir et sa main droite vint recouvrir la sienne qui reposait sur son ventre.

— Bienvenue à la maison, murmura-t-elle sans ouvrir les yeux.

À la maison. Il comprit soudain qu'il n'avait jamais eu de vrai foyer. Au club, il avait sa suite, qu'il utilisait pour se reposer durant sa journée de travail. La résidence de Belgravia était le temple froid des trésors de son père, qu'il avait sommairement démantelé. Amberley Park avait été une prison. Blythkirk avait été ce qui se rapprochait le plus d'un foyer, lui offrant un refuge quand il rentrait du pensionnat, mais il s'y était toujours senti très seul. Et même si on lui avait fait une place chez Thea, ce n'était pas chez lui.

Au fond, réalisa-t-il, il n'avait jamais eu à se soucier de rien, ni de personne dans sa vie. Et rien ni personne ne lui avait jamais appartenu. Avec son titre, il avait hérité de biens, de bâtiments, qu'il avait immédiatement vendus ou négligés. Il ne s'en était pas soucié suffisamment – de toute façon, il n'avait pas d'argent – pour faire plus que les maintenir en état. Tout cela ayant d'abord appartenu à son père, il le considérait comme souillé et pas vraiment à lui.

Violet était à lui, ou pouvait l'être. Il avait pris soin d'elle, l'avait veillée et réconfortée comme il ne l'avait jamais fait pour personne. Elle en était venue à se reposer sur lui et il avait aimé cela. Non, le mot était faible. Il avait adoré cela, adoré lire dans son regard qu'elle le voyait comme à même de combler tous ses besoins. Mais pourrait-elle lui appartenir comme une femme appartient à son époux ? Serait-ce un sort enviable pour elle ?

Il déposa un baiser sur son épaule, dans le creux de son cou, et sur ses lèvres. Elle lui sourit lorsqu'il s'écarta. Il était là, son foyer. C'était elle. Violet. Le réaliser lui coupa le souffle.

— Je suis contente d'avoir fait la connaissance de votre frère. Il est charmant.

— Pas trop charmant, j'espère, la taquina-t-il afin de masquer son émotion.

— Il vous est très attaché. Cela saute aux yeux.

— Je n'ai pas envie de parler de mon frère, dit-il en glissant son bras sous elle pour l'amener sur lui.

Il aimait sentir le poids de son corps. Il ne pouvait s'empêcher de la toucher, de faire courir ses mains le long de son dos, sur ses hanches, veillant toujours à ne pas lui faire mal.

— De quoi souhaitez-vous parler ? demanda-t-elle en s'étirant tel un chat sous ses caresses.

— D'une chose dont il m'a parlé en voiture. Je n'ai pas cessé d'y penser depuis.

— Que vous a-t-il dit ? s'enquit-elle avec curiosité.

Son cœur s'emballa au point qu'il l'entendit résonner dans sa tête. Jacob ne se trompait pas. Que l'affection de Violet soit ou non un simple béguin, elle se croyait amoureuse. Telle était la vérité qu'il avait cherché à fuir. L'épouser pour satisfaire ses propres besoins était une chose, en revanche, l'épouser en sachant que son cœur était dans la balance en était une tout autre. Qu'adviendrait-il une fois qu'elle serait lassée de lui ? Et qu'adviendrait-il si cela n'arrivait pas ? Si c'était bel et bien de l'amour qu'elle ressentait pour lui ? Son âme tremblait à cette seule idée. Il dut se faire violence pour murmurer :

— Qu'envisagez-vous pour l'avenir ? Pour nous ?

Son sourire réapparut et elle rougit.

— J'espérais que nous pourrions…

Elle détourna les yeux, hésitant apparemment autant que lui à exprimer ses désirs à voix haute.

— Je vous aime, Violet.

Ces mots lui étaient tellement étrangers que les entendre et les prononcer lui parut troublant, comme si quelqu'un d'autre avait parlé à sa place.

Les battements de son cœur aussi appartenaient à quelqu'un d'autre, et le souffle lui manqua. Il ne s'était jamais senti aussi vulnérable, sachant que la réaction de Violet pouvait l'anéantir.

Mais le regard de Violet croisa le sien, son sourire s'affermit et un bel éclat fit étinceler ses yeux.

— Je vous aime aussi, Christian. J'ai l'impression de vous aimer depuis toujours.

Ces mots furent comme un baume miraculeux sur son âme en lambeaux et la vie ressurgit soudain en lui. Jacob avait raison. Il la ferait davantage souffrir en renonçant à elle qu'en la gardant auprès de lui. Il encadra son visage de ses mains et s'empara de ses lèvres. Elle s'ouvrit à lui, prit le contrôle de ce baiser d'une façon qui le surprit autant qu'elle l'excita. Son sexe durcit davantage encore. Finalement, il s'écarta d'elle, incapable de continuer à l'embrasser sachant qu'il ne pourrait rien avoir de plus.

— Violet, gronda-t-il en lui tenant les hanches quand elle chercha spontanément à se frotter contre lui.

— Je vous veux en moi, l'implora-t-elle, le regard brûlant de désir.

Les hanches de Christian se soulevèrent et, sans lâcher celles de Violet, il se pressa contre elle, son sexe cherchant naturellement à se nicher au creux de ses cuisses, son corps agissant une fois de plus à l'encontre de son esprit. Ce serait si simple de baisser son caleçon et de retrousser sa chemise de nuit.

— Nous ne pouvons pas.

Il déposa un baiser sur son menton pour atténuer ses paroles, et, incapable de s'en tenir là, fit glisser ses lèvres jusqu'au lobe de son oreille.

— Nous n'avons pas d'étui, mais je peux quand même vous donner du plaisir, murmura-t-il, se jurant intérieurement de lui donner des nuits entières de plaisir.

Violet glissa la main entre eux et la referma sur son sexe.

— Dans ce cas, je suppose que vous serez obligé de m'épouser.

Il se figea. Un seul coup d'œil à son visage lui apprit qu'elle était sérieuse. Son regard était plein d'un espoir mêlé d'inquiétude, comme si elle redoutait d'être rejetée.

— C'est ce que vous voulez ? murmura-t-il, à peine capable d'y croire bien que son incrédulité fût absurde.

— Plus que tout au monde.

Il laissa fuser un son étouffé, mélange de joie et de soulagement, et la serra contre lui. Violet lui rendit son étreinte et il eut à cet instant précis la certitude qu'elle serait toujours à ses côtés, quoi que l'avenir leur réserve. Ses mains glissèrent le long de son dos et se refermèrent sur ses fesses qu'il pressa au point de lui tirer un gémissement. Attrapant le bas de sa chemise de nuit, il la lui ôta d'un mouvement fluide. Il aspira entre ses lèvres la pointe durcie d'un de ses seins ravissants et la suça avec vigueur. Étouffant un cri, Violet pressa sa tête contre sa poitrine.

Il glissa les doigts entre ses cuisses, puis entre les pétales de son sexe. Elle était moite et à fleur de peau, et lorsqu'il la titilla, elle se cabra en gémissant.

— Maintenant, Christian, je vous en supplie.

Il l'écarta légèrement le temps de déboutonner son caleçon. Déjà, elle enroulait les doigts autour de son sexe. Le plaisir explosa en lui, lui arrachant un gémissement. Il ne se rappelait pas avoir été aussi impatient, aussi fébrile.

— Guidez-moi, dit-il d'une voix si chargée de désir qu'il ne la reconnut pas.

L'empoignant aux hanches, il la souleva. Lorsqu'elle eut positionné sa virilité à l'entrée de son sexe, il la fit coulisser lentement sur lui. Les paupières closes, de doux halètements s'échappant de ses lèvres, elle le prit en elle jusqu'à la garde, le serrant comme un poing.

Le plaisir se déploya en lui. C'était Violet, la femme qu'il aimait. Et cela aiguisait la sensation d'être peau contre peau avec elle, sans rien pour les séparer. Une sensation si violente qu'elle en était presque insupportable. Il sut qu'il ne tiendrait pas longtemps. Alors qu'il mourait d'envie de la pilonner, il s'obligea à ne pas bouger, se contentant de caresser la petite perle au creux de ses cuisses.

— Montrez-moi comment vous satisfaire, l'implora-t-elle d'une voix rauque.

Elle ignorait qu'elle s'y employait déjà à merveille, sans même essayer.

— Vous faites cela très bien, murmura-t-il, la spontanéité de ses mouvements l'amenant déjà au bord de l'extase.

Il attendit cependant qu'elle le précède dans cette voie et serra les dents. Elle apprenait vite, Dieu merci. Lorsqu'elle commença à se contracter convulsivement autour de lui en haletant, ses hanches ondulant à un rythme de plus en plus rapide, il s'autorisa enfin à la rejoindre dans cette folle chevauchée, aussi ardente que passionnée.

Son corps et son esprit fusionnèrent enfin et il laissa échapper un cri, certain que Violet venait de s'emparer d'une nouvelle partie de son âme.

— Je vous aime.

Il la tint contre son cœur, s'efforçant de reprendre son souffle. Violet déposa un baiser au creux de son cou. Il avait beau être épuisé, il rechignait à se retirer. Il ne cessait d'embrasser son visage, son oreille, son front. Cette femme merveilleuse, si tendre et généreuse, était à lui.

— Quand pourrons-nous nous marier ? murmura-t-elle en s'écartant juste assez pour lui sourire. Je ne veux pas attendre un jour de plus.

Christian adorait son sourire.

— Dès que vous serez en état de faire le voyage jusqu'à Blythkirk. Nous pouvons y aller en train si vous êtes si pressée.

Elle hocha vigoureusement la tête.

— Nous pourrons nous marier dès notre arrivée.

Au lieu de paraître soulagée, elle se rembrunit.

— Et si mon père refuse de me doter ?

— Vous croyez que je me soucie de cela, à présent ?

Il prit son visage entre ses mains et l'embrassa.

— Vous me suffisez amplement, Violet.

Quel idiot d'avoir voulu davantage.

— Tant que vous serez dans mes bras, je n'aurai besoin de rien d'autre, assura-t-il.

C'étaient là des mots qu'il n'aurait jamais imaginé prononcer, alors que c'était l'évidence même.

20

La vérité vous libérera, mais une demi-vérité peut vous brûler vif.

V. LENNOX,
La Saison d'une Américaine à Londres

Ces deux dernières journées s'étaient déroulées dans un brouillard où la chair le disputait à la tendresse. Même les gros nuages blancs qui flottaient au-dessus d'eux rappelaient à Violet les heures passées avec Christian dans leur chambre. Certains lui rappelaient un sexe masculin, d'autres un sein. Ses pensées grivoises la firent rougir. Elle était étendue sur une couverture en compagnie de Christian, après un repas froid censé célébrer son anniversaire. Mme Mitchell préparait un gâteau, qu'ils dégusteraient le soir même, ultime dîner de fête avant leur départ pour l'Écosse le lendemain. À sa grande surprise, Christian lui avait offert un médaillon d'argent qu'il avait acheté au village le matin même. Il comptait lui offrir un « vrai » cadeau plus tard, mais qu'il n'avait pas voulu que son anniversaire passe inaperçu. Le médaillon lui plaisait beaucoup. Elle avait déposé à l'intérieur une petite fleur sauvage en souvenir de cette journée.

— Je parie que vous avez encore des pensées coquines, dit Christian en laissant son doigt glisser le long de son cou.

Elle portait une des robes que Jacob lui avait apportées. Il avait fallu modifier un peu le corsage, mais elle lui allait parfaitement à présent. Aujourd'hui, elle avait décidé de s'habiller convenablement, ne serait-ce que pour prouver à Christian qu'elle était suffisamment rétablie pour voyager. Il semblait enclin à attendre encore un peu avant de partir, et bien qu'elle ait eu envie de rester dans ce village où ils étaient simplement Christian et Violet, elle savait que ce n'était pas possible. Tôt ou tard, on finirait par les débusquer. Elle n'aurait pas été surprise d'apprendre que Max et Augusta étaient revenus de New York, une éventualité qui lui avait causé des inquiétudes ces derniers jours. Elle aurait déjà dû les prévenir qu'elle allait bien.

— Je vous en tiendrais bien pour responsable, mais si vous lisiez ce que j'ai écrit sur lord Lucifer, vous sauriez que je mens, dit-elle en s'asseyant.

— J'avais justement l'intention de vous parler de votre fascination pour ce personnage, rétorqua-t-il avec un grand sourire.

— Seriez-vous jaloux ?

— Oui, je voudrais que vos pensées licencieuses me soient exclusivement réservées.

Elle s'esclaffa.

— Je n'ai même pas le droit d'admirer un autre homme ? C'est cela le mariage pour vous ?

Christian joua avec une mèche échappée de sa coiffure qui voletait sur son épaule. Elle s'était contentée d'attacher sa chevelure avec un simple ruban.

— Vous pouvez admirer qui bon vous semble, dit-il d'un ton un peu bourru. Mais je préférerais avoir l'exclusivité de votre désir.

Ayant pitié de lui, elle répliqua :

— Dans ce cas, vous serez heureux d'apprendre que lord Lucifer n'est autre que vous. C'est vous et votre physique ensorcelant qui m'avez inspirée.

Christian parut soudain si heureux qu'elle éclata de rire et se laissa tomber sur lui.

— Vous êtes bien moins redoutable que les gens ne le croient, vous savez, dit-elle avant de l'embrasser.

— Chut… ne le répétez à personne.

Il lui pinça le derrière et l'aurait sans doute renversée sur le dos si elle ne s'était libérée.

Elle avait d'autres choses en tête. Pour venir jusqu'ici, ils avaient longé un ruisseau qui serpentait à travers les collines, au-delà de la propriété des Mitchell. S'ils étaient hors de vue de la maison, ils n'en étaient qu'à quelques minutes à pied. Le pantalon de Christian s'était légèrement relevé, révélant sa cheville. Violet s'agenouilla pour l'examiner.

— Elle a désenflé, dit-il.

— J'ai remarqué que vous boitiez moins depuis que nous passons plus de temps allongés.

Son regard malicieux la fit rougir tandis que le désir courait de nouveau dans ses veines. Ils s'étaient pourtant aimés le matin même. Ne cesserait-elle donc jamais d'avoir envie de lui ? Elle espérait que non.

Doucement, elle suivit du bout du doigt la cicatrice dentelée qui débutait sur le dessus du pied et s'enfonçait sous son pantalon. De minuscules points blancs l'entouraient, sans doute laissés par les points de suture. Le cœur de Violet se serra à la pensée de la douleur qu'il avait dû ressentir.

— Vous voulez bien me dire comment c'est arrivé ?

Il fut tenté de refuser, devina Violet en voyant un muscle se tendre au niveau de sa mâchoire et son visage se fermer.

— Ce n'est pas une belle histoire.

— Je n'ai pas besoin de belles histoires, répondit-elle en couvrant la cicatrice de sa main.

Il contempla celle-ci un instant, puis se lança :

— Mon père était un familier du champ de courses de Newmarket. Il possédait un élevage de chevaux de course destinés à la vente. Un de ses meilleurs étalons s'appelait Bucéphale. Il devait son nom à sa robe noire et à l'étoile blanche qui ornait son front, mais aussi au fait qu'il était presque impossible à dompter, comme le cheval légendaire d'Alexandre le Grand. Je nourrissais encore l'illusion de pouvoir gagner l'affection de mon père, à l'époque, et quand il m'a mis au défi de le monter, j'ai accepté. Et j'ai échoué.

Imaginant cette scène, proprement écœurante, Violet en eut la nausée.

— Quelle proposition épouvantable. Mon Dieu, quel âge aviez-vous ?

— Dix ans. Bucéphale m'a éjecté de la selle et piétiné contre la clôture. Mon père a ordonné au palefrenier de bander ma cheville et il est rentré à la maison. Une semaine plus tard, c'était infecté et on a fait venir le médecin. Mon père a prétendu que c'était arrivé parce que j'étais une mauviette et je l'ai cru pendant un bon bout de temps.

— Je suis désolée que vous ayez eu un père aussi affreux. Vous ne méritiez pas cela.

Violet aurait voulu serrer dans ses bras l'enfant qu'il avait été, le protéger de ce monstre. Elle s'inclina pour déposer un baiser sur sa cicatrice et essuyer discrètement les larmes qui perlaient. Il n'aurait pas aimé qu'elle ait pitié, il n'empêche que son cœur saignait pour lui.

— Violet.

Il se redressa et l'attira dans ses bras.

— C'est sans importance. Je l'ai cru pendant un temps, mais aujourd'hui, je sais qu'il avait tort. C'est du passé.

— Vous avez raison. Nous pouvons nous concentrer sur notre propre famille, désormais.

Il la couva d'un regard ébloui, comme s'il n'avait encore jamais osé penser à cet avenir-là. Il n'eut pas le moindre mouvement de recul, comme elle l'avait vaguement craint. Son regard se fit tendre et il l'embrassa. Violet grimpa sur ses genoux. Elle retint son souffle en sentant le désir se lover au creux de son ventre. Et quand la bouche de Christian lui effleura le cou, elle frissonna délicieusement.

— Violet !

Tous deux levèrent les yeux. Un homme se tenait au sommet de la colline, le regard tourné vers eux. La main en visière, elle plissa les yeux.

— Max, murmura-t-elle, incrédule.

Elle quitta les genoux de Christian, se releva et agita la main en s'élançant vers la colline.

— Max !

Christian se releva, plus lentement et avec beaucoup moins d'enthousiasme. Les longues enjambées de Max lui donnèrent l'avantage et il rejoignit Violet près du pied de la colline. Il l'attira dans ses bras et l'étreignit.

— Aïe !

Elle se tortilla jusqu'à ce qu'il desserre son étreinte, mais rien n'aurait pu effacer son sourire tant elle était heureuse de revoir son frère.

— Qu'est-ce que tu fais là ?

Elle n'arrivait toujours pas à croire qu'elle ne rêvait pas.

— Est-ce que tu vas bien ? s'enquit-il.

Il plissa le front en découvrant les points de suture et les hématomes sur son visage.

— Oui, je vais beaucoup mieux. Nous avons eu un accident ; juste des égratignures, comme tu peux le constater.

— Je suis au courant pour l'accident.

Son regard, à la fois furieux et accusateur, alla se poser sur Christian.

Violet réalisa alors comment Max devait percevoir la situation. Il pensait sûrement qu'elle s'était enfuie avec Christian. Ce qui, de fait, n'était guère éloigné de la réalité. Elle faillit en rire, mais Max était très sérieux et semblait même de plus en plus en colère.

— Tu as fait la connaissance des Mitchell ? Ils sont charmants, n'est-ce pas ? Ils se sont merveilleusement occupés de nous.

Voyant qu'il ne détachait toujours pas les yeux de Christian, Violet s'interposa entre eux afin d'obliger son frère à reporter son attention sur elle.

— Comment nous as-tu retrouvés ?

Son stratagème fonctionna, sauf qu'elle prit sa colère de plein fouet. Elle en resta interdite.

— Nous n'avions aucune idée de l'endroit où vous étiez, Violet. C'est lady Helena qui a remarqué que Leigh avait disparu en même temps que toi.

À cet instant, Violet comprit que ce n'était pas sa colère qu'il déversait sur elle, mais une frayeur rétrospective.

— Nous nous sommes rendus dans son domaine, en Écosse. Comme vous n'y étiez pas, nous avons rebroussé chemin pour explorer le nord de l'Angleterre. Dieu merci, nous sommes tombés sur un journal qui racontait qu'un homme, soupçonné d'être le comte de Leigh, avait eu un accident de carrosse et qu'il se trouvait en compagnie d'une mystérieuse Américaine. Ce qui nous a amenés directement ici.

Seigneur. On parlait déjà d'eux dans les journaux. Cela ne présageait rien de bon.

— Je sais, j'aurais dû donner signe de vie. Je n'ai pas pu parce que je...

— Parce que tu étais blessée. Par sa faute.

Il fusilla Christian du regard, la contourna et se dirigea vers lui. Il n'était bien sûr pas question qu'elle le laisse s'en prendre à lui. Elle lui emboîta le pas.

— Vous l'avez enlevée et vous avez laissé tout ceci arriver ! hurla-t-il à l'adresse de Christian.

— Ce n'était pas sa faute, Max, s'écria Violet en posant la main sur le torse de son frère. Je t'en prie, calme-toi, que nous discutions de tout cela.

— Pas sa faute ? Violet, il a failli te tuer !

— C'était un accident et je vais très bien. Christian m'a sauvé la vie.

Elle jeta un coup d'œil par-dessus son épaule. Christian gardait le silence, les poings serrés. Il était tellement immobile qu'elle sentit que quelque chose n'allait pas. Elle savait qu'il se sentait toujours coupable et les accusations de Max devaient lui être une souffrance.

— Il m'escortait à Windermere. Il avait plu depuis plusieurs jours et un arbre s'est abattu sur la voiture. C'était un accident.

— Windermere ?

— Oui, j'avais l'intention de séjourner là-bas dans une pension pour dames, le temps de décider quoi faire au sujet des parents et de lord Ware. Christian m'a vue alors que je partais et m'a gentiment offert de m'escorter.

— Il t'a vue ? Tu n'avais donc pas l'intention de t'enfuir avec lui ?

— Non.

Elle sourit, espérant le calmer, espérant que s'il comprenait qu'il n'y avait pas eu la moindre manigance, il se détendrait.

— Il m'a vue devant le British Museum, et s'est arrêté pour me proposer son aide.

Max se passa la main dans les cheveux et secoua la tête comme s'il venait soudain de comprendre quelque chose.

— Tu t'es mépris sur la raison qui l'a incité à t'offrir son aide, cracha-t-il. Il voulait te contraindre à l'épouser, ajouta-t-il en dardant un regard mauvais sur Christian. Il n'a jamais eu l'intention de te conduire à Windermere.

— Je sais tout cela. Il m'a avoué que son intention première était de m'escorter dans l'espoir de me convaincre de l'épouser.

— Il t'a convaincue ?

— Avant l'accident ? Non. Mais ces derniers jours, j'ai décidé de l'épouser.

Violet n'avait pas eu l'intention d'annoncer l'heureuse nouvelle de cette façon-là, mais elle n'avait pas le choix.

Max la dévisagea, incrédule.

— Ah, vraiment ? Dans ce cas, pourquoi êtes-vous déjà sur la route de l'Écosse ? Windermere se trouve au nord-ouest d'ici.

Violet fronça les sourcils, pas tout à fait certaine de comprendre ce qu'il voulait dire. Un coup d'œil à Christian confirma sa culpabilité. Il se décida enfin à prendre la parole.

— Nous avons dépassé l'embranchement pour Windermere le matin de l'accident. J'avais l'intention de vous faire ma demande ce soir-là.

Sa voix avait l'accent solennel et résigné de celui qui se sait condamné. Violet ne trouva pas du tout cela rassurant.

— Simple malentendu, assura-t-elle à son frère. J'aurais accepté, ce soir-là.

C'était vrai, mais découvrir qu'il l'avait devancée et qu'il avait agi sans son consentement la mit mal à l'aise. Elle en parlerait avec lui en privé, quand Max ne serait plus en train de déverser sa colère sur eux.

— Selon toi, c'est un heureux hasard s'il t'a justement croisée à Londres le jour de ton départ ? demanda Max d'un ton si lourd de sous-entendus que Violet recula de quelques pas.

Christian se tenait derrière elle, pourtant il ne tenta même pas de la toucher, ce qui était déconcertant.

— C'était une coïncidence, dit-elle en sachant déjà qu'on l'entraînait dans une direction où elle n'avait pas envie d'aller.

— Une coïncidence, répéta Max, serrant et desserrant les poings. Et c'est sans doute aussi une coïncidence que ta femme de chambre ait disparu le même jour que toi ?

— Ellen ? Mais de quoi parles-tu ? Qu'a-t-elle à voir dans cette histoire ?

— Lady Helena n'a pas réussi à la retrouver, en revanche, elle a découvert que la dernière fois que cette fille a été vue, elle se rendait au Montague Club, le jour même de ta fuite. Peut-être pourrez-vous nous apporter des éclaircissements sur sa disparition ? ajouta-t-il à l'intention de Christian.

— Elle a été envoyée à Amberley Park, où je lui ai garanti un emploi, répondit celui-ci sans hésiter.

Violet fit volte-face, stupéfaite qu'il connaisse sa camériste.

— Je ne comprends pas, dit-elle.

Le regard de Christian reflétait autant de souffrance que de résignation quand il croisa le sien.

— Je l'avais engagée pour qu'elle me transmette des renseignements sur votre compte. J'avais également posté des hommes devant chez vous pour qu'ils m'informent du moment de votre départ, ajouta-t-il après avoir pris une inspiration.

— Vous saviez que je m'enfuirais depuis le British Museum ?

— Non, mais je le suspectais. Je savais que vous aviez laissé un sac de voyage chez lady Helena et je savais que vous aviez l'intention de vous enfuir.

Le goût amer de la trahison remonta dans la gorge de Violet.

— Ainsi, vous aviez tout prévu ? Tout le voyage ?

Il hocha la tête. Pourquoi ne la prenait-il pas dans ses bras ? Pourquoi ne lui disait-il pas qu'il l'aimait et que tout irait bien ? Son corps entier réclamait qu'il la touche.

— Leigh était vexé que notre père ait rejeté sa demande. Il a décidé de te conquérir autrement, expliqua Max.

— Non. Il n'a jamais demandé ma main à papa.

Christian le lui aurait dit quand il lui avait avoué son projet de la convaincre de l'épouser.

— Dites-lui que je me trompe, Leigh.

Max s'était exprimé d'un ton si assuré qu'elle sentit un frisson courir le long de son dos.

Christian garda le silence et Violet sentit son ventre se nouer. Elle avait l'impression que son corps était à la fois douloureux et engourdi.

— Christian ? murmura-t-elle.

— J'étais allé trouver votre père le jour où nous avons échangé quelques mots devant le salon de musique. Il m'avait éconduit en faveur de Ware.

— Ainsi, vous saviez donc que mon père avait accepté Ware quand nous avons parlé au bal, parvint-elle à dire malgré la boule qui s'était logée dans sa gorge. Vous le saviez et vous complotiez déjà ? Vous complotiez pour remporter ma main. Non, ce n'était pas moi qui vous intéressais, c'était ma dot. Mais pourquoi ?

Il n'était pas ruiné, contrairement à Rothschild. La réponse s'imposa à elle avant même qu'il la formule. Il l'avait réduite à la somme susceptible d'accroître son patrimoine. Tout comme Ware.

— Blythkirk. J'avais besoin d'argent pour restaurer Blythkirk, mais Violet, c'est vous que je voulais.

Alors qu'il avançait d'un pas, Max vint se planter près d'elle.

— Vous pensez vraiment que notre père permettrait qu'un intrigant de votre espèce mette la main sur sa dot ? Qu'auriez-vous fait, une fois qu'il aurait coupé les vivres à Violet ?

Violet connaissait déjà la réponse.

— La maison de Manhattan ? avança-t-elle d'une voix tremblante, incapable de détacher les yeux du visage de Christian. Les portefeuilles d'actions ?

Max tourna vivement la tête vers elle.

— Il était au courant de cela ?

Elle hocha la tête et se sentit stupide.

— Je lui ai tout dit. Il m'a appâtée et j'ai foncé droit dans le piège.

Une partie d'elle-même se refusait à le croire, mais la vérité était inscrite sur le visage de Christian.

— Tout vous serait revenu une fois que vous auriez été mariés, dit Max à Christian. Vous aviez l'intention de tout vendre, n'est-ce pas ? Espèce d'ordure, vous comptiez dépouiller Violet de tous ses biens pour votre seul bénéfice !

— C'était mon projet, en effet.

— J'aime cette maison.

Tante Hortense la lui avait léguée parce qu'elles y avaient partagé tant de bons moments. Ensemble, elles avaient construit la serre à l'arrière de la maison, planté la roseraie et passé des heures à ranger les livres dans la bibliothèque.

— Comment avez-vous pu ? dit-elle d'une voix chevrotante, s'efforçant de retenir ses larmes.

— Je ne savais pas, Violet, dit Christian. J'étais sincère quand j'ai dit que vous étiez tout ce dont j'avais besoin. Je ne l'aurais pas vendue, pas maintenant, pas sans votre consentement.

— C'est facile à dire, mais comment pourrais-je vous croire, à présent ? Vous m'avez menti. Vous vous êtes servi de moi comme d'un moyen pour parvenir à vos fins.

Avant que l'un d'eux ait pu réagir, Max le frappa. Elle poussa un cri perçant quand son poing atteignit la joue de Christian, le faisant presque tomber à la renverse.

— Non !

Christian chancela sous l'impact et se ramassa sur lui-même comme pour parer un autre coup.

— Vous m'avez frappé une fois, Crenshaw. Je vous déconseille de recommencer.

Max amorça un mouvement, mais Violet avait d'autant moins l'intention de les laisser se battre qu'elle avait encore besoin de réponses. Elle se plaça entre eux, face à Christian.

— Quand aviez-vous l'intention de me dire toute la vérité ?

— Je vous ai dit la vérité.

— Pas entièrement. Vous m'avez dissimulé vos manigances. Vous ne m'avez pas dit jusqu'où vous étiez prêt à aller pour obtenir ce que vous vouliez.

— Il ne t'a séduite que pour cela. Il ne mérite rien de toi, déclara Max.

Cette vérité atteignit Violet en plein cœur. Christian l'avait séduite. Il lui avait fait des beaux discours pour qu'elle tombe amoureuse de lui. Et si rien de tout cela n'était réel ? Avait-il énoncé une seule vérité alors qu'il dissimulait tant de choses ? Et s'il se dissimulait entièrement, cela signifierait qu'elle... qu'elle était tombée amoureuse d'une apparence.

— Je ne sais même plus qui vous êtes.

— Violet.

La douleur dans sa voix faillit lui briser le cœur. Il fit un pas vers elle et elle leva la main pour l'arrêter.

— Non, je ne veux plus vous parler. Je m'en vais.

Elle pivota, le corps soudain glacé, puis s'immobilisa alors qu'une chose qu'il lui avait dite lui traversait l'esprit.

— Vous vous souvenez du jour où vous êtes venu chez moi avec Rothschild, le jour du départ d'Augusta ?

Il hocha la tête.

— Ce jour-là, alors que vous tentiez de me convaincre qu'il ne lui avait pas été infidèle, je vous ai demandé pourquoi je devrais vous croire. Et vous m'avez répondu que je ferais mieux de ne jamais vous croire. Vous m'aviez prévenue, mais j'étais trop entichée de vous pour suivre votre conseil, conclut-elle après avoir pris une inspiration tremblante.

Elle se sentait soudain aussi accablée que si elle venait de vivre un siècle d'un seul coup. La découverte de sa trahison l'avait laminée.

— Ramène-moi à la maison, Max. S'il te plaît.

Son frère aurait voulu rester. Elle sentit son corps vibrer de colère, mais il se contenta de passer le bras autour de ses épaules.

— Ce n'est pas terminé, Leigh. Nous réglerons cela à Londres. Ne m'obligez pas à aller vous débusquer jusqu'en Écosse.

Christian ne les suivit pas et Violet ne sut pas ce qu'elle devait en conclure. Elle aurait voulu qu'il lui dise qu'elle se trompait, qu'il la supplie ; elle savait cependant qu'elle ne l'aurait pas cru. Plus maintenant. Pas alors que son cœur était en lambeaux. Comment pourrait-elle accorder sa confiance à qui que ce soit, désormais ? Des souvenirs de leurs soirées dans les auberges défilèrent dans sa tête tandis qu'elle gravissait la colline. Il avait veillé à rester distant avec elle, ne se révélant qu'avec parcimonie, comme s'il confiait à ses soins, une à une, de minuscules et précieuses pépites. Elle avait vu là un signe de son affection croissante, alors que tout avait été soigneusement préparé, calculé pour qu'elle morde à l'hameçon. Avec ces souvenirs lui revinrent les commérages qu'elle avait entendus sur son compte. Dépravé, coureur de jupons, canaille… N'était-ce pas exactement ainsi que ce genre d'homme gagnait les faveurs d'une femme ? Qu'est-ce qui avait pu lui faire croire qu'elle était différente de ses autres conquêtes ?

Lady Helena l'attendait sur le perron des Mitchell. Violet avait presque oublié qu'elle était là. L'inquiétude plissait le front de son amie qui s'empressa de descendre les marches pour venir à sa rencontre.

— Oh, Violet ! murmura-t-elle en la prenant dans ses bras.

Violet sentit les larmes lui monter aux yeux, mais se refusa à les laisser couler tandis qu'elle étreignait lady Helena. Bien que persuadée qu'elle préférerait supporter ce chagrin seule, elle fut reconnaissante du réconfort que celle-ci lui offrait.

— Rassemblons vos affaires, proposa-t-elle. Nous pouvons prendre un train pour Londres cet après-midi même.

Violet hocha la tête, la gorge trop serrée pour parler. Dans la maison, elle trouva Mme Mitchell très inquiète et caquetant comme une mère poule tandis qu'elle passait d'une pièce à l'autre pour l'aider à rassembler ses maigres effets. Dieu merci, la brave femme ne lui posa pas de questions.

— Je vous remercie pour tout, madame Mitchell, dit Violet sur le perron. Vous voudrez bien transmettre ma gratitude au Dr Mitchell. Je suis navrée de ne pas pouvoir lui faire mes adieux.

Il était parti de bonne heure ce matin-là pour aider à un accouchement et n'était pas encore rentré.

— Je n'y manquerai pas. Écrivez-nous pour donner de vos nouvelles, ma jolie.

Violet le lui promit et grimpa dans la voiture qui attendait. Elle ignorait ce qu'on avait dit à Mme Mitchell et n'osa pas le demander. Le poids de son humiliation et de sa dévastation était tout ce qu'elle pouvait supporter pour le moment. Le silence à l'intérieur de la voiture lui parut assourdissant. Les petites maisons, les devantures des échoppes et les gens qui vaquaient à leurs occupations défilaient devant la fenêtre tandis qu'ils traversaient le charmant village où elle s'était temporairement crue chez elle. Elle sentait le regard de Max peser sur elle. Il était déçu – et à raison.

— Je suis désolée de vous avoir causé autant de tracas, à tous les deux.

Lady Helena lui prit la main et la pressa doucement.

— Nous sommes simplement heureux de vous ramener saine et sauve.

— Violet, commença Max, je ferai payer à ce salaud ce qu'il t'a…

— Monsieur Crenshaw.

La voix de lady Helena avait claqué tel un coup de fouet.

— Nous pourrions peut-être attendre d'être à Londres pour aborder ces questions.

Violet n'avait pas eu l'occasion de remarquer la tension entre eux, pourtant, elle était évidente. Les yeux de Max prirent une teinte orageuse qu'elle leur avait rarement vue, et jamais à cause d'une personne aussi bonne et douce que lady Helena. En réponse, les yeux de lady Helena lancèrent des éclairs. Max fut le premier à détourner les yeux. Il s'était clairement passé quelque chose entre ces deux-là.

Lady Helena parut se ressaisir et adressa à Violet un sourire rassurant.

— Vous devriez dormir chez vous ce soir, je pense.

Violet sentit son ventre se nouer d'effroi.

— Je préférerais ne pas rentrer à la maison. Je ne suis pas prête à affronter mes parents.

Elle ne savait pas si elle parviendrait jamais à leur pardonner complètement pour lord Ware.

Max fronça les sourcils.

— Nous pouvons aller à l'hôtel, suggéra-t-il.

— Ou elle pourrait venir chez moi, répliqua lady Helena. Je serais heureuse de vous héberger aussi longtemps que vous le souhaiterez, Violet. Le choix vous revient.

— Je viendrai volontiers chez vous, répondit Violet en lui étreignant la main avec gratitude. Je vous remercie.

— Merci, murmura Max, son regard s'attardant sur la jeune femme.

Violet tourna de nouveau les yeux vers la fenêtre et ne les en détacha plus. Elle avait commis une erreur stupide en suivant son cœur. Une erreur qu'elle risquait de payer jusqu'à la fin de ses jours. Pourtant, malgré sa colère, elle persistait à se demander si tout cela n'avait pas été bel et bien réel, finalement. Comment était-elle censée le savoir ?

21

Certains estimeraient que son mariage avec la douce Mlle Hamilton, alors que son méfait avait été découvert, prouvait la force de ses penchants démoniaques ; d'autres savaient cependant qu'il s'agissait là de sa dernière tentative de salut.

V. LENNOX,
La Saison d'une Américaine à Londres

Il n'était pas question qu'ils ne se marient pas. Violet avait senti au plus profond d'elle-même que les choses se passeraient ainsi. Durant une bonne partie du voyage en train, elle avait eu beau prétendre qu'elle allait bien, qu'elle pouvait vivre en ermite et passer le restant de ses jours dans une pension de famille à écrire des romans, elle savait qu'elle se mentait à elle-même. Elle ne voulait pas vivre en paria. Le discret parfum de scandale qui l'aurait entourée il y avait encore peu de temps, quand elle s'était enfuie pour Windermere, aurait à peine fait quelques vagues à New York. Rien que la fortune des Crenshaw n'aurait pu dissiper, en tout cas.

Seigneur. On en revenait donc toujours à cela. Elle était en permanence réduite à la taille du compte en banque de son père. Maudit Christian. Sans le vouloir, il lui avait offert un aperçu de ce que c'était de ne pas être évaluée à cette aune-là. Mais cela n'avait été qu'un mensonge.

Le scandale qui la menaçait aujourd'hui était cependant autrement plus sérieux. Pendant que ses parents inventaient cette ridicule histoire de convalescence à Bath, qui avait calmé un temps les commères, l'absence de Christian avait été remarquée. L'arrivée de Max à Londres suivie de sa disparition n'avait fait qu'attiser les flammes. Puis la nouvelle de l'accident de voiture s'était répandue comme une traînée de poudre. Ce scandale ne disparaîtrait pas sans laisser de traces. Elle allait devoir l'affronter. Il n'y avait aucune fuite possible.

Max ouvrit le portail qui séparait les écuries du jardin de la demeure de lady Helena. Il passait par l'arrière de la maison car elle avait décidé de prétendre qu'elle n'était pas chez elle pour le moment. Les spéculations allaient bon train quant à l'endroit où se cachait Violet – Huxley apportait le journal chaque matin – et l'idée de laisser tout le monde se perdre en conjectures jusqu'à l'inévitable mariage ne déplaisait pas à la dame.

— Max est là, annonça Violet.

Lady Helena était assise à son bureau dans un coin de la pièce, aussi Violet se chargea-t-elle d'aller ouvrir à son frère. Il était venu directement, à l'issue d'une réunion avec leur père et Christian au Montague Club. Leur première rencontre après un échange de lettres houleux. Violet avait noté que Christian n'avait pas une seule fois tenté de lui écrire ni d'entrer en contact avec elle de quelque façon que ce soit.

— Bonjour, dit-il en l'entourant du bras pour déposer un baiser sur son crâne, comme il le faisait depuis qu'elle était petite. Comment te sens-tu ?

Elle se força à sourire.

— Mieux, assura-t-elle.

Cela faisait quelques jours qu'elle avait quitté Christian et elle oscillait encore entre l'amour et la haine. Tout ne pouvait n'avoir été qu'un mensonge. Tous ces moments où il l'avait contemplée avec tant de joie – on ne pouvait pas feindre cela. Et ces fois où il l'avait touchée si intimement ; une caresse pouvait-elle être aussi tendre sans que son auteur ressente quoi que ce soit ? Mais le comte de Leigh était un libertin aguerri, un expert de la séduction, se rappelait-elle ensuite, et c'était justement cela qui lui avait valu ces ennuis.

— Bonjour, monsieur Crenshaw.

Max dévisagea lady Helena, puis son regard glissa le long de son corps tandis qu'elle se levait pour le saluer. Violet réprima un sourire. Max, qui était l'un des héritiers les plus recherchés de New York, gardait en général ses distances avec les femmes en société. Même les amies de Violet avaient tendance à en faire un peu trop quand elles le croisaient. Elle ne put s'empêcher de déplorer qu'il doive bientôt rentrer en Amérique ; il n'aurait pas l'occasion de faire plus ample connaissance avec Helena.

— Lady Helena.

Il inclina la tête, mais plutôt que de s'asseoir, il s'approcha de la cheminée.

Tandis qu'elle se laissait choir sur le canapé, Violet remarqua qu'il avait les mâchoires crispées et que ses épaules étaient raides.

— Je vais vous laisser discuter, déclara lady Helena.

— Non, restez, s'il vous plaît.

Sa présence apaisante était un réconfort pour Violet.

— Alors ? Que s'est-il dit à la réunion ? continua-t-elle une fois que son amie se fut assise près d'elle.

Le regard de son frère s'assombrit et il détourna la tête.

— Je préfère que tu n'aies pas à te soucier de ces négociations mesquines, Violet. Papa et moi nous en chargeons pour toi. Il te suffira de voir le contrat finalisé avant de le signer.

— Non. Cela me concerne et je dois savoir ce qu'il en est. Je ne suis plus une enfant, même si je me suis sans doute comportée impulsivement. Je tiens à affronter les choses les yeux grands ouverts désormais.

Un muscle tressauta sur la joue de Max.

— Leigh a refusé de t'épouser à moins que papa n'augmente le montant de ta dot.

« Vous me suffisez amplement, Violet. Tant que vous serez dans mes bras, je n'aurai besoin de rien d'autre. »

Mensonges. La minuscule flamme d'espoir qui résistait vaillamment au plus profond de son cœur s'éteignit abruptement. Et la douleur qui la traversa se révéla plus violente que toutes celles qu'elle avait expérimentées jusqu'ici. Elle l'aurait anéantie si elle n'avait pas été déterminée à prouver – à elle-même comme au reste du monde – qu'elle était une adulte parfaitement responsable de ses décisions. Ses paupières la brûlèrent et elle dut déglutir à plusieurs reprises avant de pouvoir parler.

— Quelle était l'offre initiale de papa ?

Son frère ne répondit pas.

— Max, je t'en prie.

— Cinquante mille dollars, avoua-t-il en lissant sa courte barbe.

Augusta et Rothschild avaient reçu un million de dollars ainsi qu'une rente. Violet savait qu'en annonçant une somme aussi basse, son père était censé faire connaître son mécontentement à Christian, mais elle ne put s'empêcher de se dire qu'il reflétait aussi sa propre valeur à ses yeux.

— Papa est monté jusqu'à cent mille, poursuivit Max. Mais Leigh a déclaré qu'il ne signerait pas à moins de cinq cent mille. Les choses en sont restées là.

Violet se leva et s'approcha de la fenêtre, les bras enroulés autour de son buste comme pour retenir la douleur.

— Quelle somme papa était-il prêt à débourser en cas d'accord avec lord Ware ?

Son frère garda le silence une fois de plus.

— Autant qu'à Augusta, dit-il finalement. Souviens-toi qu'il y avait des droits miniers dans cet échange.

Bien sûr. Droits miniers. Vanité masculine. Rien de tout cela ne la concernait vraiment. Elle n'était que le corps qui allait avec l'argent. La nausée lui souleva l'estomac.

— Qu'arrivera-t-il si Leigh tient parole ? S'il refuse de m'épouser ?

— Papa a déjà chargé un avocat de rassembler les charges qui pourraient le conduire devant les tribunaux. Enlèvement, mise en danger, rupture de promesse, pour n'en citer que quelques-unes.

Violet imagina le cirque que cela causerait et ferma les yeux. Elle ne pourrait plus jamais paraître en public. Comment avait-elle pu agir aussi sottement ? Elle n'avait fui lord Ware que pour tomber dans un piège identique, quoique de façon infiniment plus douloureuse. C'était tellement humiliant.

— Ne t'inquiète pas, Violet, dit Max, qui la rejoignit et posa les mains sur ses épaules pour les masser doucement. Les choses n'iront pas jusque-là. Je ne le permettrai pas, je te le promets.

— Comment l'empêcheras-tu ? demanda-t-elle en se retournant.

Il semblait déterminé et sûr de lui.

— Papa est en colère, à raison, mais c'est avant tout un industriel avisé. Faire traîner cette affaire ne servirait qu'à nous nuire et les Aciéries Crenshaw en pâtiraient.

« Les Aciéries Crenshaw en pâtiraient. » La souffrance de Violet passait au second plan quand des contrats risquaient d'être bloqués par le Parlement si son père s'en prenait à un membre de l'aristocratie anglaise. Violet eut envie comme jamais d'une autre vie. Une vie où elle pourrait être qui elle voulait. Elle repensa au cottage des Mitchell, puis s'en détourna comme chaque fois que des souvenirs de cette période heureuse menaçaient de refaire surface.

— Papa en sera-t-il convaincu ?

— Oui. Je suis certain qu'il cédera. Cinq cent mille est une offre raisonnable, il finira par le réaliser. Une fois que nous aurons trouvé un accord, nous obtiendrons une dispense de bans et vous pourrez vous marier sans attendre. Je pense qu'une cérémonie civile sera appropriée.

— Je suis d'accord, intervint Helena pour la première fois. Nous devons minimiser le scandale pour qu'il se dissipe au plus vite. Vous pouvez vous marier au bureau d'état civil, la cérémonie religieuse étant célébrée un peu plus tard si vous le souhaitez.

— Non, répondit Violet. La cérémonie civile suffira.

Elle ne se voyait pas participer à un grand mariage à l'église où chacun ferait comme s'ils étaient heureux et que cette union était une bénédiction.

— Je suis désolé, mais je vais devoir partir. Papa a organisé un autre rendez-vous avec l'avocat et je préfère y assister pour l'empêcher d'agir inconsidérément. Tâche de ne pas t'inquiéter, ajouta Max en la serrant brièvement dans ses bras. Tout sera bientôt réglé. À moins que tu ne préfères partir. Tu n'es pas obligée de t'imposer tout cela. Nous pouvons rentrer à la maison.

— Non, je refuse de vivre en recluse, répliqua-t-elle. As-tu été en mesure de transférer l'acte de propriété de la maison de tante Hortense ?

Ils avaient décidé qu'il valait mieux que la propriété soit sur un fonds géré par Max. Celle-ci appartenait à Violet et s'ils avaient vécu à New York, elle lui aurait toujours appartenu après son mariage. Selon la loi anglaise, en revanche, elle serait transférée à son époux. Violet elle-même deviendrait anglaise. Les complications légales seraient nombreuses si Christian choisissait de la vendre.

— J'y travaille, mais je ne peux pas promettre que ce que j'ai fait ne pourra pas être défait.

Elle hocha la tête. Il lui faudrait se contenter de ce pis-aller.

— Et tu as bien fait valoir que je ne souhaite pas résider sous le même toit que lui ?

Cette concession ne pouvait être imposée, mais elle préférait que ses attentes soient stipulées d'emblée. Elle ne ferait pas comme si ce mariage était une véritable union alors qu'il était entaché du sceau de sa trahison.

— Oui. Il n'a pas rejeté ce point.

— Bien.

Elle ne pensait pas que c'était bien, même si elle l'aurait souhaité. L'homme qu'elle avait aimé se serait battu pour qu'elle vive avec lui. C'était cet homme-là qu'elle voulait. Pas celui qui préférait apparemment sa liberté.

— Je t'enverrai un message dès que l'accord sera finalisé.

Max déposa un baiser sur son front et repartit comme il était venu. Violet rejoignit Helena sur le canapé.

— Tout sera bientôt réglé, dit son amie.

— Je sais. Je ne peux simplement pas m'empêcher de me demander comment j'ai pu me laisser duper de la sorte.

— Vous n'avez peut-être pas été aussi dupée que vous le pensez.

— Comment cela ?

— Vos sentiments étaient réels. Vous avez passé plusieurs jours en sa compagnie et je suis convaincue que cela au moins révèle en partie son véritable caractère.

Il lui avait sauvé la vie. Cette pensée ne cessait de la tourmenter. S'il n'avait été qu'intéressé, se serait-il donné la peine de l'extirper de la voiture ? L'aurait-il portée jusqu'au village malgré sa cheville blessée ?

— Il est resté à mon chevet pendant que j'étais inconsciente et me lisait *Jane Eyre* à voix haute.

— Alors peut-être que l'affection qu'il vous a retournée était en partie réelle.

— Peut-être.

Il fallait qu'elle le croie sinon elle allait devenir folle. Elle n'allait pas passer sa vie à s'interroger.

— Mais cela ne change rien au fait qu'il m'a menti et s'est servi de moi, ajouta-t-elle.

— En effet, acquiesça lady Helena. Je ne cherche pas à vous inciter à lui pardonner. Je veux juste vous assurer que vous n'êtes pas en faute. Celle-ci lui incombe entièrement.

— Merci, Helena. Cela me touche beaucoup.

Violet n'était pas entièrement d'accord, mais savoir que son amie pensait cela la réconfortait.

— Si seulement cela pouvait atténuer la douleur que m'a causée son refus de m'épouser si papa ne cédait pas à ses exigences, soupira-t-elle. Quelle que soit son affection à mon endroit, celle-ci n'est pas suffisamment profonde pour rivaliser avec ses intérêts financiers.

— C'est un idiot.

Et Violet l'était tout autant.

Le mariage fut célébré quelques jours plus tard, un dimanche, sur dispense de bans afin d'éviter un spectacle public. Christian étant en position de force, le père de Violet avait accepté ses exigences au lendemain de la réunion, comme l'avait prédit Max. Violet gravit le grand escalier de l'aile nord de Somerset House comme dans un rêve. Ses parents attendaient au rez-de-chaussée quand Max et elle étaient arrivés. Après un échange de salutations raides et empruntées, Max lui avait pris le bras pour la conduire à l'étage, au bureau général de l'état civil.

Elle prit une profonde inspiration pour calmer ses nerfs tandis qu'un valet leur ouvrait la porte. Christian, Jacob et un homme d'âge mûr qui devait être l'officier d'état civil se levèrent à leur entrée. Ce dernier se tenait derrière un grand bureau sur lequel reposaient un registre, une bible fermée et un autre livre, ouvert celui-ci. Elle n'osa pas regarder franchement Christian de crainte de ne pas avoir le courage d'aller jusqu'au bout.

Elle en avait suffisamment vu pour savoir qu'il portait un pantalon gris tourterelle et une redingote anthracite avec une cravate et un gilet bleu marine. Le contraste avec la tenue qu'il portait la dernière fois qu'ils avaient été ensemble, pieds nus et en bras de chemise, était frappant. Bien que séduisant, il demeurait raide, froid, inaccessible. Quand elle quitterait cette pièce, il serait son époux, et cela ne lui semblait toujours pas réel.

Elle portait une robe de fine batiste boutonnée devant et ornée d'une jolie dentelle au niveau du corsage, des poignets et le long de la jupe. Elle était dotée d'une courte traîne à ruché. Helena l'avait aidée à ajouter un voile de dentelle : elles l'avaient épinglé de façon qu'il ne couvre pas son visage, mais se répande le long de son dos. La robe avait été conçue dans l'éventualité d'une fête estivale – les délais étaient trop courts pour commander une vraie robe de mariée et ce n'était de toute façon pas nécessaire puisqu'il n'y aurait pas de grand mariage à l'église. Violet l'avait choisie parce que c'était la plus jolie des quelques robes blanches qu'elle possédait. Comme une idiote, elle s'était surprise à espérer qu'elle plairait à Christian et s'en était voulu.

Elle s'avança pour se tenir à côté de Christian et inclina la tête quand l'officier la salua, ainsi que sa famille. Ses parents prirent place à côté d'elle. Christian et Jacob se trouvaient sur sa gauche et Max derrière elle. Christian ne fit pas le moindre geste pour s'emparer de sa main – non qu'elle s'y fût attendue. Elle n'avait pas de bouquet de fleurs et Augusta n'était même pas là pour partager ce moment avec elle. Cela ressemblait à peine à un vrai mariage.

— Finissons-en, dit son père d'une voix que la colère rendait dure.

Finissons-en. Comme s'il s'agissait d'une transaction qu'il était pressé de conclure parce qu'elle n'avait pas connu l'issue désirée.

— Peut-être préférerez-vous attendre en bas.

La voix de Christian était sèche et d'une froideur qui fit tressaillir Violet intérieurement. C'était la voix d'un homme qui lui était étranger.

L'officier d'état civil se racla la gorge, décidant apparemment de faire avancer les choses, puis souleva le livre ouvert. La tension était presque palpable.

— Nous sommes réunis en ce jour afin d'unir par les liens du mariage le Très Honorable Christian, comte de Leigh, à Mlle Violet Crenshaw. Si quelqu'un a une objection à cette union, qu'il parle maintenant ou se taise à jamais.

Il ne marqua qu'une courte pause avant de poursuivre :

— Très bien. Procédons maintenant à l'échange des vœux. Milord, dit-il en se tournant vers Christian, si vous voulez bien avoir la bonté de répéter après moi.

Tous deux fixaient l'officier au lieu de se regarder l'un l'autre. Ce qui convenait à ce simulacre de mariage, supposa Violet. La voix de Christian ne changea pas tandis qu'il répétait ses vœux. Celle de Violet non plus, car elle s'efforça de prononcer ceux-ci d'une voix claire malgré sa gorge nouée.

Il n'y eut pas d'alliance passée tendrement à son doigt, pas de baiser pour célébrer l'union. Il n'y eut que la déclaration de l'officier d'état civil.

— Je vous déclare à présent mari et femme.

— Voilà, c'est fait, déclara Mme Crenshaw avec un petit sourire, comme si elle venait d'accomplir une corvée.

— Si vous voulez bien signer ici, milord, dit l'officier en poussant le registre en direction de Christian.

Ce dernier prit la plume et signa son nom qu'il ponctua d'une fioriture. Ses doigts étaient aussi longs et gracieux que dans le souvenir de Violet. Elle battit des cils dès qu'elle prit conscience du cours de ses pensées.

— À vous, milady, dit l'homme en faisant pivoter le registre vers elle.

Christian lui tendit la plume qu'elle accepta sans le toucher. Ses doigts tremblaient tant qu'elle dut faire une pause, le temps de se ressaisir, quand elle commença à signer. Elle avait failli écrire *Crenshaw*. Une goutte d'encre tomba sur la page quand elle se reprit, modifiant la boucle de la lettre C pour en faire un L. Elle était Violet Leigh, désormais.

— Merci, monsieur, dit-elle dans un murmure en rendant la plume à l'officier.

La cérémonie était terminée, il était temps de se réunir chez les Crenshaw pour le repas de noces. Ils repartirent comme ils étaient arrivés, dans trois voitures différentes.

22

Rose, pour sa part, n'avait aucun intérêt à jouer le rôle du sauveur. Elle savait ce que beaucoup ignorent, et que certains ne découvrent seulement qu'après bien des épreuves. Que la vraie rédemption vient de l'intérieur.

V. LENNOX,
La Saison d'une Américaine à Londres

Christian était certain qu'il n'oublierait jamais combien Violet était belle quand elle était entrée dans le bureau de l'officier d'état civil et qu'elle était devenue sa femme. Ce jour, il s'en souviendrait jusqu'à son dernier souffle. Il regrettait bien des choses. De ne pas avoir été honnête avec elle, de l'avoir enlevée et de l'avoir privée d'un véritable mariage. En revanche, il ne regretterait jamais d'avoir fait d'elle sa femme, même si cela impliquait d'endurer sa déception et de fréquenter ce nid de vipères qu'elle considérait comme sa famille.

Quand ils pénétrèrent chez les Crenshaw, Jacob et lui, la maison entière bourdonnait d'activité. Les domestiques allaient et venaient d'une pièce à l'autre, les bras chargés de bouquets de fleurs et de plateaux de coupes de champagne pour les invités qui ne tarderaient pas à arriver pour le repas de noces. Violet et sa famille, qui les avaient précédés de quelques minutes, se débarrassaient de leurs manteaux dans l'entrée.

— Leigh, le salua Maxwell Crenshaw. Monsieur Thorne, ajouta-t-il à l'intention de Jacob.

Son père se contenta de les foudroyer du regard, son frère et lui. Christian ignorait si la présence de Jacob était attendue, mais personne n'éleva d'objection.

— Bonjour, monsieur Thorne, dit Violet en adressant une esquisse de sourire à son frère

Elle évita soigneusement de regarder Christian. Sa froideur lui serra le cœur.

— J'aimerais m'entretenir en privé avec mon épouse avant l'arrivée des invités, déclara-t-il en remettant son chapeau et ses gants à un valet.

— Je crains que nous n'ayons pas le temps, milord.

Mme Crenshaw désigna le photographe qui avait installé son trépied et tout son attirail un peu plus loin, dans la courbe de l'escalier qui servirait d'arrière-plan à leur portrait de mariage.

— Il faut que le photographe ait terminé avant l'arrivée des invités.

— Je me dois pourtant d'insister, déclara Christian.

Mme Crenshaw fronça les sourcils.

— Cela ne prendra qu'un instant, mère, intervint Violet avant de se diriger vers le salon de musique, le dos raide comme si elle s'apprêtait à affronter un sort funeste.

Tandis qu'il refermait la porte derrière lui, les isolant du reste du monde, Christian ne put s'empêcher de remarquer combien elle était pâle. À en juger par les cernes sous ses yeux, elle avait mal dormi. Il lui sembla que ses points de suture avaient été retirés, mais le voile et ses cheveux avaient été arrangés de façon à dissimuler sa blessure. L'hématome s'était atténué et ce qu'il en restait disparaissait sous une couche de poudre.

— J'avais l'espoir que vous porteriez votre foulard de pirate, s'entendit-il dire.

Les mots étaient sortis avant même qu'il sache qu'il allait les prononcer.

— Navrée de vous décevoir, répondit-elle d'un ton parfaitement impersonnel.

Il s'en voulut de lui avoir infligé cela. Se pouvait-il qu'elle ait déjà oublié qu'il l'avait accusée d'être un pirate ? Et le fou rire qu'ils avaient alors partagé ? Elle donnait l'impression de le regarder sans le voir. Il eut envie de la soulever dans ses bras pour l'emporter loin d'ici, et de passer la nuit dans son lit à lui prouver à quel point il regrettait de l'avoir blessée.

Il balaya du regard la robe de fine batiste dont la coupe mettait ses courbes en valeur.

— Vous êtes très belle.

Elle baissa la tête, mais il avait eu le temps de la voir rosir.

— Merci.

Il glissa la main dans sa poche et s'avança vers elle.

— Je vous ai apporté une alliance. Je préférais vous la donner en tête à tête plutôt qu'en présence de votre famille.

— Oh.

Elle ne s'attendait visiblement pas à cela. Il sentit son cœur se fêler.

Il sortit la bague de sa petite bourse de velours et attendit qu'elle lui présente sa main.

— Je n'ai pas besoin d'alliance, dit-elle en regardant les mains de Christian comme si celles-ci s'apprêtaient à lui faire du mal.

— J'aimerais beaucoup que vous la portiez. C'est la tradition pour une femme de votre rang.

Son front se plissa, mais elle acquiesça et tendit sa main. Il s'en empara avec douceur. La toucher pour la première fois depuis une semaine fut un pur bonheur – comme si une onde de chaleur, accompagnée d'un léger fourmillement, remontait le long de son bras pour aller se loger au creux de son ventre. Son corps l'avait reconnue instantanément et le besoin de la prendre dans ses bras, d'inhaler son parfum, de sentir les battements de son cœur ressurgit aussitôt. L'anneau d'or torsadé était surmonté d'une émeraude taillée en forme de rose et entourée de deux diamants. Il le passa à son doigt et elle libéra sa main dès que ce fut fait, comme si elle ne supportait pas qu'il la touche.

— Merci, dit-elle en contemplant la bague.

— Elle vous plaît ?

— Beaucoup.

La joie qu'il ressentit en entendant ces mots fut douchée par ceux qui suivirent.

— Quelques centaines de milliers de dollars supplémentaires autorisent une petite extravagance, j'imagine.

— Crenshaw a partagé avec vous les négociations du contrat.

Maudit salaud.

— Bien sûr. Pourquoi ne l'aurait-il pas fait ?

Cela sonnait presque comme une accusation ; ses yeux lançaient des éclairs.

— Voilà qui explique votre froideur. Je comprends mieux, à présent.

— Non, je ne pense pas que vous compreniez. Vos mensonges auraient suffi à justifier ma froideur, mais il n'est pas nécessaire que nous ayons cette discussion maintenant.

Il la dévisagea, s'efforçant de retrouver la trace de la femme qui lui avait souri si tendrement et l'avait étreint comme si elle ne voulait plus jamais le laisser partir. Celle qui lui faisait face était distante, et bien que sa colère fût légitime, il ne comprenait pas qu'elle parvienne à mettre de côté ses sentiments pour lui. Se pouvait-il qu'il ait eu raison depuis le début ? Qu'elle ait juste eu le béguin pour lui et que cela lui soit passé ? Cela étant, il avait tout fait pour cela et ne pouvait donc pas le lui reprocher.

— C'est pour vous que j'ai négocié cette dot.

— C'est toujours une bonne chose de connaître le montant auquel vous évalue un homme.

Sa voix était remplie d'amertume et elle se détourna de lui pour faire face à la fenêtre qui donnait sur la rue.

— Mais vous ne pouvez prétendre l'avoir fait dans mon intérêt, ajouta-t-elle. Je sais que vous avez refusé de m'épouser si vous n'obteniez pas le montant demandé.

— Simple tactique de négociation. Mon Dieu, Violet, je vous désirais tellement que je me suis enfui avec vous. Ce n'était pas pour l'argent.

— Vraiment ? s'écria-t-elle en faisant volte-face.

Ses yeux lançaient des éclairs et Christian, qui s'apprêtait à s'approcher d'elle, en resta cloué sur place.

— Ainsi, vous vous seriez enfui avec moi si j'avais été sans le sou ? Si je n'avais possédé ni portefeuille d'actions ni propriété à Manhattan ? Vous n'espériez donc pas récolter quelques fonds ?

— Si je vous avais connue comme je vous ai connue dans le Yorkshire, oui, je l'aurais fait.

— Ce qui est une façon polie de répondre non à mes questions.

Le feu de son regard laissa la place à une tristesse proprement insupportable. Il fit un pas vers elle, mais elle recula.

— Comme c'est commode pour vous sur le plan financier de reparaître maintenant que nous sommes de retour à Londres.

— L'offre initiale de votre père était insultante. Vous méritiez bien mieux que cinquante mille dollars.

— Heureusement pour vous, nous ne formons désormais plus qu'un au regard de la loi, et votre marchandage vous a permis d'obtenir plus d'argent.

— Violet...

Elle leva la main pour le faire taire.

— Non, je comprends maintenant que les choses étaient destinées à se passer ainsi en ce qui me concerne.

— Vous ne comprenez pas.

Il s'avança vers elle, mais se retint de la toucher.

— Vous êtes censée mener une vie confortable, continua-t-il. Je ne voulais pas que vous en soyez privée par ma faute, parce que j'avais été assez égoïste pour vous vouloir pour moi seul. Ce que j'ai fait était mal, j'en ai conscience à présent.

Elle s'écarta de lui et lui tourna le dos. Il se détestait d'en être arrivé à lui inspirer un tel mépris.

— C'est tout ce que vous vouliez ? demanda-t-elle. Les invités seront bientôt là.

Il la soupçonna de refouler ses larmes car sa voix avait changé. Il serra les poings pour résister à la tentation de la toucher.

— J'ai déposé vos fonds sur un compte à votre nom. Vous pourrez y avoir accès à tout moment. Je vous ai laissé les documents nécessaires à Belgravia House.

— Et vous êtes également titulaire du compte.

— Oui.

Il avait dû ouvrir le compte à son nom pour y adjoindre celui de Violet ensuite.

— Dans ce cas, vous avez aussi accès aux fonds.

— Oui, mais ils vous appartiennent.

— Ainsi qu'à vous-même.

— Je ne peux pas changer la loi, Violet. Je sais juste que je veux vous donner cet argent et que vous pouvez l'employer comme bon vous semble.

— Très bien. Je crois que nous devrions rejoindre les autres, à présent.

Elle semblait résignée, mais moins distante quand elle lui fit face. Son visage reflétait son découragement.

— Violet, soupira-t-il.

Il n'avait pas envie d'en rester là et aurait voulu la serrer dans ses bras.

— Parlons un peu. Vous ne vous souvenez pas…

— Christian, non.

Pour la première fois, il vit sur ses traits à quel point elle se faisait violence pour ne pas laisser deviner sa souffrance au monde extérieur. Ses yeux étincelèrent avant qu'elle parvienne à refouler ses larmes. Il retrouvait enfin la Violet qu'il connaissait.

— Nous ne pouvons pas parler. Je suis navrée, mais ce n'est pas possible. Vous m'avez menti et vous m'avez manipulée. Je ne sais pas ce que je dois en penser et, à dire vrai, pour le moment, je ne supporte pas d'être près de vous. Si nous parlions, je serais perdue. J'ignore ce qui m'empêche de penser clairement en votre présence. Mon manque d'expérience, peut-être. Mais quand vous me touchez, je n'arrive plus à réfléchir comme je le devrais. Je m'en suis remise à vous une fois et j'en suis ressortie terriblement meurtrie. Je ne peux pas permettre que cela se reproduise.

Elle ne l'aurait pas fait souffrir davantage si elle l'avait poignardé en plein cœur. Il accepta cette souffrance.

— Nous sommes donc voués à vivre l'un à côté de l'autre, mais jamais l'un avec l'autre ?

Elle acquiesça.

— C'est tout ce que je peux vous offrir.

— Violet…

Il avait du mal à la croire.

— Une fois que nous serons loin de vos parents et que nous aurons du temps pour…

— Je vous en prie, comprenez-moi. J'ai passé ma vie entière sous la coupe de mes parents. Je me suis enfuie pour me retrouver sous la vôtre. J'ai besoin d'être seule un moment. J'ai besoin de faire le point pour prendre des décisions qui soient les miennes. Je ne veux rien avoir à faire avec vous. Pas si je veux rester moi-même. S'il vous reste un tout petit peu d'affection pour moi, accordez-moi cela.

Si ? Son amour pour elle n'avait pas varié depuis le jour où Maxwell était venu les chercher près du ruisseau. En fait, son amour le consumait, obstiné et incontrôlable.

— Bien sûr que je vous l'accorde.

Elle cilla et Christian en conclut que son affection la faisait souffrir.

— Dans ce cas, je vous en prie, gardez vos distances.

Il prit une inspiration douloureuse.

— Comme vous voudrez, murmura-t-il.

Elle le remercia d'un hochement de tête et quitta la pièce. Quand il se fut suffisamment ressaisi pour la suivre, il la rejoignit dans le hall d'entrée où sa mère s'efforçait d'ajuster son voile pour la photo. Il regarda le photographe prendre deux clichés d'elle dans deux poses différentes. Son cœur osait à peine battre.

— Milord, sourit Mme Crenshaw en lui faisant signe d'approcher, nous allons en prendre une de vous deux, à présent.

C'était apparemment la seule à sembler satisfaite de l'accueillir dans sa famille.

Christian jeta un coup d'œil à Violet qui hocha imperceptiblement la tête. Il la rejoignit et laissa le photographe le placer juste derrière son épaule. Il était si près d'elle qu'il sentait la chaleur de son corps et son parfum. C'était le parfum français qu'elle portait au bal, mais dessous, il perçut la douce odeur de son corps qu'il connaissait si bien. Il l'avait humée à même sa peau, l'y avait léché aussi, et s'était endormi, flottant sur le nuage de cette senteur unique.

— Milord, par ici, je vous prie.

Les yeux de Christian étaient restés rivés sur sa nuque. Le photographe levait le bras, le doigt tendu pour leur indiquer où regarder.

Sans réfléchir, Christian posa la main sur la taille de Violet. Sa respiration changea, mais elle ne se dégagea pas. Il se promit que c'était la dernière fois qu'il la touchait sans qu'elle l'y ait invité. Cependant, alors qu'il s'apprêtait à laisser retomber sa main, elle la couvrit de la sienne. La douceur de ce contact le fit presque défaillir tant il avait besoin de la serrer dans ses bras.

La séance de photographie s'acheva trop vite. Violet s'éloigna et les invités commencèrent à arriver. Ils allèrent se poster à l'entrée du grand salon, l'un près de l'autre quoique sans se toucher, pour recevoir les félicitations d'usage. La plupart des gens étaient surtout venus par curiosité, afin de vérifier si la rumeur disait vrai. Violet sourit aux moments appropriés et rit chaque fois qu'elle était censée le faire, et ne le regarda pas une seule fois. Le repas se déroula pareillement. Violet était assise près de lui, mais si lointaine qu'elle en paraissait inaccessible. Moins de deux heures après qu'il lui eut passé son alliance, le moment vint de prendre congé.

Ils partirent ensemble pour sauver les apparences. Christian la suivit à l'intérieur de la voiture, s'assit en face d'elle et repensa à leur voyage dans le Nord.

Violet attendit que la voiture s'ébranle pour parler.

— Helena pense que d'ici une semaine nous devrions commencer à paraître ensemble en public pour minimiser les risques de scandale.

— Et qu'en pensez-vous ?

— Je suppose qu'elle a raison. S'il faut qu'on nous voie quelquefois ensemble au bal ou au théâtre pour que les gens cessent de cancaner, nous pouvons certainement le supporter.

Le supporter. Il n'existait pas de meilleur terme, à part *torture* peut-être, pour décrire ce qu'il ressentait quand il était en sa présence tout en sachant qu'elle ne lui appartenait pas et que c'était sa faute si elle s'était éloignée de lui.

— Très bien. Si c'est ce que vous voulez.

Elle acquiesça et regarda par la fenêtre. Par politesse, il s'efforça de l'imiter, de se montrer poli et courtois, mais il n'était rien de tout cela et il ne pourrait pas devenir cet homme-là. Il eut beau faire, il se révéla incapable de s'arracher à sa contemplation. La brute en lui ne songeait qu'à l'attirer sur ses genoux, à l'embrasser, à lui montrer qu'ils étaient faits l'un pour l'autre et que cette séparation n'était ni bonne ni naturelle. S'il réussit à se contenir, ce fut uniquement parce qu'il savait à quel point Violet avait besoin qu'il le fasse.

Bien trop vite à son goût, la voiture s'arrêta devant la maison d'Upper Belgrave Street. La façade de pierre et de stuc blanc s'harmonisait avec celles des maisons avoisinantes. Christian n'avait jamais aimé cette demeure et il l'aurait vendue si sa fierté l'avait supporté. Il avait préféré la démonter pièce par pièce, défaisant consciencieusement les années de travail que son père lui avait consacrées pour la rendre grandiose. Violet serait désormais condamnée à vivre dans cette maison aux pièces vides et aux murs dénudés. Par sa faute. Elle méritait pourtant un vrai foyer, mais il commençait à comprendre qu'il était incapable de lui en offrir un.

On avait apporté ses malles dès que le contrat avait été signé pour permettre aux domestiques de préparer son arrivée, mais elle n'avait pas visité les lieux. Quand un valet ouvrit la portière de la voiture, Christian amorça un mouvement. Elle fut plus rapide que lui.

— Au revoir, dit-elle. Je vous enverrai un message quand j'aurai décidé de la date de notre première apparition publique.

Elle ne voulait pas qu'il l'accompagne à l'intérieur.

— J'attendrai que vous donniez signe de vie, dit-il en se rencognant sur la banquette.

L'estomac noué, il la regarda gravir prestement les marches du perron, puis disparaître à l'intérieur. Pour la première fois de sa vie, il regretta de ne pas être le bienvenu dans cette maison. Il garda les yeux rivés sur la porte jusqu'à ce que la voiture tourne au coin de la rue.

23

Lord Lucifer comprit que sa vie pouvait désormais se dérouler de deux façons : avec elle ou sans elle. Et la version qu'il préférait ne faisait aucun doute.

V. LENNOX,
La Saison d'une Américaine à Londres

La porte de sa nouvelle demeure s'ouvrit et Violet fut accueillie par un personnel réduit à sa plus simple expression.

— Bienvenue chez vous, lady Leigh. Je suis Winston, votre majordome.

L'homme était grand, corpulent, grisonnant, et très stylé. Son attitude était réservée, mais il semblait compétent, et elle ne décela chez lui aucune trace de la déférence dubitative qu'elle avait parfois remarquée chez les domestiques dans d'autres maisons londoniennes.

— Bonjour, dit Violet en balayant du regard l'entrée dallée de marbre.

Les carreaux gris et blancs étincelaient. Le hall s'élevait sur deux étages et ses colonnades blanches rejoignaient le plafond orné de moulures somptueuses. L'espace était si vaste qu'on avait prévu deux lustres de cristal pour l'éclairer. L'impression grandiose de l'ensemble était cependant gâchée par le papier autrefois doré qui hésitait désormais entre le brun et le jaune, les rectangles décolorés laissés par les tableaux jadis accrochés là et les deux piédestaux, à l'évidence privés de leurs bustes.

— Lord Leigh sera-t-il attendu ? s'enquit Winston.

Il eut l'élégance de ne pas jeter un coup d'œil à la voiture qui devait s'éloigner à présent.

La question était légitime, pourtant, elle ne put s'empêcher de ressentir un pincement au cœur.

— Non. Pas aujourd'hui.

Ni aucun autre jour. L'expression polie de Winston demeura inchangée.

— Très bien. Permettez-moi de vous présenter le personnel.

Celui-ci se composait, outre Winston, d'un valet, de la cuisinière et d'une fille de cuisine. Tous lui parurent très polis, quoique un peu inquiets de faire sa connaissance. Elle ne pouvait les en blâmer. Peu d'épouses arrivaient sans époux le jour de leur mariage, dans une maison qui avait été probablement fermée pendant des années.

— Je suis très heureuse de faire votre connaissance, dit-elle une fois les présentations faites. Je suis certaine que nous nous entendrons tous très bien.

La fille de cuisine et le valet firent la révérence avant de s'enfoncer dans les profondeurs de la maison.

— J'espère m'entretenir avec vous d'ici un jour ou deux, ajouta Violet à l'adresse de la cuisinière et du majordome. Nous dresserons la liste des besoins que vous pourriez avoir.

— À quelle heure préférez-vous dîner ce soir, milady ? demanda la cuisinière.

Violet réfléchit. C'était la première fois qu'on lui posait cette question. Toute sa vie, son emploi du temps avait été réglé sur les priorités de quelqu'un d'autre. L'heure du dîner avait toujours été à la discrétion de sa famille. Elle dépendait de l'heure à laquelle sa mère rentrait de ses visites, de celle à laquelle la réunion de son père s'achevait, du moment où Max quitterait son travail ou de celui où Augusta pourrait laisser ses dossiers de côté. Se retrouver en charge de cette décision lui parut presque grisant.

— Vous me ferez porter un plateau à 20 heures, je vous prie. Je ne dînerai pas dans la salle à manger ce soir.

La cuisinière ne cilla pas et s'inclina avant de regagner les cuisines. Violet se tourna vers Winston.

— J'aimerais faire le tour de la maison avant de monter me reposer.

— Très bien, milady.

La visite prit environ une demi-heure. Le rez-de-chaussée avait clairement été dépouillé de ses trésors. Si l'ameublement était à peu près intact, il était affreusement démodé. Violet en conclut que la maison n'avait pas été rénovée depuis sa construction, qui remontait à plus de trente ans. La plupart des sièges auraient eu besoin d'être retapissés. Les murs et les tapis étaient uniformément défraîchis et les parquets présentaient des traces décolorées signalant l'emplacement d'anciens meubles.

C'était ce que Christian avait voulu dire, quand il lui avait confié avoir vendu tous les biens de valeur. Il était toujours si élégant qu'elle avait eu du mal à croire que ses finances étaient bel et bien en piètre état. Max lui avait assuré que son revenu suffisait à assurer son train de vie ainsi que l'entretien de cette somptueuse demeure, mais il était loin de couvrir le poids des dépenses nécessaires à l'entretien d'Amberley Park et à la rénovation complète qui s'imposait ici. Violet tâcha de se représenter le garçon qu'il avait été, accablé par l'encombrant fardeau d'un comté défaillant, et son cœur se serra.

Les seuls portraits restants semblaient être ceux des membres de la famille. Elle en découvrit un qui, à n'en pas douter, représentait sa mère. Une belle femme, élégamment vêtue, et qui n'apparaissait guère plus âgée que Violet elle-même. Elle avait des cheveux châtain clair et les yeux gris qu'elle avait transmis à son fils. En dépit de son expression joyeuse, elle semblait vaguement perdue.

Plus tard, elle en découvrit deux autres où elle identifia sans hésitation Christian. Sur l'un, il devait avoir huit ans et se prélassait au bord d'un ruisseau en compagnie d'un chien de chasse. Il avait un visage ouvert et confiant. L'autre était un portrait plus conventionnel, sans doute réalisé après qu'il eut reçu son héritage. Il avait déjà les épaules larges, mais sa silhouette ne s'était pas encore étoffée, et son expression était glaciale et hautaine. Il devait ressembler à cela quand il était allé trouver Thea dans l'idée de se venger, songea-t-elle. Dieu merci, cette femme lui avait montré une meilleure voie.

Un dernier tableau était suspendu sur le palier de l'étage qui desservait les chambres. Le portrait grandeur nature d'un homme en pied qui la considéra d'un œil noir. Ses cheveux étaient de la même nuance que ceux de Christian, quoique coupés beaucoup plus court, et ses yeux étaient plus sombres. Ils présentaient cependant ce même éclat dur qu'elle avait remarqué chez Christian et son frère Jacob, à cette différence près qu'ils étaient en outre d'une froideur de glace. Ses lèvres minces affichaient une moue à la fois déçue et hautaine. Violet se dit qu'il avait dû regarder Christian ainsi le jour où il avait fait cette affreuse chute de cheval. En dépit de sa ressemblance avec son époux, cet homme ne lui inspirait que du mépris.

— Le défunt comte, annonça Winston d'un ton respectueux.

— Vous le ferez remiser au grenier.

L'homme du portrait ne répondit pas et Violet le scruta comme pour s'assurer que son silence reflétait son mécontentement.

— Immédiatement, ajouta-t-elle.

Elle ne permettrait pas à cet homme de régner sur cette maison tel un mauvais présage.

— Bien, milady. Thomas et moi y veillerons.

Elle hocha la tête et il la conduisit à sa chambre. Il s'arrêta devant la porte, la politesse lui interdisant d'en franchir le seuil, et Violet jeta un coup d'œil à l'intérieur. La pièce était de belles dimensions et pourvue d'un mobilier en bon état, mais comme le reste de la maison, elle était défraîchie. Elle fut heureuse de constater que les fenêtres donnaient sur le jardin.

— Cette pièce communique avec la chambre du défunt comte. C'est également la seule chambre à coucher qui soit entièrement meublée. Lord Leigh l'utilise quand il dort ici, mais ce n'est pas arrivé depuis plusieurs années.

Pas depuis qu'il avait sa suite au Montague Club, devina Violet.

Elle pénétra dans la chambre de Christian à pas lents. Du couvre-lit aux couleurs passées jusqu'aux armoires, déjà remplies de ses vêtements à elle, elle ne découvrit aucun signe de lui. Il avait déserté cet endroit depuis longtemps.

— Ce sera très bien, s'empressa-t-elle de dire avant que la mélancolie s'installe. Merci, Winston.

— Votre femme de chambre doit-elle arriver prochainement ? s'enquit-il depuis le pas de la porte.

— Non, il me faudra en engager une.

Ellen était à Amberley Park désormais, et Violet doutait de pouvoir lui accorder de nouveau sa confiance même si elle revenait. Jusqu'ici, elle s'était contentée d'emprunter la femme de chambre d'Helena.

— Nous allons devoir engager plusieurs domestiques, me semble-t-il, ajouta-t-elle.

— Je m'y attendais, milady. J'y veillerai dès demain.

— Merci, mais j'aimerais que les candidates nous soient adressées par le Foyer londonien de jeunes femmes, l'œuvre caritative de lady Helena March.

Le front du majordome se creusa d'un pli désapprobateur.

— Le foyer de femmes déchues, milady ?

Il avait chuchoté le mot « déchues » comme si c'était un juron.

— Il s'agit simplement de femmes qui ont connu des situations difficiles. Lady March m'a assuré que bon nombre d'entre elles ont été parfaitement formées. Elles ont juste besoin que quelqu'un accepte de les employer.

— Bien sûr, dit-il, se radoucissant. Vous voudrez sans doute engager aussi de nouveaux valets.

— En plus de Thomas, vous voulez dire ?

Un seul valet ne suffisait donc pas ?

— Ma foi, oui, répondit-il d'un ton qui laissait entendre que cela allait de soi. Il faudra des valets pour servir à table quand vous recevrez.

Violet prit une inspiration, redoutant que Winston ne décide de quitter son service sur-le-champ une fois qu'elle se serait expliquée.

— Je suis bien consciente des usages, mais j'ai décidé de déroger à la tradition. Les femmes seront autorisées à servir mes invités au même titre que les hommes.

— Mais... vous... milady.

S'il referma la bouche, la bataille continuait visiblement de faire rage en lui. La nécessité de conserver son emploi l'emporta cependant et il s'inclina.

— Naturellement.

— Vous trouverez en moi une maîtresse très généreuse et bienveillante, une fois que nous aurons appris à nous connaître, déclara-t-elle d'un ton plus doux.

— Je n'en attendais pas moins, milady.

— J'aimerais que vous me fournissiez les noms d'entreprises compétentes en matière de rénovation d'intérieur. J'aimerais faire restaurer cette demeure dès que possible. Peut-être même choisir une nouvelle livrée. Sur ce point, je m'en remettrai à votre expertise et à votre jugement.

Cette annonce rencontra visiblement l'approbation de Winston car ses épaules se détendirent.

— Bien sûr, milady.

— Ce sera tout pour le moment.

Il s'inclina et tourna les talons.

Violet parcourut la chambre du regard et, pour la première fois de la journée, afficha un vrai sourire. Cette demeure était désormais la sienne, et si Christian tenait parole, elle disposerait des fonds nécessaires pour l'arranger à son goût. Il n'y aurait personne pour questionner ses choix, personne pour lui refuser quoi que ce soit. Elle comprenait que lady Helena ait choisi de ne pas se remarier et devinait qu'elle n'aurait aucune difficulté à s'habituer à cette liberté.

Mais s'habituerait-elle à la solitude ? Le lit avait été fait récemment, mais le couvre-lit damassé, sans doute jaune vif à l'origine, avait viré au brunâtre, une teinte assez proche de celle du papier peint du hall. Christian avait-il dormi dans cette literie lors de sa dernière visite ? Sentirait-elle l'empreinte de son corps sur le matelas ? La serrerait-il de nouveau dans ses bras, un jour ? Non, elle ne devait pas laisser ses pensées l'entraîner dans cette voie.

En explorant la chambre, elle découvrit, sur une table près de la fenêtre, un paquet emballé dans un papier suprêmement raffiné. Il était orné d'un large ruban rouge. Elle prit le message posé dessus et lut :

Ma très chère Violet,

Un cadeau d'anniversaire en retard, ainsi que mes regrets de n'avoir pu le célébrer comme nous l'aurions dû.

Tout mon amour,

C.

Les larmes lui embuèrent les yeux et elle porta spontanément la main au médaillon caché sous ses vêtements. Elle le portait toujours parce qu'elle ne pouvait oublier le jour où il le lui avait offert, ni ce qu'elle avait ressenti alors, entre incrédulité et amour fou.

Elle battit des cils pour chasser ses larmes et déballa le cadeau qui se révéla être quatre livres : *Jane Eyre*, *Les Hauts de Hurlevent*, *Agnes Grey* et *La Recluse de Wildfell Hall*. Un bref examen lui apprit qu'il s'agissait d'éditions originales.

Elle se laissa choir sur une chaise et relut deux fois son message. Du doigt, elle traça le C. Elle avait beau lui en vouloir pour ce qu'il avait fait, c'était plus fort qu'elle, il lui manquait.

Au cours des semaines qui suivirent, Violet poursuivit fiévreusement la rédaction de son histoire d'héritière américaine à Londres. Elle avait craint que l'angoisse ne la distraie ou ne la rende trop mélancolique pour écrire, or, ç'avait été l'exact opposé. Elle écrivait des chapitres entiers en seulement quelques jours, quand il lui aurait fallu des semaines auparavant. C'était comme si sa tristesse infusait sa plume, lui donnait la force de courir sur le papier. Elle découvrit, surprise, qu'elle se concentrait davantage sur la romance entre lord Lucifer et Rose Hamilton que sur le commentaire social qu'elle avait prévu au départ. Elle écrivait tout, sans rien laisser de côté, pas même les éléments qu'elle serait forcée de supprimer par la suite si elle ne voulait pas avoir à porter l'équivalent moderne d'un A écarlate cousu sur la poitrine. Sur le papier, elle pouvait maîtriser leur histoire comme elle n'avait malheureusement pas pu le faire avec la sienne.

Sa propre histoire ne se déroulait pas aussi bien. Christian et elle avaient assisté à plusieurs bals et représentations théâtrales. Elle avait insisté pour qu'ils arrivent séparément. Elle ne se faisait toujours pas confiance quand elle se trouvait en sa présence, et sa requête n'avait rien d'extraordinaire. La plupart des couples à la mode passaient la soirée dehors, chacun de son côté, et n'assistaient ensemble à certains spectacles que pour sauver les apparences. Violet avait conscience que son propre mariage obéissait à ce principe. Elle n'avait jamais envisagé de vivre séparée de son mari et c'était justement pour cela qu'elle s'était rebellée contre les projets de mariage que ses parents manigançaient pour elle.

Mais Christian n'était pas lord Ware ni le duc de Hereford. On ne le lui avait pas imposé. Et il n'avait émis aucune restriction visant à lui imposer de vivre selon ses caprices. À en croire Max, il n'avait pas cherché à vendre la maison de tante Hortense. Elle savait que sa situation aurait pu être bien pire, raison pour laquelle elle refusait de s'attarder sur ces pensées. Le soir, elle écrivait, et pendant la journée, elle se concentrait sur la rénovation de la maison. Elle choisissait le papier peint, les rideaux et les meubles qui feraient de Belgravia House un véritable foyer.

Ces derniers jours cependant, elle avait commencé à soupçonner que l'ajout d'une nursery ferait bientôt figure de priorité. Ses menstruations dataient d'avant son départ pour Windermere, elle se sentait plus fatiguée qu'à l'accoutumée et ses seins étaient douloureux. La perspective d'avoir un enfant – un enfant de Christian – l'emplissait de bonheur autant que d'incertitude. Ils n'avaient jamais abordé la question des enfants. Accueillerait-il la nouvelle avec joie ? Verrait-il là un autre fardeau ? Comment le lui annoncer avec ce terrible fossé qu'il y avait entre eux ?

Rien de tout cela ne ressemblait à la vie qu'elle avait envisagée.

Le soupçon se fit plus pesant dans son esprit un soir qu'assise à l'opéra à côté de Christian, elle s'efforçait de prêter attention à une représentation de *Lohengrin*. Ses parents étaient devant eux, en compagnie de lord et lady Ashcroft, qui avaient eu l'amabilité de les inviter à partager leur loge. Helena et son frère, lord Riverdale, se trouvaient dans la loge voisine. En dépit des apparences, Violet n'adressait plus la parole à ses parents et n'en avait pas l'intention dans un avenir proche. Son frère Max, quant à lui, devait bientôt retourner à New York. Elle correspondait régulièrement avec Augusta, mais ce n'était pas la même chose que de l'avoir auprès d'elle. Elle était donc très seule. De toute façon, partager son soupçon avec eux ne pouvait se comparer à la joie qu'elle aurait souhaité partager avec Christian.

Il se tenait assis très droit. Sa cuisse à seulement quelques centimètres de la sienne lui rappela leur voyage en voiture et la façon qu'il avait eue de l'inviter à s'installer près de lui. Elle avait savouré sa proximité ce jour-là. Et une part d'elle-même se languissait encore de lui à cet instant même. C'était cette part-là qui l'effrayait. Elle craignait de se laisser submerger par les sentiments qu'elle éprouvait encore pour lui. Si elle lui faisait part de ses soupçons avant de savoir avec certitude où elle en était, elle risquait de se perdre de nouveau. Mieux valait attendre.

Elle lui coula un regard et découvrit qu'il ne regardait absolument pas ce qui se passait sur scène. C'était elle qu'il regardait. Ce n'était pas la première fois qu'elle le surprenait à l'observer. Profitant de ce que la musique était plus douce, elle se pencha vers lui.

— Le spectacle a lieu sur scène, murmura-t-elle.

Elle s'efforça de ne pas respirer son odeur, mais c'était trop tard. Son esprit avait beau se rebeller, elle cherchait instinctivement le confort qu'elle savait avoir déjà trouvé auprès de lui.

— Je préfère cette vue, répondit-il sans la quitter des yeux.

Elle le regarda franchement et nota combien son regard était intense et l'aspirait vers lui. Le phénomène se reproduisait chaque fois qu'elle le voyait. Il l'attirait sans même essayer tandis qu'elle-même s'efforçait vainement de garder la tête froide. Elle eut beau détourner les yeux, elle sentait encore la chaleur qui émanait de lui, se souvenait de ses caresses, et sa main la démangeait de prendre la sienne. Un réconfort aussi dérisoire la compromettrait-il gravement ?

Oui ! Tout son être savait que si elle s'autorisait le moindre écart, son cœur affamé d'affection s'en délecterait aussitôt, se goinfrerait et exigerait davantage jusqu'à ce qu'elle soit aussi perdue que la première fois. Et comme la première fois, elle lui donnerait tout, sans rien demander en retour. Alors même qu'elle savait combien il était dangereux pour son cœur, elle dut serrer le poing pour se retenir de le toucher. Son corps mourait d'envie de retrouver le bonheur qu'il y avait à être dans ses bras.

— Excusez-moi, dit-elle en se levant pour passer devant lui, tandis que la colère qui ne manquait jamais d'accompagner ce genre de pensées s'emparait d'elle.

Elle écarta la tenture, sortit dans le corridor, puis se dirigea vers l'escalier et l'air frais qui l'attendait en bas.

— Violet ? murmura-t-il derrière elle, pressant le pas pour la rattraper alors que l'escalier était en vue.

Le corridor était désert, la flamme vacillante des lampes à gaz brûlait si bas que le visage de Christian était plongé dans l'ombre. Elle vit son inquiétude cependant, et son cœur si traître se serra.

— Vous êtes souffrante ? demanda-t-il en s'immobilisant près d'elle.

— Non, je suis en colère, Christian.

Elle avait parlé à voix basse et la musique empêchait heureusement leur échange d'être surpris par des oreilles indiscrètes. Les spéculations sur leur mode de vie allaient bon train depuis des semaines.

— Pardonnez-moi, murmura-t-il. Je ne regarderai plus que la scène.

— Ce n'est pas seulement cela.

Il la scruta un instant, et parut prendre une décision.

— Dites-moi ce qui ne va pas. Dites-moi ce que je peux faire pour vous reconquérir et mettre fin à cette punition.

— Vous pensez que je vous punis ?

— Oui, c'est bel et bien ce que je ressens. Et comme je sais que je le mérite, j'ai laissé faire. Vous, en revanche, vous ne le méritez pas et je vois bien que cet éloignement vous fait souffrir aussi. Laissez-moi...

Il tendit la main, mais elle recula, par instinct de survie.

— Christian, je vous en prie, ne faites pas cela.

Il se figea, puis se passa sa main sur le menton, visiblement frustré.

— Je suis désolée, vous m'avez profondément blessée. D'une façon telle que je ne me fais plus confiance. Je me méfie de mon instinct. Je me méfie de ce que je crois savoir et il me semble que je ne sais plus rien du tout.

Ce qu'elle disait n'avait aucun sens, mais Christian fronça les sourcils et ne répliqua pas.

Violet prit une profonde inspiration avant de poursuivre :

— Je vous avais tout donné, mes espoirs, mes rêves, mon avenir... mon cœur, vous aviez tout. Je ne vous ai rien caché. Et vous vous êtes servi de ces sentiments que j'avais pour vous. Vous m'avez menti. Alors que je vous donnais tout, vous avez continué de vous cacher. J'étais trop sotte pour comprendre que j'étais censée faire de même. Aujourd'hui, je ne sais plus comment aller de l'avant. Si je choisis d'avancer avec vous, j'ignore si vous serez honnête. Savez-vous seulement l'être ? Comprenez bien que même si je suis en colère, je ne fais pas cela pour vous punir, Christian. Je le fais pour mon salut.

Ses yeux étaient humides, lui semblait-il, et elle en eut le cœur brisé. Elle s'en voulait de lui faire du mal. Alors qu'elle se détournait, il la saisit par la taille et le cœur de Violet bondit dans sa poitrine, son corps se rappelant le plaisir que ses caresses étaient capables de lui offrir.

Étonnamment, il n'essaya pas de l'embrasser.

— Il serait peut-être préférable de ne plus se voir pendant un certain temps, dans ce cas, murmura-t-il. D'en finir avec cette mascarade destinée à étouffer les commérages.

Violet prit une inspiration tremblante.

— Oui, cela me semble sage.

Continuer ainsi était trop douloureux pour l'un comme pour l'autre. Ils n'étaient plus que deux êtres brisés qui trébuchaient et se cognaient l'un contre l'autre en cherchant à s'éviter et qui, en dépit de leurs efforts, n'arrivaient pas à guérir.

— Je vous aime, Violet. Sachez-le.

Son regard ardent était si sincère qu'elle le crut.

— Je vous aimerai jusqu'à mon dernier souffle, continua-t-il. Quand vous serez prête, venez me chercher ; je vous attendrai.

Violet sentit ses yeux s'embuer de larmes tandis que, dans son cœur, la souffrance le disputait à la tendresse. Elle se hissa sur la pointe des pieds et l'embrassa – un tendre et douloureux baiser de deuil. Quand elle s'écarta de lui, il la laissa partir, le souffle erratique. Elle pivota en hâte avant de changer d'avis et s'empressa de gagner la sortie pour demander qu'on avance sa voiture. La seule issue possible consistait à aller de l'avant, mais elle ne savait pas si elle en aurait la force.

Ce soir-là, Christian trouva le Montague Club très animé. Habituellement, l'ambiance joyeuse l'aidait à chasser les soucis qui lui encombraient l'esprit. Le temps d'un verre, d'un jeu, d'un combat, il parvenait à tout oublier. Depuis qu'il était revenu à Londres sans Violet cependant, la magie du lieu n'opérait plus. Pour la première fois de sa vie, il avait l'impression d'avoir perdu une partie de lui-même. Qu'elle l'avait emportée avec elle et que cela l'empêcherait à jamais d'être entier. Pire, il ne savait même pas s'il avait encore envie d'être entier sans elle. L'idée de trouver de la joie dans une vie dont elle ne ferait pas partie l'emplissait de dégoût.

Ignorant les clients, il traversa le hall d'entrée et, dénouant déjà sa cravate, gravit l'escalier pour se réfugier dans sa suite. Il comptait chasser son valet et passer le reste de la soirée à vider une bouteille de scotch. Cela ne résoudrait rien, mais cela endormirait la douleur juste assez pour qu'il affronte une nouvelle nuit en étant rongé par la culpabilité.

Alors qu'il poussait la porte, Jacob le héla depuis le fond du couloir. Christian l'ignora et pénétra dans sa chambre, laissant la porte ouverte afin que son frère puisse entrer s'il le désirait. Ce qui fut le cas, évidemment. Jacob ne pouvait jamais le laisser en paix. Christian renvoya son valet et se débarrassa de son manteau. Il se servait un verre lorsque son frère entra.

Plus élégant que jamais dans sa tenue de soirée, Jacob referma la porte et s'appuya contre le mur.

— Vu l'heure, j'en déduis que la soirée ne s'est pas bien passée.

— Elle me méprise.

Christian avala une gorgée de scotch, le laissant tracer un sillon tiède jusqu'à son ventre.

— Je ne l'en blâme pas, et pourtant...

Il prit une autre gorgée d'alcool. Il mourait d'envie de se rendre à Belgravia House pour l'obliger à lui parler. Il secoua la tête.

— Nous avons décidé de ne plus nous voir pendant un certain temps.

Quand il avait vu à quel point sa présence indisposait Violet, ce choix lui était apparu comme le plus sain.

— Je doute qu'elle te méprise.

— Je l'ai profondément blessée. Je ne sais pas comment la convaincre de me pardonner.

Jacob s'avança dans la pièce, l'air pensif, et s'assit sur le canapé.

— Je ne pense pas que l'on puisse convaincre qui que ce soit de pardonner. Elle en sera capable, ou pas.

Christian s'assit sur le canapé face à son frère.

— Ton aide m'est précieuse.

— Ce que je veux dire, c'est que tu n'envisages peut-être pas les choses sous l'angle qui convient. Tu as compromis la confiance qu'elle t'accordait. Une fois la confiance perdue, tu ne peux espérer qu'elle revienne en te contentant simplement de le souhaiter.

Jacob avait raison, mais s'il avait voulu qu'il renonce, il ne s'y serait pas pris autrement.

— Dans ce cas, que suggères-tu ? demanda-t-il.

Jacob se pencha en avant, les coudes calés sur les genoux, et le regarda droit dans les yeux.

— Agis, frère. Quand les mots ne veulent plus rien dire, les actes ont un sens. Prouve-lui qu'elle peut te faire confiance.

Agir. La culpabilité et le scotch tournoyaient dans son estomac, mais les paroles de Jacob le traversèrent telle une flamme qui anéantit tout sur son passage – tout, à l'exception de sa détermination. Agir était le seul moyen d'avoir de nouveau Violet dans ses bras. La seule façon de lui prouver qu'elle pouvait se fier à sa parole. La seule façon de la reconquérir.

Et il savait précisément ce qu'il devrait faire.

24

La tâche qui l'attendait consistait à convaincre la femme qu'il aimait qu'il était digne de la main qu'elle lui avait accordée. Il s'y attela en y mettant tout son cœur.

V. LENNOX,
La Saison d'une Américaine à Londres

Septembre 1875

— J'ai une merveilleuse nouvelle à annoncer.

Helena avait légèrement haussé la voix afin d'être entendue malgré le bruit des conversations dans son salon. Le comité de direction de l'orphelinat concluait sa réunion annuelle. Après l'habituel rapport fiscal suivi du bilan d'avancement du mois précédent, les membres s'apprêtaient à discuter de la campagne de financement qui permettrait l'acquisition d'un nouvel immeuble destiné tant à l'hébergement des mères qui travaillaient qu'à l'éducation de leurs enfants.

Le Foyer londonien de jeunes femmes avait vu le jour pour combler un besoin qu'Helena avait identifié à l'orphelinat. Les mères qui travaillaient, généralement célibataires, préféraient parfois garder leurs enfants plutôt que de les abandonner, mais les ressources actuelles de l'orphelinat étant ce qu'elles étaient, ce n'était pas possible. Helena avait commencé par aménager tout un étage de l'orphelinat pour répondre à ce besoin, mais celui-ci avait pris une telle importance au cours de l'année écoulée que l'ouverture d'un nouveau bâtiment s'était imposée. Violet assistait à la réunion, la passion d'Helena pour cette cause l'ayant convaincue d'y contribuer.

— Alors, de quoi s'agit-il ? demanda Violet en reposant sa tasse. Vous ne pouvez pas nous tenir en haleine plus longtemps, Helena.

Elle n'avait encore jamais vu son amie dans un tel état d'excitation. Le sourire de celle-ci s'agrandit.

— Notre notaire m'a appris hier qu'une donation substantielle avait été faite afin d'aider à la concrétisation de notre Foyer londonien de jeunes femmes. Nous pouvons commencer à chercher un bâtiment. Le donateur souhaite toutefois garder l'anonymat.

— C'est en effet merveilleux, dit une des femmes.

— Comment est-ce possible, lady Helena ? s'étonna une autre. Nous n'avons pas commencé à solliciter des dons en dehors de nos cercles familiaux respectifs.

Les cinq femmes échangèrent des regards dans l'espoir que l'une d'elles connaîtrait l'identité du mystérieux donateur.

Helena coula un regard entendu à Violet. Dieu merci, elle détourna les yeux avant que quiconque l'ait surpris. Violet n'avait pas la moindre idée de ce que signifiait ce regard.

— Je suis la première étonnée, croyez-moi, avoua Helena. Cela signifie en tout cas que nous devons faire de cette recherche de lieu une priorité. Et je crois qu'il serait bon de créer à cette fin un nouveau comité. Lady Leigh, seriez-vous disposée à en prendre la direction ?

Prise au dépourvu, Violet ouvrit et referma la bouche, tel un poisson hors de l'eau. Une autre femme approuva la motion et avant qu'elle ait pu comprendre ce qui se passait, Violet était élue directrice du comité destiné à trouver un nouveau lieu pour le Foyer londonien de jeunes femmes. Cela ne la dérangeait pas – pas vraiment. Les œuvres caritatives étaient devenues chères à son cœur au cours des mois passés à seconder bénévolement lady Helena, mais tout, dans l'échange qui venait d'avoir lieu, lui semblait incongru.

Une fois l'excitation retombée, la réunion se poursuivit encore quelques minutes, puis la séance fut levée et ces dames prirent congé. Violet s'attarda afin de s'entretenir en tête à tête avec Helena. Dès que la porte se fut refermée, Helena se tourna vers elle.

— Comment vous sentez-vous ?

Violet posa spontanément la main sur son ventre. Sa grossesse n'avait pas encore été officiellement annoncée, mais elle avait partagé la nouvelle avec Augusta, Max et Helena. Tous ceux qui lui étaient proches à l'exception de Christian. Il faudrait pourtant qu'elle se décide bientôt si elle ne voulait pas que quelqu'un d'autre la prenne de vitesse. Son corps avait déjà commencé à se transformer. Elle devait desserrer son corset, son visage était plus épanoui, ainsi que d'autres parties de son corps, et elle avait presque constamment faim. D'ici peu, cela se remarquerait. Christian serait blessé s'il ne l'apprenait pas de sa bouche.

Elle avait déjà commencé à ressentir ces petites palpitations annonçant que le bébé remuait et grandissait dans son ventre. Cela lui était arrivé quelques jours plus tôt et sa première pensée avait été pour Christian. Elle aurait aimé partager cela avec lui, mais cela faisait maintenant des mois qu'ils ne s'étaient pas parlé, et bien qu'il lui manquât davantage chaque jour, elle ne savait trop comment il la recevrait si elle l'approchait. Leur éloignement lui avait permis d'avoir enfin toute latitude pour prendre ses propres décisions et de réapprendre à se faire confiance. Elle lui avait aussi permis de se demander si les sentiments de Christian à son endroit étaient restés les mêmes. Il avait déclaré qu'il l'aimerait toujours, mais comment croire cela alors que leur histoire reposait sur tant de mensonges ?

— Beaucoup mieux, ces derniers temps, répondit-elle à son amie, chassant ces pensées de son esprit. La fatigue et les nausées sont moins présentes.

— Voilà qui fait plaisir à entendre, dit Helena en l'invitant à regagner le salon avec elle. J'espère que vous ne m'en voulez pas de vous avoir recrutée pour le comité. Il semblait juste que vous en preniez la direction vu cette très généreuse contribution. Il nous aurait fallu des mois pour réunir une telle somme. Cela dit, si vous craignez de ne pas pouvoir assumer cette tâche, je comprendrai.

— Je ne vous en veux absolument pas, Helena. Je suis heureuse de pouvoir aider de toutes les façons possibles et je suis sûre que nous trouverons une solution d'ici quelques mois ; avant la naissance du bébé, en tout cas, qui est prévue pour février. Je crains simplement de ne pas comprendre. J'avais déjà fait un don et demandé à M. Clark d'établir une rente.

Le notaire de Christian lui avait rendu visite peu après son installation à Belgravia. Ils s'étaient vus régulièrement depuis lors afin d'établir la façon dont sa fortune devait être gérée. En sus d'une donation forfaitaire, Violet avait décidé que l'œuvre caritative recevrait un montant fixe chaque année.

— Je sais, mais mon notaire pense que c'est vous qui avez arrangé cela, répondit Helena.

— Intéressant. Pourquoi pense-t-il cela ? L'argent vient peut-être de Max ?

La donation ne pouvait provenir de ses parents, à qui elle ne parlait plus en dehors du strict nécessaire lors de leurs apparitions en public.

Helena rosit joliment et son expression s'adoucit.

— Ce n'est pas lui. Il a déjà fait une promesse de don. Du reste, enchaîna-t-elle avant de jeter un coup d'œil vers la porte, le notaire a mentionné lord Leigh, bien que son nom ne doive apparaître sur aucun document. Nous en avons tous deux conclu que vous aviez fait appel à votre mari.

Sous le choc, Violet sentit sa peau se hérisser.

— Non, je ne lui en ai pas encore parlé.

Personne, excepté Augusta et les échotiers qui continuaient à spéculer sur l'état de leurs relations, ne savait qu'ils ne s'étaient pas parlé depuis des mois. Personne, excepté sa famille, ne savait que le comte de Leigh n'avait pas les moyens de faire un don aussi important. Avait-il utilisé ses fonds à elle ? Ces fonds qui, il le lui avait juré, lui appartenaient exclusivement ? Elle en doutait, cela étant, elle n'avait pas demandé à M. Clark de lui présenter un relevé mensuel des transactions.

— Tout va bien ? demanda Helena.

Violet hocha la tête alors même qu'elle n'en savait rien.

— Je n'ai pas besoin de vous dire ce que cela représente pour nous, reprit Helena. Nous allons pouvoir améliorer le sort de tant de personnes. Bien plus d'enfants pourront dorénavant être élevés par leur mère au lieu d'être placés. Et nous allons pouvoir former et éduquer beaucoup plus de femmes afin de leur permettre d'accéder à des emplois plus qualifiés.

— Oui, c'est merveilleux. Je dirai à Christian comment son don a été accueilli.

C'était merveilleux. Le malaise qu'elle éprouvait était lié au fait qu'il ne lui avait pas soufflé mot de ce don.

— Vous devez être fière de lui, sourit Helena.

— Eh bien, oui...

Il y avait dans le regard d'Helena quelque chose... d'implicite. Comme une allusion.

— Pourquoi dites-vous cela ? demanda-t-elle.

Helena se leva et s'approcha du bureau où s'empilaient des journaux. Elle fouilla dans la pile et sortit celui qu'elle cherchait.

— Il a publié un essai sur la nécessité de réformer les droits des femmes mariées qui a suscité beaucoup de remous chez les conservateurs.

Violet prit le journal qu'elle lui tendait. Elle avait cessé de lire la presse quand les échotiers s'étaient intéressés de trop près à sa relation avec son mari. Et quand ils avaient commencé à écrire au sujet de leurs dissensions, elle avait demandé à Winston de garder les journaux pour lui.

Le mariage transforme le comte diabolique en saint défenseur des femmes, proclamait le titre de l'article. Le journaliste commençait par résumer l'argument de l'essai de Christian, à savoir que les femmes mariées devraient posséder une identité légale indépendante de leur statut d'épouses, et être autorisées à gérer leurs avoirs. Il qualifiait ledit essai de « lettre d'amour à son épouse ». Violet ne put s'empêcher de sourire en lisant ces mots. Christian l'avait-il écrit dans cet esprit ? Cherchait-il à la reconquérir ou pensait-il réellement tout cela ? À moins que ce ne soit les deux à la fois ?

L'article évoquait ensuite les discours que Christian avait faits, un peu plus tôt dans le courant de l'été, sur la protection des femmes et des enfants employés dans les usines. Elle n'avait jamais entendu parler de cela. Certains soutenaient sa position, mais le journal maintenait que beaucoup étaient choqués qu'il puisse insinuer que des besoins existaient dans ce domaine. L'article allait même jusqu'à faire remarquer que le personnel de Belgravia House était majoritairement féminin, comme si cela était une preuve supplémentaire que Christian prenait le parti des femmes.

— L'essai de Leigh figure sur la page suivante si vous souhaitez le lire, précisa Helena.

Violet tourna la page et parcourut ses mots, sa voix résonnant dans sa tête à mesure qu'elle avançait dans sa lecture. Il reconnaissait avec humilité ne pas avoir pris la peine de remarquer à quel point la loi britannique lésait les femmes jusqu'à ce que sa propre épouse se retrouve dans l'obligation de lui remettre le plein contrôle de ses finances par le biais du mariage. Il s'était trouvé dans l'incapacité légale de lui permettre de recevoir une pension de la part de sa famille sans passer par lui. Il avait pourtant essayé ! Si la législation en vigueur le perturbait tellement, cela signifiait qu'il avait dit la vérité quand il avait déclaré ne pas vouloir toucher à sa dot. Violet sentit son cœur se gonfler d'amour.

— Il a tellement changé depuis votre mariage, Violet. Vous avez eu sur lui un effet véritablement bénéfique.

Violet se rappela son expression ce soir-là, dans leur petite chambre à coucher au-dessus de la cuisine des Mitchell, quand elle avait parlé de mariage. Un tendre et timide espoir avait éclairé son visage tandis qu'il lui offrait son cœur. Elle voulait bien croire que cet homme-là ait pu accomplir de tels actes. Peut-être était-il vraiment cet homme-là. L'autre, celui qui avait manigancé pour l'épouser à des fins égoïstes, celui qui lui avait menti, n'existait peut-être pas vraiment, au fond.

— Je ne crois pas que les gens changent vraiment, dit-elle.

C'était vrai en ce qui concernait ses parents. Leur tendance à ne se soucier que de leur intérêt avait toujours été présente. Elle l'avait compris au fil du temps, en comparant leur comportement à Londres avec celui qu'ils avaient en Amérique. Ils étaient restés les mêmes, mais les circonstances avaient changé. En allait-il de même pour Christian ? Peut-être avait-il été un enfant chaleureux jusqu'à ce que les circonstances l'obligent à se retrancher derrière un masque de froideur. Cela ne signifiait pas que cette chaleur avait disparu, simplement qu'elle était enfouie quelque part. Violet en avait eu trop d'aperçus pour douter de son existence.

— Ce qu'il révèle ici a toujours été présent, ajouta-t-elle, certaine de ce qu'elle avançait.

— Certes, mais vous avez permis que cela ressorte davantage.

C'était vrai. Leur association avait fait ressortir le meilleur de chacun d'eux. Si elle avait raison sur ce point, alors, elle n'avait perdu que trop de temps.

— Helena, je suis navrée, mais il faut que je me sauve.

L'après-midi était déjà bien avancé et elle allait devoir repasser à Belgravia pour récupérer son livre de comptes avant d'aller trouver M. Clark à son bureau avant l'heure de la fermeture. Elle voulait connaître le fin mot de cette histoire. Savoir où Christian avait trouvé les fonds de sa donation répondrait à quelques-unes de ses questions.

— Bien sûr, dit son amie, qui se leva en même temps qu'elle. Est-ce que tout va bien ?

— Oui, je crois.

Violet prit congé et se dépêcha de regagner sa voiture. Durant tout le trajet, elle se demanda si elle avait eu tort ou raison. Si ce qu'elle ressentait pour lui n'avait été qu'un béguin, cela lui aurait passé, depuis le temps. C'était donc de l'amour. Ce n'était ni un sort ni un tour de passe-passe. C'était l'expression de son cœur. Mais comment faire confiance à Christian s'il avait fait ce que la logique disait qu'il avait dû faire ? S'il avait utilisé ses fonds à elle pour faire un don ?

Entre la circulation dense et le détour pour repasser chez elle, elle ne pénétra dans le bureau de M. Clark qu'une heure plus tard. Elle n'était venue qu'une seule fois – c'était lui qui se déplaçait d'habitude – et ne fut donc pas surprise que son clerc ne la reconnaisse pas.

— Bonjour, madame, la salua le jeune homme en se levant.

Il la détailla d'un coup d'œil poli, l'air de se demander ce qu'elle faisait là.

— Bonjour. Je vous prie de m'excuser de faire irruption de la sorte, mais il faut que je parle à M. Clark immédiatement.

Elle jeta un coup d'œil à la porte close du bureau du notaire.

— Je suis navré, madame, il est très occupé. Je peux vous proposer un rendez-vous si vous le souhaitez, dit-il en ouvrant un cahier de rendez-vous.

— Non, je dois lui parler maintenant. Dites-lui que lady Leigh est ici.

L'homme se figea, les yeux ronds.

— Je vais essayer, milady.

Il alla frapper à la porte du bureau et disparut à l'intérieur. Quand il réapparut un instant plus tard, il faillit la heurter car elle patientait près du seuil.

— Il peut vous recevoir.

Lorsqu'elle franchit le seuil du bureau, M. Clark se dépêchait d'enfiler le manteau qu'il venait d'attraper sur le dossier de son fauteuil. Plusieurs registres étaient ouverts sur son bureau.

— Je vous prie de m'excuser, monsieur Clark, et je vous remercie d'accepter de me recevoir.

— Je vous en prie, milady.

Le notaire remonta ses lunettes sur son nez et l'invita à s'asseoir d'un geste. Tandis qu'elle s'exécutait, il referma en hâte les registres et les empila sur le coin de son bureau.

La première fois qu'elle l'avait rencontré, elle l'avait trouvé plutôt jeune pour un notaire, à peu près le même âge que Christian. Les notaires qu'employait son père étaient généralement des messieurs d'âge mûr et plutôt corpulents à force de rester assis à leur bureau. M. Clark était très compétent, elle le savait. Non seulement il travaillait pour Christian et le Montague Club depuis des années, mais Rothschild et Augusta le lui avaient recommandé. Elle était certaine d'obtenir la vérité auprès de lui.

— Que puis-je faire pour vous, milady ? s'enquit-il en prenant place derrière son bureau.

— J'aimerais voir les livres de comptes que vous tenez pour moi.

— Vous en avez le droit, évidemment, milady... Puis-je toutefois vous demander si vous recherchez quelque chose en particulier ?

Son regard s'était posé sur le registre qu'elle avait sur les genoux. Sachant qu'elle remettait le sérieux du notaire en question, Violet n'osa pas croiser son regard.

— J'ai apporté mon propre livre de comptes afin de le comparer avec les vôtres.

À son grand soulagement, M. Clark ne parut pas offensé, juste curieux.

— Il y a un problème avec votre rente ? Comme vous le savez, les frais concernant la rénovation de votre demeure sont prélevés sur un autre compte.

— Oui, je sais. J'ai également des comptes séparés dans mon registre, répondit-elle en tapotant l'épais volume. J'aimerais simplement consulter les vôtres afin de comparer.

Il acquiesça et se leva pour ouvrir le tiroir du placard derrière son bureau. Ses gestes étaient lents mais précis, comme s'il s'interrogeait toujours sur ses intentions. Il sortit un dossier sanglé, l'ouvrit et présenta à Violet une feuille qui figurait à l'intérieur.

— Peut-être serait-il préférable de commencer par la fin et de remonter autant que nécessaire. Voici votre relevé de compte du mois de juillet s'agissant de votre rente, et voici celui qui concerne vos fonds généraux. Je peux envoyer mon clerc à votre banque si vous souhaitez une déclaration de leur part établissant que les montants correspondent. S'ils ne correspondent pas à ce que vous escomptiez, nous pourrons creuser dans la comptabilité afin d'en déterminer la raison.

Violet étudia les papiers. Chacun d'eux comportait des colonnes de chiffres intitulées *Crédit* ou *Débit*, ainsi que les catégories dans lesquelles les fonds et les dépenses avaient été classés. Max et Augusta avaient pris la peine de lui expliquer le principe d'un relevé quand elle avait commencé à investir son argent. Son propre livre de comptes fonctionnait selon les mêmes principes. Le problème, c'était que les deux totaux étaient très proches de ce à quoi elle s'attendait.

— Cela me semble en ordre, dit-elle.

M. Clark gardant le silence, elle se risqua à le regarder.

— Pardonnez-moi, mais cela semble vous surprendre. Vous aurais-je donné des raisons de douter de ma gestion, milady ? demanda-t-il d'un air soucieux.

— Non, monsieur Clark. Vous avez toujours été très aimable et compétent. Ce n'est pas de vous que je doute. Il se trouve que j'ai appris quelque chose aujourd'hui et que je ne sais trop comment l'interpréter.

Elle sut à quel moment il comprit à quoi elle faisait allusion. Il haussa les sourcils et l'incertitude disparut de son regard. Il récupéra les relevés, les rangea dans le dossier et posa celui-ci sur son bureau tandis qu'il se rasseyait.

— Vous comprenez, j'en suis sûr, que je suis tenu au secret professionnel s'agissant de mes clients, dit-il.

— Oui, je comprends. J'aimerais cependant avoir confirmation du fait que lord Leigh vous a chargé de faire don d'une somme importante à une œuvre caritative fondée par lady Helena March.

Le notaire déglutit.

— Le voudrais-je que je ne saurais trahir sa confiance à ce sujet, milady.

— Très bien. Vous pouvez cependant me dire s'il a utilisé mon argent à cette fin. Je crois savoir qu'il peut en faire usage s'il le souhaite.

— En effet, s'il choisit d'employer vos fonds de cette façon, rien ne le lui interdit. Toutefois, ayant connaissance tant de vos souhaits que de ceux de lord Leigh, je peux vous assurer que le comte est un homme intègre à cet égard.

Violet laissa échapper un soupir de soulagement et le poing qui s'était refermé sur son cœur depuis sa conversation avec lady Helena se desserra complètement.

— Dans ce cas, où a-t-il obtenu les fonds pour faire un tel don ?

M. Clark pinça les lèvres, visiblement peiné par la question.

— Je ne peux pas vous le dire, milady.

Violet se sentit la colère la gagner.

— Vous ne pouvez pas le dire. Le pourriez-vous dans le cas contraire ? Si c'était moi qui dépensais des sommes considérables et si mon mari exigeait de connaître la provenance de cet argent, vous pourriez le dire ?

Il ouvrit la bouche, puis la referma, incapable de croiser son regard.

— Je ne peux pas davantage contrôler la loi que je ne peux contrôler la façon dont lord Leigh choisit de dépenser son argent.

— Naturellement. J'aimerais juste savoir une chose. Où mon mari a-t-il obtenu l'argent de ce don ?

— Lady Leigh, vous comprendrez que vous me mettez là dans une position difficile. Si lord Leigh désirait garder secrète la vente d'une de ses propriétés privées, je ne pourrais pas aller contre son souhait. Quand bien même je le voudrais, je ne pourrais pas vous le dire.

Violet cessa un instant de respirer. Une de ses propriétés privées. Pour autant qu'elle sache, les seules propriétés qu'il possédait étaient la maison de Belgravia, Amberley Park et Blythkirk. Il y avait aussi le club, mais Jacob et Rothschild en étaient copropriétaires avec lui. Il n'aurait pas touché à Belgravia House et Amberley Park était un bien inaliénable – et n'était plus qu'une coquille vide –, ce qui ne laissait que Blythkirk, ou sa part du club.

— Il ne vendrait jamais sa part du Montague Club. C'est sa seule source fiable de revenus.

En plus de ce que lui rapportaient les placements effectués par M. Clark avec le pactole de sa dot.

— Il est encore beaucoup trop tôt pour miser sur les revenus de sa rente, n'est-ce pas ?

— En effet, milady. Vendre maintenant ses parts du Montague Club serait de la folie.

— Il ne reste donc plus que Blythkirk. A-t-il vendu Blythkirk ?

— Milady, comme je l'ai déjà dit, il souhaite que tout cela demeure secret.

Violet le dévisagea, incapable de croire que Christian ait pu vendre la seule chose qui ait jamais compté à ses yeux, la propriété qui était à l'origine de leur histoire. Sans son amour pour Blythkirk, que l'incendie avait presque détruit, il n'aurait pas cherché à s'enfuir avec elle.

— Clignez des yeux s'il a vendu Blythkirk.

Le notaire cligna des yeux.

25

Lord Lucifer avait peut-être l'âme d'un démon, mais son cœur appartenait à Rose et elle avait l'intention de le garder à l'abri jusqu'à la fin de ses jours.

V. LENNOX,
La Saison d'une Américaine à Londres

Christian agrippa la barre et se souleva à la force de ses bras jusqu'à ce que ses pieds quittent le sol et que son menton s'élève au-dessus. Laissant échapper le souffle qu'il retenait, il s'autorisa à redescendre lentement. Il répéta l'exercice par trois séries de dix jusqu'à ce que ses muscles demandent grâce. Il refit une autre série pour s'assurer d'être allé au bout de ses forces.

Seul l'exercice physique lui permettait de dormir désormais. Il ne pouvait compter uniquement sur l'alcool alors que ses journées étaient remplies comme un œuf et qu'il devait garder l'esprit clair. Il avait donc pris l'habitude de se retirer dans le gymnase du club presque tous les soirs, une fois que la majeure partie des clients avait quitté les lieux. Il finissait son service à l'étage, après quoi il venait se débarrasser de son excès d'énergie et de frustration sur les agrès. Le gymnase était l'ancienne salle de bal. Il était spacieux et avait conservé l'élégant papier peint, les moulures et le lustre du temps où Thea était la maîtresse de maison.

La sueur coulait de ses cheveux et ruisselait dans son dos. Quand il posa les pieds sur le sol, un élancement lui traversant la cheville.

— Prêt, milord ? demanda Kostas, le valet, en s'approchant avec le linge et le rembourrage destinés à lui envelopper les mains.

Frapper le sac de sable constituait l'étape finale des séances d'exercice.

— Oui, merci.

Christian maintint le rembourrage contre ses phalanges tandis que Kostas s'affairait sur ses mains.

— C'est impossible... Milady, cela ne se fait pas. Nous avons une politique de confidentialité.

Le vacarme venait du couloir, de l'autre côté des doubles portes ouvertes. Christian reconnut la voix du portier de nuit avant d'entendre une voix féminine à l'accent américain.

— Je me contrefiche de votre politique de confidentialité. Vous n'aviez qu'à envoyer chercher mon mari, comme je vous l'avais demandé !

Violet !

Christian se rua vers la porte à l'instant où elle faisait irruption dans la pièce. Elle s'immobilisa et parut quelque peu consternée en le voyant. L'explosion de joie initiale se mua en prudence. Torse nu, en pantalon et bottes – sa tenue de combat habituelle qu'il portait aussi pour faire ses exercices –, il comprit qu'il devait lui apparaître bestial et grossier. Sa véritable nature. Ce n'était peut-être que justice qu'elle le voie ainsi. Il ne devait plus y avoir de faux-semblants entre eux, plus maintenant.

— Tout va bien ? demanda-t-il.

Il était tard et elle n'était pas habillée pour un bal. Il ne parvenait pas à imaginer la raison de sa visite, surtout à une heure aussi avancée. Il n'osa penser qu'elle était venue pour une réconciliation. Il serait incapable d'assumer sa déception en apprenant qu'il s'était trompé. Il avait dû se passer quelque chose pour qu'elle fasse ainsi irruption dans le club ?

Elle paraissait avoir du mal à parler, déglutit plusieurs fois et détourna le regard avant de le poser de nouveau sur lui. Les deux autres hommes qui s'exerçaient aux agrès s'étaient interrompus pour les regarder.

— Je crois, oui, dit-elle. Je dois vous parler. En privé.

Rassuré sur le fait qu'elle allait bien, Christian entreprit de défaire le bandage de ses mains.

— Nous pouvons aller dans ma suite.

Elle hocha la tête. Il remit les bandes à Kostas et accepta la serviette que ce dernier lui tendit en retour. Il s'essuya le visage, puis enfila le peignoir que Kostas lui présentait.

Le portier de nuit quitta le gymnase en soupirant. Sans un mot, Christian prit sa canne des mains du valet, puis fit signe à Violet de l'accompagner à travers les salles vides jusqu'au couloir qui menait à l'étage. Elle était raide et silencieuse, et il sentait les reproches presque palpables qui émanaient d'elle. S'il avait eu le moindre espoir que sa visite ait pour but de se réconcilier, il aurait commis une erreur. Heureusement, il avait renoncé depuis longtemps à cette folle illusion.

Il lui tint la porte ouverte, la suivit à l'intérieur et la referma derrière eux. Le cliquetis d'une douceur trompeuse lui parut menaçant. Soudain, il eut peur de la laisser parler. Peur qu'elle ne prononce les mots qu'il avait été incapable d'affronter depuis tout ce temps. Elle voulait divorcer. Il ne parvenait pas à imaginer qu'elle puisse vouloir autre chose, pas après des mois de silence. Si elle demandait le divorce, il ne pourrait rien faire d'autre que de le lui accorder, quoique pas avant de s'être humilié en s'agenouillant devant elle pour la supplier de rester.

— Puis-je vous offrir quelque chose ? demanda-t-il en s'approchant du buffet pour se servir un verre d'eau fraîche.

— Non, merci.

Du coin de l'œil, il la regarda déambuler dans la pièce, faire mine de s'asseoir sur le sofa avant de se raviser et de s'approcher de la fenêtre. Elle était aussi belle que dans son souvenir. Ses cheveux brillaient à la lumière de la lampe à gaz et son teint était lumineux. Son profil lui rappela ce jour où il était allé demander sa main à son père. Ce jour où ils s'étaient défiés l'un l'autre devant la porte du salon de musique. Seigneur, quel idiot il avait été. Il l'aimait déjà à ce moment-là.

Quand elle pivota et le surprit en train de la regarder, il ne put détourner les yeux. Elle connaissait ses sentiments, de toute façon, alors il la regarderait jusqu'à ce qu'elle le quitte. Son visage semblait plus rond, comme si les angles s'étaient adoucis, ces derniers mois. Il n'en était pas absolument certain, mais ses épaules et sa poitrine lui parurent également plus pleines que dans son souvenir. Seigneur, il connaissait si bien son corps. Qu'elle soit en quelque sorte différente de celle qu'elle avait été et qu'il n'ait pas été là pour assister à ces changements le rendait triste.

Il détourna le regard. Il était *fou* d'elle. Il n'y avait pas d'autre mot pour décrire cette obsession qui avait pris possession de lui. L'absence de Violet aurait pu l'atténuer, mais son retour l'avait fait ressurgir avec force.

— Pourquoi êtes-vous venue ? demanda-t-il plus durement qu'il n'en avait eu l'intention.

Elle s'approcha de lui, s'arrêta à portée de sa main. Il n'eut pas le cœur de lui dire qu'elle s'était aventurée trop près. Il se resservit un verre d'eau, histoire de s'occuper les mains plutôt que de les poser sur elle.

— J'ai lu votre essai. Je l'ai trouvé très bon.

Son approbation lui fit l'effet d'un baume qui s'insinua jusque dans les zones d'ombre qu'il gardait secrètes. S'autoriser à réagir de la sorte était dangereux, pourtant ce fut plus fort que lui.

— C'est la raison de votre visite ? Me dire que vous approuvez ma position ?

— J'ai également lu un article qui vous est consacré dans le *Times*. Il évoquait votre discours sur le travail des enfants et la nécessité de réduire la durée de leur temps de travail, ainsi que celui des femmes employées dans les usines. J'ignorais ces faits, mais j'ai beaucoup apprécié le soutien que vous leur apportez. Je suppose que vous le savez, j'ai travaillé avec Helena pour ses œuvres carit…

— Je sais.

Il le savait parce qu'il absorbait chaque bribe d'information la concernant tel un désert avide de pluie.

— Je sais, Violet.

Elle entrouvrit les lèvres, surprise, comme si elle avait pu douter qu'il soit fou d'elle.

— Pourquoi avoir fait ces discours ?

— Parce qu'il s'agit de causes justes et bonnes.

Parce que ce sont des causes que vous soutenez et que je veux être proche de vous, même par procuration. Mon Dieu, il était tombé bien bas.

— Et pourtant, vous ne les souteniez pas, avant.

Avant eux, voulait-elle dire.

— Si. Seulement, j'étais plus égoïste, alors.

Elle garda le silence un moment, son regard pénétrant lisant bien trop de choses sur son visage. Il se détourna et gagna le vestiaire pour se débarrasser de sa serviette. La pièce au-delà était sa chambre, ce qui signifiait que son lit était assez proche pour être tentant, mais qu'il aurait aussi bien pu se trouver à l'autre bout de Londres. Violet n'avait pas bougé lorsqu'il revint.

Déchiré entre l'envie qu'elle parte pour s'épargner la souffrance de l'entendre lui demander un divorce et le minuscule espoir qu'elle puisse encore vouloir de lui, il se contenta de la regarder, sachant que les secondes qui allaient suivre allaient probablement changer le cours de sa vie.

— Christian...

Elle avança vers lui d'un pas délibérément lent, et son cœur se mit à cogner contre ses côtes comme s'il cherchait à la rejoindre.

— Lady Witherston m'a demandé si je voulais faire un don à sa volière d'oiseaux rares, dit-elle en tordant les mains. Elle semble croire que le seul moyen d'inciter les gens à apprécier leur merveilleux plumage consiste à les élever afin de continuer à produire les affreux chapeaux qu'elle porte. S'il me prenait l'envie de participer à cette bonne œuvre, feriez-vous un discours aussi passionné pour soutenir cette cause ?

— Si tel était votre souhait, murmura-t-il, n'osant bouger, incapable de mentir, incapable de respirer.

S'il lui laissait voir le pouvoir qu'elle avait sur lui, il n'était pas certain de survivre à l'usage qu'elle pourrait en faire.

Elle s'arrêta à quelques centimètres de lui.

— Pourquoi avoir écrit cet essai sur le droit des femmes à la propriété ?

— Parce que j'espère pouvoir un jour rendre légal et permanent l'accord que nous avons passé. Je m'assurerai que vous ayez un jour le contrôle de votre dot.

Pour la première fois, son expression se modifia. Le masque froid et rigide laissa la place à la chaleur et à la tendresse.

— Est-il vrai que vous avez vendu Blythkirk et fait don du produit de la vente au Foyer londonien pour jeunes femmes ?

Il secoua la tête. Clark lui avait assuré que le don pouvait être fait de façon anonyme. Christian avait insisté sur ce point.

— C'est sans importance.

Elle posa la main sur son torse nu entre les pans du peignoir. Il la regarda, certain qu'elle sentait les martèlements sourds de son cœur.

— C'est important pour moi, Christian. C'était votre foyer. Une maison que vous aimiez, et je ne supporte pas que vous l'ayez vendue pour moi.

— Ce n'était pas mon foyer. Je pensais y être attaché, mais ce n'était pas le cas.

Vous êtes tout ce dont j'ai besoin, Violet.

— Ce n'était qu'une coquille vide, poursuivit-il. Je sais ce qu'est une vraie perte, et la perte de Blythkirk n'en était pas même un écho.

Il vit des larmes briller dans ses yeux.

— Est-il donc vrai que vous m'aimez toujours ?

La vision de Christian se troubla, au point que le visage de Violet devint flou. Il voulait se protéger, mais il ne put retenir les mots qui jaillirent de sa bouche dans l'espoir fou de la convaincre de lui donner une nouvelle chance.

— Vous avez sûrement compris que mon amour pour vous n'avait pas disparu du fait de votre absence. Je veux que vous sachiez que je vous ai aimée au premier regard et que je continuerai de vous aimer longtemps après avoir cessé de respirer. Si vous me le demandez, je suis prêt à faire tous les discours que vous voudrez, à faire des dons à toutes les bonnes œuvres, à vendre jusqu'à ma propre chemise pour vous satisfaire.

— Christian, souffla-t-elle.

Et ce doux murmure emplit son âme tandis qu'elle se laissait aller contre lui.

Lentement, comme si Violet n'était qu'une illusion issue de son imagination et qu'elle risquait de s'évanouir à son contact, il referma les bras autour d'elle. Elle était bien réelle. Il resserra son étreinte, redoutant encore qu'elle ne disparaisse.

— Ce ne doit pas être bon pour nous, murmura-t-elle contre son torse. Cet amour dévorant que nous ressentons.

Comme pour le confirmer, le cœur de Christian manqua un battement.

— Cet amour ? répéta-t-il.

Elle leva les yeux vers lui.

— Oui, je vous aime toujours. J'ai tenté de me convaincre qu'il s'agissait d'un simple béguin, mais je me trompais. Je vous aime autant que je vous aimais dans le Yorkshire. Peut-être même davantage. Lire votre essai et savoir que vous étiez prêt à affronter la critique de vos pairs à seule fin de légaliser notre accord… Je sais maintenant que vous étiez sincère quand vous avez dit que ma dot ne vous intéressait plus. Et vous voir maintenant…

Elle noua les bras autour de son cou.

— C'est comme si nous ne nous étions jamais quittés, et c'est aussi comme si une vie entière s'était écoulée. Je ne veux plus jamais vivre une seule journée sans vous. Je ne veux plus me réveiller sans vous. Je ne veux plus me demander à chaque instant ce que vous faites ou si je vous manque.

— Oui, chuchota-t-il avant de s'emparer de sa bouche.

Violet s'ouvrit à lui avec douceur.

— Vous me manquez tout le temps.

Il l'embrassa encore.

— Je vous aime à chaque instant.

Un autre baiser.

— Pourrez-vous me faire un jour de nouveau confiance ?

— Oui, oui, bien sûr.

Elle glissa les mains sous son peignoir pour explorer son torse, comme si elle ne pouvait s'empêcher de le toucher.

— Vous êtes un homme bien, je l'ai toujours su.

— Je suis désolé de vous avoir amenée à douter de moi. Je suis désolé de ne pas être plus ouvert. L'être m'est difficile, mais ce n'est pas une excuse.

Le regard de Violet se voila de tendresse quand elle encadra le visage de Christian de ses mains.

— Non, ce n'est pas une excuse, mais nous pouvons tout reprendre depuis le début. Si vous voulez toujours de moi…

Il la serra contre lui.

— Juste Ciel, Violet, bien sûr que je veux toujours de vous ! Je n'ai jamais cessé. Je veux que nous soyons ensemble et que nous retrouvions ce que nous avons découvert dans le Yorkshire.

Il déposa un baiser sur sa joue, impatient de retrouver sa saveur et le sel de sa peau.

— Je transpire, dit-il, comprenant soudain qu'il risquait d'abîmer sa robe. Je faisais de l'exercice.

Il tenta de l'écarter de lui, mais elle résista.

— Oui, je sais. J'ai vu. C'est pour cela que je suis pressée.

Il avait donc mal interprété son regard quand elle avait surgi dans le gymnase ? C'était son désir qu'elle s'était efforcée de réprimer ! Il rit, et la bête en lui se déchaîna, pressée de la déshabiller. Impatiente, elle repoussa le peignoir sur ses épaules avant de l'aider à dégrafer sa robe. Quelque chose se déchira, mais elle ne parut pas y prêter attention. Dès qu'il l'eut débarrassée de sa robe et de son corset, il vit le médaillon qu'il lui avait offert autour de son cou et se figea.

— Vous l'avez gardé.

— Oui, souffla-t-elle, le regard débordant d'amour. Je le garde tout le temps. Il m'arrive de l'enlever pour assister à un bal, mais je le remets avant d'aller me coucher.

Submergé par une vague d'amour, il la souleva dans ses bras et l'emporta jusqu'à son lit. Là, il acheva de la dévêtir. Il était en proie à un désir vorace et Violet l'était tout autant. Ses jupons et sa chemise à peine ôtés, elle l'attira sur elle.

— Je ne peux pas attendre, dit-elle.

Christian était on ne peut plus d'accord avec elle. Il s'écarta pour se déboutonner, les yeux rivés sur elle, redoutant encore que ce ne soit qu'un rêve. Sa beauté le fascinait. Sa peau laiteuse avait pris une teinte rosée tandis qu'elle reposait sur les oreillers, les cuisses écartées. C'était cela son foyer. Elle. Cette femme qui lui avait tant appris sur l'amour et le pardon. Que Blythkirk et tout le reste aillent au diable. Rien de tout cela n'avait de sens sans elle.

Il s'allongea sur elle, tremblant de désir et d'émotion. Elle le guida en elle. La sensation fut si violente qu'elle leur tira un cri – nul besoin d'être discrets cette fois. Il s'efforça de savourer l'instant, son corps sous le sien, son parfum, mais il en rêvait depuis si longtemps qu'il sut qu'il ne tiendrait pas longtemps. Lorsqu'elle noua les jambes autour de ses hanches, il le lui dit.

— Tant mieux, répliqua-t-elle en commençant à onduler sensuellement.

— Je vous aime, gronda-t-il.

— Prouvez-le.

Il était perdu. Enroulant ses cheveux autour de ses poings, il l'immobilisa et la posséda comme un homme privé de plaisir depuis trop longtemps.

Apparemment, Violet s'était sentie pareillement privée. Elle répondit à ses coups de boutoir avec une ardeur égale et ils atteignirent ensemble une jouissance explosive.

Violet n'osait cligner des yeux de crainte de se réveiller et de découvrir que tout cela n'avait été qu'un rêve merveilleux. Les battements de son cœur commençaient tout juste à retrouver un rythme normal tandis qu'elle reposait auprès de lui. Son mari. Elle lui prit la main, la porta à ses lèvres. En réponse, il déposa un baiser sur sa tempe.

— Je suis désolée d'avoir été si longue. Je pense à tout ce temps...

— Chut... c'était le temps qu'il vous fallait, le temps dont nous avions tous deux besoin.

Il lui caressa la joue et s'empara de sa bouche avec douceur. Se hissant sur le coude, il la contempla avec un sourire si doux, si aimant que le cœur de Violet se gonfla d'amour.

— Je vous aime et nous ne serons plus jamais séparés l'un de l'autre. C'est la seule chose qui compte.

— M'accompagnerez-vous à Belgravia House demain matin ?

Qu'il refuse n'aurait pas étonné Violet. La maison lui rappelait trop son père.

À sa grande surprise, il accepta. Puis il se leva pour ôter ses bottes, avant d'envoyer son pantalon et son caleçon les rejoindre.

— Vous l'avez rénovée, paraît-il, dit-il en lui retirant ses souliers.

— En effet. Vous risquez de ne pas la reconnaître.

Violet comprit alors que c'était pour lui qu'elle avait tellement tenu à la transformer. Elle le regarda embrasser la cambrure de ses pieds avant de lui enlever ses bas.

— Nous ne sommes pas obligés d'y vivre si vous n'en avez pas envie.

Il lui adressa un regard coquin.

— Tant que je suis avec vous, j'ai tout ce qu'il me faut.

Il déposa une pluie de baisers le long de ses jambes et sur le triangle bouclé au creux de ses cuisses. Il lui embrassa le ventre et s'immobilisa soudain. Violet retint son souffle. Quand il leva les yeux vers elle, son regard était empli d'un respect mêlé de crainte.

— Vous attendez un enfant.

— Oui, murmura-t-elle.

La joie illumina son visage tandis qu'il lui effleurait le ventre d'une tendre caresse.

— Tout s'explique, dit-il. Vos seins plus gros et les aréoles plus foncées.

Il s'allongea près d'elle et l'attira dans ses bras.

— À une époque, je pensais que je n'aurais jamais d'enfants, avoua-t-il. Mais avec vous, cela me semble parfaitement naturel.

— Vous n'êtes donc pas déçu ?

Elle avait eu peur qu'il n'accueille pas favorablement sa paternité.

— Pas le moins du monde. À l'instant où j'ai su que je vous voulais pour femme, j'ai imaginé notre avenir avec des enfants. Et vous ? demanda-t-il après un silence. Vous êtes déçue ?

— Non. Pourquoi le serais-je ?

— Parce que vous devez penser que je ferai un père épouvantable.

— Non, je…

— Je vous promets d'être un bon père. Je sais que vous devez vous demander…

— Je ne me demande rien du tout, Christian, le coupa-t-elle en souriant. Vous êtes un homme bien, vous n'avez rien de commun avec votre père.

Elle en était intimement persuadée. Le soulagement adoucit les traits de Christian.

— Tant mieux, parce que je nous ai imaginés vieillir ensemble et entourés d'enfants et de petits-enfants.

Il avait avoué cela comme il avait avoué qu'il l'aimait dans le Yorkshire, presque timidement, comme s'il craignait que la nouvelle ne soit reçue avec une joie moins grande que celle qu'il ressentait.

— Quand donc avez-vous imaginé cela ? ne put-elle s'empêcher de demander.

— En toute honnêteté ? La première fois que je vous ai vue dans cette loge d'opéra, entourée de votre famille. J'ai su que j'allais devoir me battre pour y parvenir le jour où je suis allé trouver votre père pour lui demander votre main.

Le sourire de Violet s'agrandit.

— Si je l'avais su, je nous aurais évité bien des ennuis. J'étais persuadée que vous me voyiez comme une enfant.

— Jamais de la vie ! s'esclaffa-t-il.

Son rire la réchauffa. Ces moments de complicité lui avaient tellement manqué.

— J'ai une autre nouvelle à vous annoncer, au sujet de mes écrits.

— Puisque vous en parlez... J'ai pensé que nous pourrions faire imprimer votre manuscrit et le distribuer...

Il s'interrompit comme elle secouait la tête.

— Ce ne sera pas nécessaire, milord. J'ai un éditeur.

— Quoi ? Vraiment ?

Il la saisit aux hanches et bascula sur le dos, l'attirant sur lui.

— J'ai reçu la lettre et le contrat hier. L'*Atlantic Monthly* de Boston veut le publier cet hiver sous forme de feuilleton.

Elle avait voulu lui annoncer la nouvelle dès qu'elle l'avait appris. Avant d'en parler à Augusta ou à Helena, c'était avec lui qu'elle avait eu envie de la partager.

— C'est merveilleux, Violet. Je sais que ce sera un succès. Il faut fêter cela. Et de nouveau quand votre deuxième manuscrit sera terminé.

— Dans ce cas, nous allons doublement fêter cela ce soir, car je l'ai déjà terminé.

— Vraiment ?

— Je n'ai pu songer à rien d'autre ces derniers mois. Lord Lucifer refusait de me laisser en paix !

Elle gloussa quand il la renversa sur le dos.

— Je me réjouis qu'il vous ait tourmentée autant que vous m'avez tourmenté.

Il entreprit alors de couvrir son corps de baisers.

— Je crains que vous ne soyez déçu quand vous le lirez.

Il s'interrompit et releva la tête.

— Vous m'autoriserez à le lire ?

Elle haussa les épaules, curieusement intimidée.

— Si vous voulez.

— Vous savez bien que je le veux.

Son regard se fit plus intense et il reporta son attention sur sa tâche.

— Comme je vous le disais, c'est à la fois cocasse et mélancolique. Lord Lucifer finit par avoir ce qu'il mérite quand Mlle Hamilton rejette sa demande en faveur de celle de… Aïe !

Christian lui avait mordillé l'intérieur de la cuisse. Il apaisa la morsure d'un coup de langue et redressa la tête.

— Elle peut bien le rejeter autant qu'elle veut, du moment que la véritable demoiselle Hamilton devient lady Lucifer.

— La véritable demoiselle Hamilton est déjà lady Lucifer, et vous ne m'avez pas laissée finir. Elle le rejette, mais change finalement d'avis et ils vivent heureux jusqu'à la fin de leurs jours.

— Comme il se doit, lady Leigh.

Son regard étincelait d'une lueur démoniaque quand il la gratifia du plus malicieux des sourires avant de poursuivre ses agaceries.

Violet décida d'attendre qu'ils aient regagné Belgravia House pour lui annoncer qu'elle avait chargé M. Clark de racheter Blythkirk à ses nouveaux propriétaires. Un homme ne peut supporter trop de bonnes nouvelles en une seule journée.

Remerciements

Merci à toute l'équipe de Berkley pour toutes les merveilles que vous accomplissez et qui font de mes idées un vrai livre. Vous êtes fantastiques et c'est un bonheur de travailler avec vous. Un merci tout particulier à Sarah Blumenstock. Vous êtes une éditrice fabuleuse et je ne sais pas où j'en serais sans vous. Nicole Resciniti, merci de vous être démenée pour moi un millier de fois. Laurie Benson et Tara Wyatt, vous lisez toutes deux les premières versions de mon travail et me remontez le moral quand j'en ai besoin. Merci d'être toujours là. Un remerciement particulier à Jenni Fletcher qui relève et rectifie toutes mes fautes et mes américanismes flagrants. À mes *Unlaced ladies*, j'apprécie vos généreux partages de savoirs et nos bavardages mensuels autour d'un thé. Nathan et Erin, les samedis matin ne seraient pas les mêmes sans vous.

Et pour finir, un immense merci à ma famille. Je n'aurais rien pu faire sans votre soutien et votre compréhension. Je vous aime !

J'AI LU

13455

Composition
FACOMPO

Achevé d'imprimer en Italie
par GRAFICA VENETA
le 6 mars 2022

Dépôt légal : avril 2022
EAN 9782290371336
OTP L21EPSN002436N001

ÉDITIONS J'AI LU
87, quai Panhard-et-Levassor, 75013 Paris

Diffusion France et étranger : Flammarion